CALÉNDULA

BECKY ROJO

Para ti, que has llegado hasta aquí para conocer el final. Espero que lo disfrutes.

CONTENIDO

Prólogo	7
Prefacio	11
I	17
II	43
III	64
IV	93
V	117
VI	140
VII	157
VIII	173
IX	195
X	213
XI	235
XII	258
XIII	292
Epílogo	303
Agradecimientos	313
Sobre la autora	315

PRÓLOGO

CUANDO LOS FINALES SON SUEÑOS CUMPLIDOS

Mientras dejo que mis dedos se muevan torpes por el teclado para escribir esto, puedo ver al otro lado de la ventana cómo la noche empuja para apoderarse de la calle y los jardines que tengo frente a mi casa. Las farolas comienzan a encenderse y el frío de diciembre sacude con fuerza las copas de los árboles.

En tardes como estas siempre saco tiempo para sentarme en mi escritorio y sumergirme entre las páginas de un libro. Porque perderme en una historia es lo que más me gusta hacer en el mundo.

Aunque en esta ocasión es diferente.

La historia que tengo delante (esta que ahora tú sujetas entre tus manos) es una vieja conocida. Ya he pasado por aquí antes. Ya me he perdido en ella. Así que enciendo mi ordenador con confianza y abro el archivo: "Caléndula—Becky_Rojo". Y me revuelvo, extrañado, cuando trato de avanzar en la historia. Porque parece que hay una fuerza invisible que me arrastra para que aparte la mirada.

«¿Cómo vas?» me pregunta Becky, y yo vuelvo a agitarme preocupado en mi silla al tratar de volver a las páginas. Le cuento que le estoy dejando comentarios en el documento y le envío una fotografía. «Bueno, vas por la 44, está bien joe» me responde. Pero yo sigo sintiéndome extraño.

Esa misma noche, cuando me meto en la cama, un fogonazo aparece delante de mí. Una señal que parece llegar en el momento exacto para hacerme comprender por qué no hago más que posponer una y otra vez la lectura.

«¡Malditos sean!» grito dentro de mi cabeza. Y es que Calem, Vera y Kleiff se han colado dentro de mí como una plaga silenciosa que te envenena sin que apenas te des cuenta.

7

Y soy incapaz de desprenderme de ellos. No solo porque se niegan a que los deje atrás con ese punto y final, también porque soy yo quien se resiste.

Así que les permito que se queden un poco más, como ese abuelo que consiente a sus nietos aun sabiendo que esos cinco minutos extra antes de marcharse a la cama se convertirán en horas.

Pero al día siguiente vuelvo a estar allí sentado, frente al trío Calavera (así es como llamo a Vera, Calem y Kleiff) y frente a su historia. Con la noche reclamando el cielo, la calle vacía y las farolas dejando un charco anaranjado sobre el suelo. Y los dejo marchar a los muy puñeteros. Los espanto, les grito y los amenazo con chivarme a su mamá Becky si no me dejan en paz.

Y me dejan. A regañadientes. Enfadados y traicionados se deslizan y se esconden de mí entre las páginas.

Y la cosa comienza a fluir. Me cuelo en La Burbuja y, recorriendo frase a frase, los encuentro y vuelo hasta donde están ellos. Me dejo embaucar por sus bromas, sus aventuras frenéticas y el dolor de sus pérdidas. Los observo desde lejos, sin que se den cuenta de que he elegido estar con ellos en lugar de en esa calle oscura y fría de diciembre. Porque yo siempre los elegiría a ellos.

Y cuando cierro el archivo esa tarde me doy cuenta de que esto se termina y que yo tampoco quiero que se acabe. Por eso me lo tomo con calma. Porque no quiero que llegue esa última página y darme de bruces con la palabra FIN.

Porque encontrármela significa cerrar un sueño cumplido que siento como propio.

Me paso los días siguientes con esa sensación en el estómago; soñando con sueños, con letras, con los parques del M, la Nueva Tierra y con el trío Calavera. Pero yo no ceso en mi intento de seguir leyendo porque me he vuelto un adicto. Y a medida que avanzo por el texto, "Caléndula" me enseña a dejar que los sueños se cumplan. Porque si no hay un punto y final, significa que no hay una meta que alcanzar. Y una carrera sin cinta por la que cruzar es un sinsentido.

Y Becky se merece una lista infinita de sueños y de metas que cruzar. Ella es talento, y el talento no puede quedarse en un cajón. El talento tiene que ser compartido con el mundo. Ella se merece infinitos finales que abran la puerta a otras historias.

Por eso, amiga, no puedo dejar de agradecerte el haberme hecho partícipe de tu trocito de mundo. El haberme dado la voz, el espacio y la oportunidad de dejar una impronta en tus dos primeros bebés.

Nunca tendré palabras para agradecerte que hayas apostado por mí. Por tu confianza inquebrantable en mis letras y por convertirte en mi paracaídas, en mis alas para lanzarme a soñar. Gracias por estas líneas, por tus historias y por haber compartido conmigo tu aventura sin esperar nada a cambio. Ojalá el mundo pueda verte algún día como lo hacemos quienes te conocemos.

Y a ti, que estás leyendo esto, tampoco podía no agradecerte haberte parado en estas páginas a conocer un poco más a Becky y a "Caléndula". A descubrir qué detrás de cada historia existen personas y anécdotas que la construyen. Y te confesaré que este viaje no será fácil. Porque ningún final lo es.

Pero no desesperes. Los finales también son necesarios. Eso también me lo ha enseñado "Caléndula". A abrazar las últimas veces como abrazamos a nuestros padres antes de abandonar nuestro hogar para vivir nuestras vidas.

Te deseo que disfrute de esta historia y que "Caléndula" también llene tus tardes frías de diciembre como lo hizo con las mías. Millones de gracias por apostar por esta historia (una vez más) y por compartir lo más preciado que tienes con Becky, tu tiempo.

Infinitas gracias

Por última vez, me despido. Con todo el amor del mundo:

Joss Muur

PREFACIO

—¿Caléndula?

—Era la flor favorita de mi hija Miah —respondió el Presidente Kilian mientras se quitaba las gafas, cerraba los ojos y los masajeaba.

Solo nombrar a Miah entristecía a Kilian.

El recuerdo de su muerte todavía era demasiado reciente como para rememorarla sin dolor.

Miah había sido su mano derecha en toda la investigación. De hecho, la idea del Proyecto había sido suya.

Mientras estudiaba historia había quedado fascinada con el siglo XX y la destrucción de la Vieja Tierra. Le sorprendía cómo los gobiernos habían llegado a tal egoísmo que habían preferido destruir su planeta a dar su brazo a torcer.

Las grandes potencias seguían luchando entre sí por el dominio económico y armamentístico, aunque de forma indirecta y sin llegar a enfrentarse. Había alarmas de ataque casi todos los días pero siempre contactaban a tiempo para corroborar si eran reales o falsas.

Hasta que un día no consiguieron contactar.

Estuvieron horas tratando de averiguar si el ataque se iba a producir o no. Estaban tan asustados y paranoicos que todo les parecía sospechoso.

Algo que un día normal no alteraría la calma, ese día lo hacía, y un movimiento "sospechoso" en una de las bases de la potencia enemiga hizo que comenzara el ataque real.

Nunca se supo que nadie había respondido a la alarma porque el oficial al cargo estaba dormido. Ni que el "movimiento sospechoso" era la eliminación de materiales en desuso de un almacén.

Una de las potencias atacó, y las otras respondieron hasta el exterminio total del planeta.

Miah llegó a la conclusión de que todo hubiera podido evitarse si alguien hubiera despertado a ese oficial y hubiera respondido, corroborando la falsa alarma.

Esa idea fue rondando cada vez más y más en su cabeza hasta el punto de obsesionarse.

Cuando terminó Historia, estudió Ingeniería solo para dedicarse de lleno a la construcción de la máquina del tiempo. Ya no solo porque de verdad pensaba que aquel siglo era mejor, sino porque todos estaban empezando a darse cuenta de las intenciones de los mutados.

La relación entre los representantes del Comité era cada vez más tensa y los humanos sabían que estaban tramando algo.

Kilian organizó el Proyecto, al que llamaron Proyecto Sol. Buscó adeptos y seguidores, todo aquel que pudiera aportar a la causa de cualquier forma era bienvenido, y todos comenzaron a trabajar muy duro en la construcción de la máquina del tiempo, con Miah al mando de los ingenieros.

Solo se quedó al margen durante su embarazo, pero en cuanto dio a luz a la pequeña Luah y se recuperó, volvió a liderar el Proyecto.

Kilian estaba tan orgulloso de ella... Su hija era un referente, no solo en su dedicación al trabajo de construcción de Libélula, —como decidieron llamar a la máquina—, sino también por sus ideales y opiniones que no se molestaba en ocultar.

Frecuentemente daba charlas a los integrantes del Proyecto, recordándoles lo valiosos que eran: humanos, mutados o mestizos. Haciendo hincapié en la necesidad de volver al pasado para reparar los errores cometidos y ser una sociedad mejor, menos egoísta.

Kilian recordaba la ilusión de todos con ese Proyecto, cómo Miah los había cautivado y motivado a trabajar. Por eso los avances fueron bastante rápidos.

Al año de comenzar el Proyecto ya tenían un prototipo de lo que sería la máquina, más o menos funcional.

Comenzaron enviando pequeños objetos como chinchetas o piedras, para luego pasar a objetos más grandes como libros, cuadros, lámparas etc.

Con el paso del tiempo Miah comenzó a impacientarse. Enviar objetos carecía de sentido porque solo podían elegir la zona y la fecha a la que mandarlo pero no quién los encontraría, cuándo o si lo harían siquiera.

No existían animales como en el siglo XX con los que poder probar. Por lo que solo quedaba una opción, tenían que enviar a una persona y Miah se propuso voluntaria desde el primer momento.

Aquello motivó aun más a los trabajadores pero preocupó gravemente a Kilian. Lo más grande que habían enviado era una silla, un ser inerte de madera. Por muchos ajustes que hicieran a esa máquina le parecía demasiado temprano para enviar una persona, mucho menos a enviar a su propia hija.

Pero Miah estaba decidida, nada de lo que le dijo Kilian sirvió para aplacar sus ganas y, a los pocos meses, consideraron terminado el prototipo.

Era de noche y el Laboratorio estaba abarrotado.

Todos compartiendo emoción y nerviosismo por lo que estaba a punto de pasar. Miah iba a viajar al pasado y, si su viaje tenía éxito, evitaría la guerra que provocó la destrucción de la Vieja Tierra.

Kilian se despidió de Miah. Ella parecía confiada y él trató de contagiarse de su optimismo, pero tenía el presentimiento de que algo iba a salir mal.

Salieron juntos del despacho y se dirigieron al Laboratorio. Allí, junto a Libélula, pronunció el que fue su último discurso dedicado a ese Sol que no podían ver. Pidiéndole que fuera el que la guardara y la guiara en la misión en la que se iba a embarcar.

Kilian la abrazó por última vez y ella entró en esa estructura en forma de cápsula vertical que habían construido. La puerta de cristal se cerró y Miah dio la orden a uno de los técnicos de que comenzara con la codificación.

El técnico siguió uno a uno los pasos marcados por Miah. Llegado el último, pidió que otros técnicos se acercaran para comprobar que efectivamente todo estaba correcto y pulsaron el botón de enviar.

Al principio no pasó nada. Los técnicos se acercaron nuevamente para comprobar los códigos y la secuencia utilizada y Miah intentaba comunicarse con ellos para comprobar qué había podido salir mal, hasta que, de pronto, la máquina comenzó a temblar ligeramente y la temperatura aumentó.

Era un calor abrasador que nunca habían sentido y Kilian dio la orden de sacar a Miah de ahí.

Los técnicos borraron la codificación y detuvieron la máquina pero esta no dejaba de temblar y de aumentar la temperatura.

Miah golpeaba el cristal desde el interior pero se habían asegurado de que fuera irrompible y tampoco podía tocar la estructura. El metal estaba tan caliente que no podían ni acercarse, ni ella desde dentro ni los técnicos desde fuera, hasta que comenzó a derretirse sellando las cerraduras de la cápsula.

Kilian vociferó, cada vez más asustado, que destruyeran la estructura como fuera pero que sacaran a su hija de ahí.

Todo el mundo se acercó y comenzaron a golpear la máquina, tratando que abrir un hueco, por mínimo que fuera para sacar a Miah de ese ataúd de cristal.

La chica lloraba sin lágrimas mirando a su padre, hasta que comenzó a gritar, mirándose con terror la piel. Los que estaban más cerca de ella gritaron a su vez y se alejaron de la máquina y Kilian se acercó hasta ver a un ser que no parecía Miah, cuya piel se desprendía de su cuerpo, derretida, dejando ver los músculos.

Kilian gritó su nombre y golpeó la máquina, quemándose el puño, pero no era posible abrirla. Miah lo miró por última vez antes de caer al suelo de la cápsula. Su cara había desaparecido por completo. El pelo se había calcinado y los músculos comenzaban a derretirse a su vez.

Tardaron dos días en bajar la temperatura de la cápsula y romper la estructura para sacar los huesos de Miah.

Eso era todo lo que había quedado de ella.

Kilian quedó destrozado. De cara a la galería era el Presidente Humano y precursor del Proyecto, pero el motor de todo aquello, la razón de seguir incluso de muchos de ellos, era Miah.

Tras su muerte, meses atrás, las labores de construcción y mejora se habían acelerado. Ya no lo hacían solo por el objetivo a cumplir, sino por honrarla a ella. A Kilian le había costado mucho tiempo y trabajo volver al Proyecto, pero lo hizo por Miah, porque ese era su sueño y moriría como ella, intentando llevarlo a cabo.

Sin embargo, tras tratar de averiguar cuál había sido el error, se dieron cuenta de que si querían comprobar si lo habían corregido tendrían que pedir voluntarios y nadie estaba por la labor de arriesgarse a hacerlo. Algo que Kilian agradeció. No quería perder a nadie más.

Llevaban días trabajando sin descanso en el nuevo prototipo de Libélula y se encontraban en un callejón sin salida cuando Kilian se dio cuenta de que esa estrategia no iba a servir.

No tenían que enviar una persona que podía morir en el viaje, o un objeto que nada garantizaba que fuera encontrado por los humanos adecuados.

Necesitaban llamar la atención de todos y, la mejor forma de hacerlo, era colarse en sus hogares, en sus televisores, teléfonos… Cualquier dispositivo.

Con esas nuevas directrices habían vuelto al inicio, teniendo que reconfigurar toda la estructura de Libélula para poder enviar un mensaje a los humanos del pasado, "una caléndula", como había decidido llamarlo Kilian.

Se levantó de su silla y se acercó a los técnicos que manipulaban las entrañas de Libélula. Miró su reloj. Quedaba poco menos de media hora para la reunión del Comité de Representantes donde se iba a realizar la presentación oficial de Libélula.

No sabía cómo iban a reaccionar los mutados. Teniendo en cuenta su naturaleza impulsiva podía pasar cualquier cosa.

—Todo listo, señor —dijo uno de los técnicos.

—Perfecto. Haremos la primera prueba después de la reunión.

I

Kleiff escuchaba de lejos la voz de la Capitana pero era incapaz de concentrarse. Las imágenes de todo lo vivido daban vueltas en su mente desenterrando otros malos recuerdos que le resultaban similares.

Los hilos de su memoria fueron tirando de unos y otros, hasta dar con el recuerdo de la muerte de su padre y su posterior entierro.

Kleiff era un soldado del Proyecto comprometido con la causa pero, cuando su padre empezó a empeorar y le reveló que estaba enfermo, tuvo que dejar sus ideas a un lado para hacerse cargo de él.

Conocía el lema de las prioridades adecuadas y sabía que, si lo pedía, el Proyecto Sol costearía la estancia de su padre en La Villa, pero no podía. Bastante tiempo había perdido al no saber que estaba enfermo, como para abandonarlo en ese sitio.

Se esmeró en cuidarlo día y noche, a veces Calem iba a su casa para ayudarlo, pero la mayor parte del tiempo estaban solos.

Al principio charlaban y leían juntos, debatían y compartían ideas. Sin embargo, según pasaban los días, su mente se fue deteriorando hasta llegar el momento en que apenas tenía episodios de lucidez.

Fue en una de esas noches, las últimas de su vida, en la que le habló de Vera y su madre.

Le dijo que se habían conocido en El Refugio durante una epidemia de gripe. Los médicos del H estaban saturados y le llamaron para dar apoyo y atender a los enfermos.

Hacía poco más de un año desde que lo había adoptado a él cuando se acostó con Carli.

La describió como una auténtica guerrera, feroz, valiente y comprometida y no pudo evitar hablar con ella. Una cosa llevó a la otra y terminaron acostándose. Fue algo de una noche, o al menos él no le dio mayor importancia.

Supo en todo momento que estaba embarazada y se ofreció a cuidar de Vera si Carli quería pero, al nacer con leves rasgos mestizos, Duncan, el Representante Humano, decidió que lo mejor era que se quedara con Carli fingiendo ser humana.

Mikael intentó convencerlos a ambos, al menos para que le dejaran verla, pero siempre recibió negativas.

Dijo que estaba muy orgulloso de que estuviera estudiando medicina y que podía serles útil en La Misión y alentó a Kleiff para que le hablara de ella a Nolan. Y tuvo razón.

No sabía qué hubiera pensado su padre de su relación con Vera si siguiera vivo.

Una vez terminaron de hablar, Kleiff acudió a ponerle el inhalador nocturno pero su padre le pidió que no lo hiciera. Que necesitaba descansar. Quería descansar. Por lo que Kleiff esperó mientras tosía y boqueaba, hasta que se quedó quieto.

El funeral fue al día siguiente. No quería ir pero Calem lo arrastró hasta el cementerio, y fue allí donde Nolan le dijo que lo quería como Jefe de Equipo de La Misión. Que esperaría un tiempo a que se recompusiera pero que tenía que hacerlo pronto, y eso hizo.

Al día siguiente fue al despacho de Nolan, comenzaron a planificar el proceso de selección del resto de miembros y le habló de Vera.

Sabía que refugiarse en la Misión estaba haciendo que no afrontara la muerte de su padre pero no podía hacer otra cosa, si pensaba en ello se sentía caer a un pozo oscuro y sin posibilidad de salir.

Un pozo al que sentía que estaba cayendo en picado, sentado en la silla de aquel despacho de Tierra Vacía, al recordar los cuerpos de los compañeros que había dejado atrás en esos túneles y que no podría honrar con un entierro.

La voz de la Capitana le hizo volver a la realidad.

—Ha llegado la mitad del equipo y a duras penas, señor... Los hermanos Yeren y Delan... No, señor, los demás no lo han conseguido... Delan ha sido intervenido y la chica Yeren está en su dormitorio, estoy con el chico Yeren.

—Kleiff, me llamo Kleiff —interrumpió, cansado de que hablaran como si no estuviera ahí.

Minerva, que era como se llamaba aquella mestiza, lo miró a los ojos y se despidió escuetamente de Nolan antes de colgar.

—Solo llamo por su nombre a aquellos con los que tengo confianza. Vosotros acabáis de llegar, lo siento, pero de momento seguirás siendo Yeren.

Kleiff la miró sin comprender. Parte de su familia acababa de morir por la Misión y esa tía le estaba dando una charla sobre confianza. Estaba agotado y esa conversación era absurda. Lo único que quería era ir a comprobar el estado de Calem y cómo se encontraba Vera.

—Perdóname tu a mí, pero me importa una mierda. Ya tienes los planos, ¿necesitas algo más de mí o puedo irme ya?

Minerva arqueó una ceja pero se mordió el labio. No estaba hablando con una persona estable, esos chicos acababan de pasar por un infierno.

—Mandaré a alguien a buscarte si necesitamos algo más.

El chico asintió y se fue, dejando a Minerva sola en el despacho.

Suspiró, mirando el lugar que Yeren había ocupado. No sabía cómo hubiera reaccionado ella si estuviera en su situación. Si hubiera perdido a la mitad de su equipo y ni siquiera tuviera sus cuerpos para poder enterrarlos.

La chica Yeren había estado horas esperando hasta que había terminado la operación de Delan. Según sus soldados había estado llorando todo el tiempo sin darse cuenta, no se limpiaba ni las lágrimas.

Kleiff Yeren le había dado los planos nada más encontrarse y había estado esperando estoicamente hasta que había terminado de hablar con los Representantes y Nolan, sin decir una sola palabra.

Y Delan... Había faltado poco, por lo que le habían dicho los médicos. Muy poco.

Tierra Vacía era el plan B. Ser el plan B significaba que iban a recurrir a ti cuando las cosas salían mal, pero nadie esperaba que fueran a salir tan mal. De recibir seis habían recibido tres.

Se riñó a si misma por la actitud que acababa de tener con Yeren, las normas y reglas podían esperar

***

Tras comprobar que Calem estaba estable se había encontrado sin saber a dónde ir. No podía seguir mirando a su mejor amigo, lleno de tubos por todas partes y con ese horrible pitido que indicaba que seguía vivo.

Preguntó cuál era su habitación a uno de los celadores, que lo guió hasta el final de un pasillo. Antes de marcharse, le indicó que la puerta de enfrente era la habitación de Vera, y Kleiff se quedó parado en mitad del descansillo sin saber qué hacer.

Sentía tanto dolor en el pecho que no distinguía cual era el suyo y cual el de ella.

Alzó el brazo para llamar a la puerta y lo vio lleno de sangre. Se miró a sí mismo y se dio cuenta de su estado. Sin camiseta, solo con el chaleco antibalas, con los brazos llenos de rasguños y manchado de la sangre de sus compañeros.

No pensaba entrar en el cuarto de Vera así, por lo que se dio la vuelta y entró en su habitación. Se dirigió al baño sin encender ninguna luz, se desnudó a tientas y abrió el agua de la ducha.

Cuando sitió que el agua estaba lo suficientemente caliente se deslizó debajo del chorro con un estremecimiento. Sus músculos estaban enfriándose y la adrenalina había desparecido casi por completo, mostrando el agotamiento real de su cuerpo.

Conforme el agua limpiaba su piel, su mente empezaba a divagar en los recuerdos de ese día, sin embargo, se obligó a frenarlos en seco y trató de tararear una canción cualquiera para distraerse.

En lo único en lo que se permitió hundirse fue en las sensaciones del vínculo. Vera se había dormido y el dolor que antes le llegaba en oleadas había remitido hasta un eco leve.

Trató de averiguar más sensaciones mientras se enjabonaba, quiso sentir un leve alivio, seguramente porque Calem estuviera vivo, pero la sensación de pérdida era tan grande que apenas dejaba paso a nada más.

Terminó de aclararse y salió del baño envuelto en una toalla. Encendió la luz de la habitación para buscar algo de ropa y se topó con su reflejo en un espejo de cuerpo entero.

Sus ojos estaban hundidos del agotamiento y tenía un par de cortes en los brazos, de los que desconocía el origen. Por lo demás estaba perfectamente. Se miró los ojos color miel, sin recordarlos tan opacos.

Giró la vista a la cama, donde habían dejado una muda de ropa limpia, se vistió y salió de la habitación.

Pensó en tocar la puerta de Vera antes de entrar pero sabía que estaba dormida, por lo que entró en la habitación lentamente.

La luz estaba encendida y encontró a la chica encogida sobre la cama, envuelta en una toalla. Se acercó a ella lentamente para no despertarla y no se sorprendió al ver que tenía el cuerpo en tensión y se estremecía, con los ojos apretados y el ceño fruncido.

Abrió el edredón por el otro lado de la cama y dio la vuelta para cogerla en brazos, cargándola con facilidad. Su esencia a vainilla lo inundaba todo e inspiró profundamente cerrando los ojos.

—No están —susurró Vera en sueños.

Kleiff abrió los ojos y dio la vuelta a la cama para acostarla en el interior del edredón.

—Kleiff —susurró de nuevo Vera y él se quedó petrificado sin saber qué decir—: están muertos —terminó en un sollozo.

Él se estremeció y sintió las lágrimas caer por sus mejillas. Se metió en la cama junto a ella, indeciso. Su cuerpo estaba frío junto al de él y, sin poder ni quererlo evitar más, la abrazó. Vera, aun en sueños, respondió acurrucándose contra su pecho.

Los sollozos de su vinculada cesaron poco a poco, no así los de Kleiff, que habiendo comenzado a llorar no pudo parar.

La mitad de su familia estaba muerta.

***

Tocaron a la puerta dos veces y, al abrirse, aparecieron Diana y Dafne, las hermanas gemelas de Minerva.

Si era raro tener un hermano, dos ya era algo excepcional.

En La Burbuja la gente apenas tenía hijos y, si lo hacían, solían tener uno, ya que había que acudir al especialista para que recetara una hormona y poder ovular.

En Tierra Vacía, sin embargo, no era así. Allí tenían que seguir tomando precauciones a la hora de mantener relaciones sexuales ya que las mujeres se quedaban embarazadas de la forma habitual. Por eso su madre había tenido tres hijas.

Minerva era la mayor, la encargada de Tierra Vacía y su familia. No conoció a su padre, murió cuando era un bebé, sin embargo, nunca notó su ausencia. Su padrastro, el padre de Diana y Dafne, ejerció como padre desde el primer momento, llegando a tener mejor relación con él que con su propia madre.

Desgraciadamente ambos enfermaron de Tulorea. A su padre se lo llevó un año atrás mientras que su madre seguía viva pero muy sedada.

Miró a sus hermanas alborotando el despacho y chinchándose entre ellas, sin ser conscientes de la situación en la que estaban inmersas y la gran responsabilidad que tenían, ahora que los miembros de la Misión acababan de llegar.

—Yeren ha ido a ver a Delan y luego se ha metido en la habitación de su hermana. ¿Eso es normal en los sectores? —habló Diana.

—Está buenísimo. No tiene pinta de practicar incesto, parece muy íntegro —respondió Dafne.

—Son hermanastros.

—¿Y? Nosotras también y no se me ocurriría entrarte, Min.

Minerva cerró los ojos y se pasó la mano por la cabeza, removiendo su pelo corto.

—Basta, chicas. Acaban de perder a sus compañeros. Me da igual lo que estén haciendo.

Las chicas dejaron de bromear y se sentaron en las butacas que había al otro lado del escritorio de Minerva.

—Ahora empieza nuestro trabajo. Tenemos unos días de cortesía en los que esperaremos a ver la reacción de los mutados al robo. Después, nos tocará actuar.

Las sonrisas torcidas de Diana y Dafne mostraron que estaban de acuerdo.

***

.

Los mutados susurraban inseguros unos con otros mientras Rick Delan los observaba, sintiendo su miedo.

Aquella sala llena con los mutados más puros del sector parecía temblar mientras esperaban al Presidente.

Todos sabían que algo así podía pasar pero estaban tan confiados que no creían que realmente ocurriría. Hacían las revisiones del sistema de seguridad, mantenían bajo control a los humanos quitándoles derechos y haciendo redadas de espionaje.

Sin embargo, no contaban con que el peligro pudiera llegar desde su propio sector. Se habían centrado tanto en los humanos que se habían olvidado de que los mestizos del M pudieran estar descontentos. Y lo estaban, pero no solo ellos, también había mutados descontentos, como su hijo Calem, Enna, Enol, él mismo y muchísimos otros.

Todos aportaban al Proyecto con lo que podían. Él lo hacía como infiltrado en La Cúpula de La Burbuja y como Representante Mutado del Proyecto. Por eso se encontraba allí, rodeado de todos esos cobardes y estúpidos mutados puros que se habían ganado el privilegio de poder opinar solo por ser más rubios.

Se llevó los dedos al puente de la nariz y presionó con fuerza, tratando de menguar el incipiente dolor de cabeza. Apenas había dormido aquella noche, preocupado por Calem y los demás.

Se habían puesto en contacto con él desde Tierra Vacía, casi a la vez que los de La Cúpula, solicitándole acudir a una reunión de emergencia, y allí se encontraba, agotado pero tranquilo de que Calem estuviera estable dentro de la gravedad.

—Tranquilo Rick —escuchó a la vez que sentía una mano sobre su hombro—: los cogerán, no te preocupes.

Retiró la mano de la nariz y abrió los ojos para ver a un mutado de su edad que lo miraba con preocupación.

Todos conocían su nombre, pertenecía a las familias originales y era de los mutados más puros, incluso dentro de ese grupo selecto en el que estaba, ser de las familias originales ofrecía un estatus especial.

Por eso todos se esforzaban en agradarle y le llamaban por su nombre, esperando que él se aprendiera los suyos. Nada más lejos de la realidad.

Las puertas de madera de la sala de reuniones se abrieron y entró el Presidente Mutado precedido de un silencio tenso. Todos se levantaron en señal de respeto.

Su rostro parecía tenso y se le marcaban las arrugas y ojeras más de lo normal. Caminó hasta llegar al otro lado de la mesa, frente a donde se encontraba Delan y, una vez se acomodó en su asiento, todos se sentaron a su vez.

Rick supo que sabían que Calem había participado en la Misión en el momento en que el Presidente lo miró. Se conocían demasiado.

—Ha sucedido aquello que todos temíamos. Como todos sabréis, han entrado en los Archivos de la Sede para robarnos.

Los susurros interrumpieron el silencio de la sala. A Rick casi le hizo gracia que utilizara el "nos" al hablar, sabía cómo y cuándo involucrar a los demás. Los manipulaba perfectamente, pero era de esperar, no hubiera llegado hasta el puesto en el que estaba sin saber hacerlo.

—¿Qué han robado, Presidente?

—¿Quién ha sido?

Comenzaron a preguntar sus más fieles seguidores. El Presidente los acalló con un gesto de las manos y miró a Rick directamente.

—Han sido un grupo de mestizos y mutados. —Los susurros se sucedieron pero el Presidente continuó hablando—. Uno de ellos, tu hijo Calem, Delan.

Las miradas se centraron en él, sin embargo, todos conocían su inexistente relación con su hijo desde la muerte de su primera mujer.

—Yo solo tengo un hijo, Neil. Renegué de Calem hace años, lo sabéis. Te conté que lo vi el día de los Fallecidos y que apenas fue posible hablar con él. Estaba tan cambiado, iba con una... Mestiza. Y no estaban vinculados.

Las miradas de todos cambiaron a comprensión, como si entendieran de lo que hablaba y lo compadecieran.

El Presidente Mutado observaba su reacción, todavía reacio a creerlo pero asintió con la cabeza y siguió hablando, interrumpiendo los comentarios de los demás.

—Él y un grupo de mestizos y mutados se han colado en el Archivo de la Universidad de Historia y han conseguido entrar en la Cámara de los Espejos.

Se hizo un silencio sepulcral. Las caras de todos se descompusieron y Delan se vio obligado a fingir sorpresa y preocupación.

—Han robado los planos originales de Libélula.

Esta vez no hubo susurros sino voces y gritos, unos de indignación, otros de terror. Delan se levantó y dio un golpe en la mesa. Era hora del espectáculo.

—¡Hemos invertido millones en la seguridad de esa sala, como para que un par de niñatos se cuelen tan fácilmente! —gritó indignado—. Los habréis atrapado al menos.

Se hizo el silencio y las miradas de todos pasaban del Presidente a él.

—Eran seis. Conseguimos neutralizar a tres de ellos, los otros tres han huido con los planos —respondió el Presidente.

—Espero que Calem esté entre los abatidos, lo está, ¿verdad?

Él asintió y Rick se sentó suspirando aliviado. El Presidente dio una orden para que prepararan el equipo y mostrar las grabaciones a los presentes. Cuando todo estuvo listo se dirigió de nuevo a Rick.

—En realidad Delan... Calem está desaparecido. Quería comprobar tu reacción al creer que había muerto.

Delan se irguió en la silla y se pasó una mano por el pelo fingiendo indignación.

—Espero que estés complacido con mi reacción, porque yo no lo estoy con la actuación de los guardias que le han dejado escapar.

Se miraron durante unos segundos y todos a su alrededor los observaron. Rick sabía que el Presidente no confiaba en él, pero tampoco podía condenarlo delante de los demás sin pruebas que mostraran su implicación en el robo.

—Será mejor que os enseñe lo que sucedió.

Se escucharon murmullos de afirmación y el Presidente se giró para mirar la enorme pantalla que había a su espalda.

En primer lugar mostraron las imágenes de Enol y Owen entrando en el Archivo, saludando a los guardias y hablando un momento con ellos, diciéndoles, al parecer, que se habían dejado una cosa aquella mañana y que volvían para recogerla.

Tras despedirse con la mano pasaron por los tornos y bajaron a los archivos. Los siguieron por unos pasillos hasta que dejaron de aparecer en las cámaras repentinamente.

—Aquí los perdemos. Debieron hacer una intrusión en el sistema de seguridad y modificaron las imágenes de las cámaras. Entraron y, tras cuarenta minutos, sonó la alarma de intento de desactivación de la caja de seguridad de la cámara acorazada. Fue entonces cuando supimos que estaban dentro y acudimos inmediatamente.

A continuación cambiaron las imágenes, viendo en primera persona lo que parecían ser las tomas grabadas por la cámara que llevaban en el casco los guardias.

Corrían por el laberinto de espejos y, al llegar a la puerta de la cámara, colocaron una detonación. Todos se cubrieron hasta que, a los pocos segundos, explotó.

El primero de los guardias, el que llevaba la cámara, entró rápidamente pero solo para ver a uno de los chicos tirando del cuerpo del otro por un agujero en el suelo.

Miró a su alrededor y se paró, enfocando la caja fuerte vacía. Maldijo mientras se acercaba al agujero rápidamente pero un disparo le pasó rozando la cabeza, por lo que tuvo que apartarse.

—¿Escaparon por las alcantarillas? —preguntó uno de los mutados.

—Eso es. Por suerte ya lo habíamos previsto y mandamos una patrulla allí a la vez.

Las imágenes cambiaron de nuevo a otro grupo de guardias que corrían por las alcantarillas, mostrando una de las escotillas y a Calem, disparando antes de lanzar una granada.

Todos se cubrieron y ocultaron y, tras la explosión, corrieron hacia la escotilla. La abrieron y entraron en un enorme pasillo.

Se escuchaban gritos y pasos correr más adelante, por lo que el Jefe de los Guardias dio la orden de dirigirse hacia ellos. De nuevo más disparos los retuvieron antes de doblar la esquina.

—¡Ya vienen! ¡Corred! —gritó con claridad la voz de Calem.

Los primeros guardias comenzaron a disparar antes incluso de doblar la esquina y echar a correr por el pasillo.

Cuando el que llevaba la cámara se unió a ellos, Rick observó claramente a los chicos, disparando y cubriéndose, huyendo hasta llegar a otro corredor.

Su hijo manipuló algo, seguramente una escotilla, y los demás desaparecieron en su interior. Una vez todos hubieron entrado cerró la puerta, lanzando una última granada, y los soldados tuvieron que replegarse tras las columnas a ambos lados del pasillo.

Pasado el estruendo volvieron a disparar pero, tras unos segundos de no obtener respuesta, se acercaron al pasillo para ver la escotilla redonda.

El guardia maldijo y pidió por radio que llevaran el equipo de explosivos para abrirla.

Apenas tardaron un par de minutos pero a Rick se le hicieron eternos, observando a los Guardias nerviosos vigilar el pasillo hasta que trajeron el equipo y colocaron varias cargas, ya que supusieron que con una explosión no harán saltar todos los goznes.

Tras la primera detonación saltó el superior y, con la segunda, el inferior. Los guardias se acercaron y comenzaron a empujar la puerta con los arietes. Cuando esta cedió el guardia metió la cabeza.

En el interior se veía a Enol, con la pierna casi cortada por la mitad, abrazando a Owen mientras lloraba. Al ver al guardia cerró los ojos y apretó el botón de la granada que sujetaba con la mano.

La grabación se detuvo y el silencio predominó en la sala al saber lo que había pasado a continuación.

—Ese chico acaba de inmolarse para salvar a los demás —comentó uno de los mutados.

—Esto no ha sido algo aleatorio. Ha tenido que estar preparado, nadie haría algo así a menos que estuviera entrenado.

Los comentarios se sucedieron y Rick miró al Presidente. Se le notaba el agotamiento en el rostro pero la rabia lo mantenía activo. No sabía si tenía pensado desvelarlo pero llegaba el momento de la bomba final. Si no lo pensaba contar, él lo obligaría.

—Han vuelto, ¿verdad? Han reclutado adeptos y están construyéndola de nuevo. ¿Para qué si no van a robar los planos de Libélula? —dijo Delan, provocando de nuevo el silencio en la sala.

Los ojos de sorpresa del Presidente indicaron que no tenía pensado desvelar quién estaba detrás del robo, pero Rick quería que todos supieran que el Proyecto Sol seguía vivo, y que, no solo estaban reagrupados, sino que eran los que habían atacado.

El Presidente se sentó y asintió a modo de respuesta. La sala comenzó a alborotarse y los susurros pasaron a ser gritos. No era lo mismo enfrentarte a un grupo aislado de insurrectos que al Proyecto Sol, el movimiento que tan cerca estuvo de terminar con el mundo que conocían.

—¿Quiénes han escapado?

—¿Dónde están ahora?

El Presidente tuvo que hacer uso del mazo de madera para pedir silencio en la sala. Los mutados estaban entrando en pánico y eso era lo que Rick quería. La gente asustada cometía errores.

—Han escapado los hermanos Kleiff y Vera Yeren y Calem Delan. Encontramos el cuerpo de Enna Heran en los pasillos de las alcantarillas, pero no conseguimos seguirles el rastro a los demás. No sabemos dónde están. No hay registro de ellos en el H.

—Estarán en Tierra Vacía.

—O incluso pueden seguir aquí mismo y todo ha sido una forma de distraernos.

Esos estúpidos. Decían lo primero que se les pasaba por la cabeza para que pareciera que estaban involucrados. Al Presidente le traía sin cuidado dónde se escondieran esos chicos. Rick sabía que después de hacerle desvelar la identidad de quien estaba detrás del ataque, lo que necesitaba el Presidente era culpar a alguien públicamente para quitarse la responsabilidad de encima.

—¿Cómo consiguieron dar con la cámara acorazada? Tuvieron que tener ayuda, alguien nos ha traicionado —afirmó Rick.

—Nolan. Es profesor de historia en la Universidad. Hemos investigado y es uno de los descendientes directos de Kilian. Es mestizo y viaja mucho entre sectores, por lo que ha podido reclutar adeptos sin problema. Hemos mandado un grupo de guardias a por él.

Todos asintieron satisfechos pero Rick seguía mirándolo interrogante, dándole a entender que esas medidas tomadas no eran suficientes.

Un par de mutados más se dieron cuenta y se lo increparon al Presidente.

—Vamos a diversificar. En primer lugar vamos a averiguar todo lo posible sobre los integrantes del Proyecto y sus contactos, tanto aquí como en el H. Por otro lado, dado que esta traición ha sido perpetrada por un mestizo, vamos a preparar algo para que aprendan la lección. Para que se den cuenta de que están en el M porque les dejamos y que tienen la vida que tienen gracias a nuestra generosidad. Además, vamos a endurecer las normas en el H. Les mantendré informados.

La reunión finalizó con esas palabras y los mutados fueron retirándose.

Rick se levantó de su asiento y se acercó al Presidente, que permanecía sentado en su sitio.

—Sabes que soy muy exigente. He invertido mucho dinero para garantizar mi bienestar y el de mi hijo y lo voy a seguir haciendo. Puedes contar con mi apoyo. No podemos dejar que se salgan con la suya.

—Gracias, Delan. Te haré saber si necesitamos algo.

Se estrecharon la mano y Delan salió de la sala sintiendo que se bajaba el telón del teatro, al menos por el momento.

El Presidente observó salir a Delan y se miró la mano que acababan de estrecharse, cerrándola en un puño con fuerza.

Sabía que Delan contaba con mucho apoyo y que, si quisiera, podría arrebatarle la presidencia, ya que tenían casi el mismo porcentaje de pureza y sabía que muchos lo seguirían.

Conocía bien a Delan, habían ido juntos al instituto y, si bien nunca había tenido interés en el poder, si había sido un gran activista de los derechos mutados.

Sin embargo, desde la muerte de su primera mujer había cambiado. Aceptó el vínculo con una mestiza que también falleció y repudió a su hijo Calem.

Quería fiarse de él pero no podía. Contactó con Mery por el interfono e hizo llamar al Jefe de Seguridad, que apareció casi al instante.

—Quiero que sigáis a Delan como si fuerais su sombra y me reportéis todo lo que hace, a dónde va y con quién. —El Jefe asintió—. Y quiero que sobornéis a su hijo Neil. Es muy inmaduro y voluble, ofrecedle lo que sea para que espíe a su padre.

Rick había aguantado todo el trayecto de vuelta a casa pero, según cerró la puerta, apoyó la espalda en ella y tuvo que respirar hondo para no derrumbarse.

Aflojó el nudo de la corbata, sintiendo que le faltaba el aire con una fuerte presión en el pecho.

Cuando sintió que los contornos de su visión se nublaban, caminó trastabillando hasta llegar al sillón de la sala y enterró la cabeza entre las manos.

Las imágenes que había visto se sucedían en su cerebro. La sangre, los disparos, la muerte de esos chicos. Habían sido Enol y Owen pero podía haber sido la muerte de Calem la que hubiera quedado grabada en video por esos guardias. Y la pobre Enna...

Sabían que podía haber bajas pero tuvo que reconocer que Nolan tenía razón. Se habían precipitado, había sido necesario, ya que estaban a punto de descubrirlos y su tapadera se perdería, pero no podía evitar sentirse responsable de aquellas muertes.

La puerta de la calle se abrió y entró Neil, armando un escándalo mientras se quitaba la chaqueta y dando patadas a todo lo que estaba de por medio.

—Neil, ven —lo llamó.

Neil se acercó haciendo ruido y, entre risas, se burló del aspecto que tenía sentado en el sillón con esa cara de preocupación.

—Cállate y escúchame bien. Enna, Enol y Owen han muerto en La Misión de anoche y tu hermano ha estado a punto. Me han llamado desde la Cúpula para una reunión de emergencia y saben que Calem ha participado. He convencido a todos de que he renegado de él pero nos van a poner vigilancia.

—Pfff y qué. Qué me quieres decir con eso.

Delan soltó un suspiro y se levantó del sillón. Se acercó y lo miró desde su altura, un poco por encima de sus ojos. No sabía qué había hecho mal al criarlo, pero ya no le quedaba otra opción.

—Que van a ir a por ti. Van a intentar engatusarte y sobornarte para que me espíes y les pases información. Esta es tu oportunidad de ser útil al Proyecto Sol y de demostrar tu lealtad y tu valía.

Le dio un par de palmadas en el hombro y se marchó de la habitación dejándolo solo.

Tendría que ponerle vigilancia para asegurarse de enterarse cuando lo sobornaran. Lo conocía tan bien que sabía que lo conseguirían.

***

Se aseguró de que tenía todas sus cosas en la maleta y echó un vistazo a la que había sido su casa. Apenas tenía objetos que lo identificaran, se había asegurado que fuera así en caso de que algo saliera mal y fuera detenido. Todas sus cosas personales cabían en la maleta que arrastraba con la mano hacia la puerta.

Nolan vislumbró su reflejo en el espejo, se paró frente a él y sus ojos azul turquesa le devolvieron la mirada. Estaba emocionado y preocupado a la vez, tenía que pasarse por el despacho para poder llamar a Tierra Vacía y coordinar su salida con la Capitana Harris, donde aprovecharía para preguntar por los chicos.

A estas horas ya debían estar allí o al menos llegando. Arrastró su maleta hasta la puerta y cerró sin mirar atrás. Entró en el ascensor, que bajó los doce pisos rápidamente y sin interrupciones, y salió al hall.

Rhin, el portero, lo saludó como de costumbre. Viajaba tanto que era habitual verle salir a esas horas en dirección al Intersectorial.

—Su vida en una maleta Señor Nolan.

—Y que lo digas Rhin, ¡hasta dentro de un par de días!

Se despidió con la mano y salió a la calle, encaminándose hacia la Universidad. Estaba a tan solo dos avenidas, por lo que llegó rápidamente y, cuando cruzó la puerta, vio la tensión claramente en todo el personal.

Se podía notar que algo había pasado. Los recepcionistas querían aparentar normalidad mientras saludaban a la gente, pero sudaban copiosamente y se miraban unos a otros con nerviosismo.

La Misión no había salido como marcaba el plan A, si hubiera sido así, nadie lo habría notado o, al menos, no tan pronto. Habían tenido que llevar a cabo el plan de extracción.

Nolan arrastró su maleta por el hall de entrada, fichó en los tornos y entró en el ascensor. Marcó el piso y lo puso a velocidad máxima. Notaba los nervios en el estómago y la tensión en los músculos.

Cuando el ascensor se paró y se abrieron las puertas casi corrió por el pasillo hasta llegar a su despacho. Abrió la puerta de madera, encendió la luz y se acercó rápidamente a la mesa para pulsar el botón de los inhibidores.

Una vez se aseguró de que todo estaba correcto bloqueó la puerta y llamó a la Capitana Harris.

—Harris.

—Capitana, Nolan al habla. Informe de situación.

—Los integrantes de la Misión tuvieron que poner en marcha el plan de extracción, se encontraron con medidas de seguridad diferentes a las esperadas.

—¿Están ya allí?

—Ha llegado la mitad del equipo y a duras penas, señor... Los hermanos Yeren y Delan...

Los oídos se le taponaron y un escalofrío le recorrió la espina dorsal. Se escuchó concretar el punto de recogida y despedirse de la Capitana, pero todo en lo que pensaba era en esas terribles palabras.

Enna, Enol y Owen no lo habían conseguido.

Le faltaba el aire y tuvo que apoyarse en la mesa y aflojarse la corbata. Sus manos temblaban y se obligó a respirar hondo.

Era por su culpa. Tendría que haberles dicho que no a los inversores del M, discutido o incluso haber rehusado a usar su dinero si hubiera sido necesario.

Tenía los ojos anegados en lágrimas y se llevó las manos a la cara, llorando desconsoladamente. Esos chicos tenían toda la vida por delante, apenas tenían veinte años. Y Enna...

El pitido de la alarma del móvil sonó atronador en el terrorífico silencio del despacho. Se limpió las lágrimas y se obligó a recomponerse. Cogió el teléfono y abrió la notificación. Era la alarma de su casa, estaban intentado echar la puerta abajo. Lo habían descubierto.

Si veían que no estaba en su casa, el siguiente lugar al que irían sería el despacho

Abrió los cajones, tomando las pertenencias que le faltaban y las echó en la maleta, se quedó parado unos segundos al abrir el último cajón, el que contenía todas los objetos BDSM que utilizaba con Enna.

Arrancó una tira de cuero del látigo, se la ató a la muñeca y terminó de recoger sus cosas.

Cuando se aseguró de que no le faltaba nada más fue hacia la puerta.

Se puso las lentillas de color marrón, se quitó las gafas y se cambió la ropa, cambiando su elegante traje por una sudadera con capucha. Convirtió la maleta en una mochila más discreta y se la colocó a la espalda.

Accedió a las cámaras del pasillo y el hall desde su teléfono. Todo parecía estar en orden, por lo que salió al pasillo, cerró la puerta tras de sí y se dirigió a las escaleras.

Ya no hacía falta que fichara para sostener la tapadera por lo que bajó las escaleras de los doce pisos a todo correr y, cuando llegó a la planta baja volvió a comprobar las cámaras. Los ascensores se encontraban en el lado opuesto del hall, junto al puesto de recepción y la puerta principal.

Había elegido bajar por las escaleras porque eran el acceso más rápido y cercano a la puerta lateral, por la que entraban los trabajadores. Tenía que salir, pasar por el lateral del hall y meterse en la puerta de personal.

Miró la pantalla del móvil. Había movimiento en la entrada, los recepcionistas iban de un lado a otro con nerviosismo, pero no veía con claridad qué era lo que pasaba. Tendría que arriesgarse.

Apoyó la espalda en la pared unos segundos y respiró hondo para recuperar el aliento. Se puso la capucha y salió al hall.

Caminó lo más lento que le permitían sus nervios mientras miraba de reojo a los recepcionistas, que apenas le prestaron atención.

Se sobresaltó cuando vio entrar a todos los guardias en tropel y aceleró el paso, apenas le quedaban unos metros.

—Es en el piso 11, despacho 4. Todavía debe estar ahí.

Dijo uno de los recepcionistas y escuchó los pasos de los guardias corriendo a los ascensores.

Recorrió los últimos metros de la recepción con un nudo en la garganta, hasta que cruzó la puerta de personal.

Respiró hondo, mucho más tranquilo, pero no se permitió descansar, todavía tenía que salir de allí.

Corrió por el pasillo oscuro, rezando al Sol para no encontrarse con nadie. Se había asegurado de que ya se había producido el cambio de turno y no debería haber nadie más por allí.

Suspiró esperanzado cuando localizó el torno de fichaje y comprobó que, tal y como se quejaban los recepcionistas, por la noche no había seguridad que controlara la entrada de personal. Saltó el torno y salió al exterior.

La avenida comenzaba a vaciarse y las voces y ruidos de los guardias se escuchaban con claridad.

No tenían buenas noticias y estaban buscándolo por el edificio. Se alejó de las voces en dirección a la parada de bus, que llegó rápidamente.

Pagó en metálico y se sentó, ajustándose la capucha. El conductor apenas le prestó atención. A esas horas podía ser cualquier mestizo que salía de trabajar de los edificios del centro y regresaba a casa después de un duro día.

Tenía que llegar a la última parada, hasta llegar a la frontera con Tierra Vacía, donde le recogerían los soldados de la Capitana Harris, por lo que se giró hacia la ventana y cerró los ojos, fingiendo dormir.

Escuchó las conversaciones de los demás pasajeros del bus, mutados y mestizos, comentando que había pasado algo raro en la Universidad, pero sin saber qué había sido, para luego volver a hablar de sus temas personales.

La gente vivía tan inmersa en sus vidas y en la inmediatez de la misma, que las noticias apenas les sorprendían durante unos minutos. Después cambiaban a otro tema más interesante, así una y otra vez.

Las conversaciones más banales y menos profundas a su alrededor fueron apagándose a medida que los mutados o mestizos de alto rango se bajaban del bus, dando paso al silencio de los mestizos de bajo rango que regresaban a sus casas del trabajo completamente exhaustos y sin ganas de conversar.

Tras aproximadamente una hora de trayecto, el bus avisó de que se acercaban a la última parada y abrió lentamente los ojos.

Se levantó junto a los demás y bajó del bus cuando este se paró. Estaba en una de las peores zonas del M, con calles residenciales pequeñas, muy similares a las del H pero con bloques de pisos en lugar de casas, lo que hacía ese lugar mucho más decadente.

Se encaminó hacia el muro holográfico que en ese sector estaba decorado con un paisaje urbano falso, muy diferente al campestre del M.

Cuando llegó hasta él lo siguió hasta llegar a uno de los puestos de control abandonados.

Se habían usado los primeros años tras la segregación, cuando había humanos que trataban de cruzar de sector pero, pasado ese tiempo, habían quedado en desuso hasta su completo abandono.

Llegó hasta la pequeña caseta y no se sorprendió de que la cerradura estuviera forzada. No había sido acertado al decir que estaban en completo desuso: servían de picadero.

Entró en su interior y subió las escaleras metálicas que conducían a la parte superior, donde se encontraba la puerta que daba al otro lado del muro. Esa estaba intacta. ¿Quién querría cruzar el muro?

Forzó el cerrojo sin apenas esfuerzo y la abrió. Cruzó el pasillo oscuro de cinco metros, el grosor del muro, y llamó tres veces a la puerta metálica del otro extremo del pasillo.

Tras unos segundos escuchó ruidos de cerraduras y la puerta se abrió.

La cara conocida de un soldado le dio la bienvenida a Tierra Vacía y le dio la mano, saludándolo. Salió al exterior y miró con reconocimiento el cielo verde y negro.

Vació los pulmones y respiró hondo, adaptándose a la atmósfera neutra de esa zona, más adaptada a los mestizos que a cualquiera de las otras dos razas. Sintió como la adrenalina comenzaba a desaparecer de su organismo al sentirse a salvo y el agotamiento invadió su cuerpo, que sintió dolorido mientras subía al coche. Le esperaba un viaje largo por delante hasta reunirse con lo que quedaba de su equipo.

***

Carli estaba sentada en el comedor removiendo el té caliente con la cuchara. Había intentado dormir pero no paraba de dar vueltas, inquieta y preocupada por la Misión y por Vera.

Les había llegado información de que había saltado la alarma y los mutados se habían dado cuenta de lo que había pasado, pero no sabían cómo ni lo que había sido de ellos. Si había saltado la alarma, suponía que el plan inicial de escapar en el Intersectorial se descartaba, por lo que estarían dirigiéndose al punto de extracción para ser recogidos por los miembros de Tierra Vacía. Si esto era así, hasta que no llegaran a Tierra Vacía no tendrían noticias suyas.

Se había pasado horas dándole vueltas a eso, por lo que había decidido levantarse y hacerse algo caliente mientras esperaba noticias de la Capitana.

Todas esas emociones encontradas, los sentimientos que no la dejaban descansar. No estaba acostumbrada a que algo que no fuera el Proyecto Sol o la Misión le quitaran el sueño, pero no iba a ser tan hipócrita de pensar que estaba despierta a esas horas preocupada por el devenir de la Misión.

Pensar que algo podría haberle pasado a Vera, y que sus últimas palabras fueron las que le escribió en la carta de despedida, le estaba revolviendo el estómago.

Se había dado cuenta de que su hija era importante para ella. Que la quería y que sí era una prioridad. Le estaba costando aceptarlo, de tan arraigada que tenía su ideología, pero se había dado cuenta de que era absurdo negar la realidad.

Entendía por qué hacían tanto hincapié en tener las prioridades adecuadas. Al día siguiente tenía cosas importantes que hacer en el Laboratorio y, sin embargo, no iba a poder irse a dormir hasta que tuviera noticias de Vera, lo que haría que mañana seguramente estuviera agotada y toda esa situación afectara en su rendimiento. Algo que no ocurriría si siguiera manteniendo las prioridades adecuadas.

Removió el té un par de veces y sopló suavemente antes de dar un sorbo.

El ruido de la puerta al abrirse hizo que se girara para ver entrar a Duncan, que caminaba agitado hacia ella.

—Estaba buscándote.

—¿Se sabe algo? —preguntó Carli.

Duncan negó con la cabeza y se sentó junto a ella en el banco.

—De ellos no, pero los mutados están poniendo en movimiento a todos los guardias. Algo ha tenido que ir mal.

Carli asintió y bajó la vista a su té.

—Sabes que no es malo que te preocupes por ella, ¿verdad?

—No he hecho las cosas bien, la teoría es muy clara…

—Carli, basta, por favor. Todos saben de tu compromiso tanto con el Proyecto como con la Misión. Nadie va a pensar que eres peor soldado por preocuparte por tu hija en una situación así.

Trató de contener las lágrimas, pero el nudo que tenía en el pecho se comprimía cada vez más hasta que comenzó a llorar. Duncan se sorprendió. Nunca había visto llorar a Carli.

—¿Recuerdas lo que le escribí en la carta de despedida, Duncan? *"Querida Vera, Si estás leyendo esto es porque has aceptado tu tarea y estás camino del Sector M, tal y como esperamos de ti. Espero que me hagas sentir orgullosa y apliques todo lo que has aprendido hasta ahora. Mucha suerte".* Si algo le pasa a Vera, eso sería lo último que recordaría de mí.

Duncan la agarró de ambos brazos y la zarandeó suavemente.

—Has sido la mejor madre que has podido Carli. Has cometido errores, como todos, pero has hecho de Vera una mujer responsable, valiente y comprometida.

Carli comenzó a controlar la respiración para contener los sollozos mientras sentía la presión de los dedos de Duncan en sus brazos, subiendo y bajando suavemente, intentando consolarla.

Se dio cuenta de la cercanía de su contacto y sintió un escalofrío. Ambos sabían lo que sentían el uno por el otro desde hacía años pero se habían obligado a mantener las distancias: "Por la Misión y el Proyecto" prometieron. Sin embargo, con los dedos de Duncan acariciándole la piel, aquella promesa le parecía tan lejana como absurda.

Levantó la cabeza para encontrarse con esos ojos negros que conocía tan bien. Los dedos que la acariciaban subieron lentamente por los brazos hasta llegar a las mejillas, limpiando las lágrimas con delicadeza.

Sentía como electricidad allá donde tocaba y un cosquilleo en el estómago.

Su dedo pulgar bajó hasta sus labios. Los rozó suavemente y ambos suspiraron. Carli cerró los ojos, esperando el momento, pero el sonido del teléfono de Duncan le hizo abrirlos rápidamente.

Se miraron unos segundos, sintiendo como ese momento se perdía y sin saber si volvería a repetirse. Duncan acarició por última vez la mejilla de Carli antes de separarse de ella y contestar el teléfono.

—Duncan —dijo al descolgar.

Una voz al otro lado de la línea comenzó a hablar y el semblante de Duncan comenzó a palidecer. Habló durante mucho tiempo y Duncan no dijo una sola palabra, solo negaba con la cabeza y se pasaba las manos por su pelo moreno.

—Si necesitáis cualquier cosa avisadnos. Estamos a dos días de camino…

La persona al otro lado, que supuso era la Capitana Harris, dijo algo más y se despidió de Duncan, que colgó el teléfono visiblemente preocupado.

—¿Qué ha pasado? —inquirió Carli al ver que no hablaba.

—Vera está bien pero…. Saltó una alarma y tuvieron que poner en marcha el plan de extracción, los persiguieron y atacaron en la huida. Solo han conseguido llegar tres a Tierra Vacía.

—¿Vera y quién más?

—Vera, Kleiff y Calem.

Carli bajó la mirada. Sintió un enorme alivio de que su hija estuviera bien pero lamentaba la pérdida de los otros tres jóvenes y cómo todo eso iba a afectar a Vera. Lo había visto en todos los ancianos y familias del Refugio, en los huérfanos.

Perder a alguien y en circunstancias tan extremas cambiaba por completo la forma de afrontar la vida. Su hija, aquella que había dejado el H unos meses atrás, no iba a ser la misma después de todo aquello.

—Está bien. Puedes estar tranquila.

—No lo está Duncan. Conozco a Vera. Esos chicos eran su familia y no va a estar bien después de perder a la mitad de ella. Nadie lo estaría —respondió negando con la cabeza.

Sintió el deseo de Duncan de volver a tocarla para consolarla pero Carli se levantó de la silla.

—Solicítale a la Capitana una llamada con Vera, por favor —pidió mientras recogía su té de la mesa, ya frío.

Vio el brillo de la tristeza en los ojos de Duncan y cómo volvían a ser los de siempre, sin esa cercanía que acababan de experimentar.

Asintió con la cabeza a modo de aprobación y Carli salió de la sala. Estaba asimilando tener a su hija como prioridad por encima del Proyecto que, creía, llenaba su vida, pero todavía no se sentía preparada para romper la promesa que había hecho con Duncan.

II

Una especie de luz tenue se filtraba por la ventana cuando Vera abrió los ojos. Se estiró y, al bostezar, un olor peculiar le hizo cosquillas en el estómago. Kleiff.

Miró a su alrededor. El otro lado de la cama había sido usado, y en la almohada todavía quedaba la forma de haber estado apoyada su cabeza. Había dormido con ella pero, ¿por qué?

Los recuerdos de lo sucedido el día anterior relampaguearon en su mente y tuvo que incorporarse al sentir que se ahogaba.

Enna, Enol, Owen.

Sintió las lágrimas agolpándose en sus ojos pero respiró hondo y las reprimió. No podía romperse, tenía que ir a ver a Calem y hablar con Kleiff.

Tuvo que hacer varias inspiraciones profundas hasta que se sintió con fuerzas para destaparse. Se sorprendió al ver que estaba completamente desnuda y la toalla con la que se había tapado al salir de la ducha estaba a un lado, echa un gurruño.

Se ruborizó ligeramente al pensar que Kleiff había estado tumbado junto ella pero luego se dio cuenta de que era una tontería, tenía cosas más importantes en las que pensar.

Se levantó y cogió la ropa doblada que le habían dejado a los pies de la cama. Al ponerse el pantalón ancho y la camiseta casi se le saltaron las lágrimas.

Hacía meses que no llevaba ropa del H y, aunque pensaba que se había acostumbrado a las prendas que llevaba en el M, estaba mucho más cómoda con eso.

Se hizo una coleta alta y salió al pasillo. Sabía que era de día porque las luces de los pasillos eran mucho más brillantes, pero apenas entraba luz del exterior por las ventanas. Se acercó a una de ellas y vio el mismo cielo negro y verde de la noche anterior.

Supuso que en Tierra Vacía no había cielo ficticio y que lo que estaba viendo era el exterior de la Nueva Tierra.

Un chico mestizo la saludó al pasar junto a ella y se fijó en la estructura del edificio. El techo era abovedado y las paredes circulares, como si estuvieran en una cueva.

Caminó por el pasillo hasta llegar a un distribuidor circular enorme del que salían cuatro pasillos. La puerta de entrada estaba en el centro y por ella entraban y salían mestizos que la saludaban con alegría.

Vera devolvió los saludos mientras leía los letreros de información.

"Tierra Vacía se encuentra en una atmósfera neutra, mestizo, respira hondo y relájate"

Rezaba uno de ellos y se sorprendió al darse cuenta de ello. Recordó que, mientras esperaba a recibir noticias de Calem, había notado que respiraba con dificultad pero había pensado que se trataba de la ansiedad por todo lo sucedido, cuando lo que realmente estaba haciendo su cuerpo era adaptarse a aquella atmósfera neutra, expulsando los últimos restos de la mutada.

Terminó de leer la señalización qué había en cada pasillo y se encaminó al que indicaba "Unidad médica".

No recordaba el camino de la noche anterior, quiso pensar que era por la diferencia de iluminación, pero sabía que era por el cansancio y cúmulo de emociones.

Recorrió el pasillo hasta llegar a las zonas de cuidados intensivos, unas habitaciones cuyas paredes tenían la mitad superior de cristal, lo que permitía ver el interior.

Al final del corredor, observando el interior de la habitación, se encontraba la mestiza que había conocido la noche anterior.

La mujer se dio cuenta de que Vera la observaba y se acercó a ella. Tenía el pelo corto, era más alta que Vera y vestía con uniforme militar.

Era muy guapa pero tenía un semblante tan serio que intimidaba. Sonrió a Vera ligeramente y se paró frente a ella.

—Vera Yeren.

—Es Ebben… Yeren era la tapadera que teníamos en el M.

La mujer asintió y le tendió la mano.

—Encantada de conocerte, Ebben. Soy la Capitana Minerva Harris. Anoche no pudimos presentarnos.

Vera estrechó la mano que le tendía y sonrió a su vez.

—Tu compañero Delan está en la última sala.

Vera asintió dándole las gracias y la Capitana pasó junto a ella. La observó alejarse por el pasillo. La seguridad en sí misma denotaba la autoridad que poseía sin decirlo.

Volvió a girarse y siguió el camino por el que había venido la Capitana hasta que llegó al cristal por el que estaba mirando, para encontrarse a Calem y Kleiff hablando.

Calem estaba recostado en una cama enorme, con el torso cubierto por un grueso vendaje. Todavía llevaba una vía y las cánulas que le daban aire en la nariz. Se movía con dificultad pero hablaba y reía con Kleiff, que estaba sentado en una silla a su lado.

Un suspiro de alivio y alegría se escapó de sus labios al verlo así y su cuerpo se destensó.

Kleiff sintió su emoción a través del vínculo y la miró al otro lado del cristal.

Vera se sonrojó al recordar que habían dormido juntos, ella estando completamente desnuda, y Kleiff sintió su vergüenza, sonrojándose también.

Calem, percatándose finalmente de su presencia, la miró también, haciéndole un gesto para que pasara a la habitación, sin embargo, Vera no se movió. Se quedó parada, observándolos indecisa sin saber qué hacer.

No había vuelto a estar a solas en una habitación con Kleiff y Calem desde su llegada al M meses atrás. Desde entonces habían pasado muchas cosas, entre ellas a parte de todo lo que hubiera pasado entre ellos tres, la más reciente era perder a parte de su familia. Por muy incómoda que se sintiera, Kleiff y Calem era todo lo que le quedaba.

Se aproximó a la puerta y entró en la habitación. El aire era denso y Vera tuvo que exhalar el aire de los pulmones y volver a inhalar despacio para adaptarse. Seguramente el componente mutado era el predominante para ayudar en la recuperación de Calem.

La conversación entre los dos chicos se detuvo cuando cruzó el umbral y Calem sonrió.

Verlo en vivo y en directo con ese vendaje hizo que Vera recordara cómo le había dejado ayer en manos de los soldados de Tierra Vacía, malherido y moribundo y se acercó a él rápidamente. Él extendió un brazo para abrazarla y ella se acomodó en él, hundiendo la cara en su cuello.

—Han dicho que casi no lo cuento... De no ser por ti...

Vera negó con la cabeza y se separó.

—No pude hacer nada por ti. Ni por nadie. Tuviste suerte —respondió apenada mientras se separaba de él para mirarlo.

—No digas eso Vera, ni lo pienses si quiera —intervino Kleiff, para sorpresa de Vera—: Lo hiciste lo mejor que pudiste. Todos lo hicimos. No sirve de nada culparnos por algo que no dependía de nosotros.

Vera sintió un nudo en la garganta y se giró para mirarlo. Sus ojos marrones eran comprensivos y amables y recordó la sensación de sus brazos abrazándola en la cama, consolándola. Él supo lo que estaba pensando y se hizo un silencio incómodo.

Tres golpes en la puerta interrumpieron el silencio y la Capitana Harris asomó la cabeza antes de entrar.

—¿Se puede? —preguntó.

—Claro que si, llegas en el momento perfecto para interrumpir un silencio incomodísimo.

La mestiza frunció el ceño y se acercó con paso firme.

—Venía a presentarme formalmente. Aunque a Yeren y a Ebben ya los conozco. Me llamo Minerva Harris y soy la Capitana Jefe de Tierra Vacía.

—¿Yeren? ¿Ebben? —repitió Calem.

—Va de apellidos la cosa por aquí —respondió Kleiff.

Minerva se giró para mirar a Vera directamente.

—Si necesitáis cualquier cosa me encontraréis en mi despacho. Nolan está siendo trasladado, os avisaremos cuando llegue.

—Minerva, perdón, Capitana Harris —Se corrigió Calem en tono burlón—: ¿Se sabe algo de mi padre?

—¿Y de mi madre? —interrumpió Vera.

La Capitana asintió con la cabeza.

—Delan ha sido informado de tu estado. Ha indicado que desea hablar contigo cuando estés recuperado y, sobre tu madre, Ebben, tiene órdenes de esperaros en el H. Viajareis próximamente allí. Pero también quiere hablar contigo.

Vera asintió con un nudo en la garganta.

—Os dejo con vuestro silencio incómodo entonces...

Hizo un gesto con la cabeza y se marchó con el mismo paso con el que había entrado.

—¿Por qué utiliza los apellidos? —preguntó Vera.

—Me dijo que solo llamaba por su nombre a la gente de confianza —respondió Kleiff, mirando todavía el lugar en el que había estado la Capitana.

—Me cae bien esta tía —dijo Calem.

—Voy a averiguar algo más. Vuelvo más tarde.

Vera observó salir a Kleiff a paso acelerado, sin mirarla ni despedirse, y se quedó en silencio mirando la puerta. Sentía alivio de que se hubiera marchado y, a la vez, culpabilidad. Había dormido muchas horas pero se sentía cansada e incapaz de lidiar con los sentimientos que le producía toda aquella situación.

Calem le rozó el brazo con el dorso de la mano, llamando su atención.

—Ey... ¿Estás bien?

Vera lo miró y negó con la cabeza. Sus ojos azules hicieron que el dique que contenía todas las emociones, sentimientos y recuerdos de lo sucedido se derrumbara y las lágrimas comenzaran a caer descontroladas, empapando sus mejillas

Calem abrió los brazos y ella lo abrazó con cuidado. Sentía tanto cansancio y dolor que no podía parar de llorar.

No había sido entrenada para gestionar la pérdida de nadie, menos aún de esa forma tan trágica y precipitada, y no sabía qué hacer. Estaba totalmente perdida.

Todo había cambiado demasiado deprisa y no se veía capaz de gestionar todas las emociones que sentía.

Poco a poco consiguió tranquilizarse con las caricias de Calem y el olor familiar de sus feromonas. Cerró los ojos y comenzó a controlar la respiración.

—Tranquila. Al principio duele mucho pero te acostumbrarás. Siempre dolerá pero será un dolor diferente.

Vera se incorporó poco a poco y Calem le secó las lágrimas con el dedo.

—Si te llega a pasar algo te juro que me muero... —dijo ella con la voz ronca de llorar.

—De eso nada. Además, si me hubiera muerto ahora no tendrías problemas para elegir entre Kleiff y yo.

—Eres gilipollas —respondió Vera dándole un manotazo en el brazo.

Ese tema tampoco era algo en lo que quisiera pensar. Para ella nada había cambiado. Quería a Calem, estaba a gusto con él pero había empezado a sentir algo más por Kleiff y, recordar la promesa que se habían hecho, le causaba tal sensación de vértigo que no se veía capaz de gestionar.

—Era una broma, Vera. Bastante tenemos... No hace falta que pienses en ello ahora.

Vera observó sus rasgos mutados. Los ojos azules casi blancos, su piel blanca y su melena rubia. Estar con él era algo familiar, si no miraba las gasas y vendas que cubrían su pecho podían estar en su habitación en el M, escuchando música y charlando de tonterías.

Una especie de calma invadió su cuerpo, como un respiro entre toda la vorágine de emociones. Una pausa que realmente necesitaba.

Su mirada era dulce e interrogante y su mano jugueteaba con un mechón de su pelo.

Sintió un cosquilleo en el estómago y ganas de besarlo, se acercó un poco, tanteándolo, y se encontró con su sonrisa pícara.

—Te he echado de menos —dijo él.

Aunque hacía solo unas horas que se habían visto, ella también tenía esa sensación, como si hubiera pasado una vida entera entre esas doce horas. Como si todo hubiera cambiado excepto ellos.

Besó sus labios ligeramente pero enseguida Calem tomó la iniciativa e intensificó el besó, devorando sus labios, entrelazando sus lenguas.

No fue un beso largo pero fue el que necesitaban para volver a sentir.

Calem separó sus labios despacio y rozó su nariz con la de Vera de forma dulce.

—Te quiero, lo sabes —susurró y ella asintió.

—Sabes que yo también. —Él asintió a su vez y tomó aire para hablar, pero ella lo interrumpió besando sus labios de nuevo—. No menciones a Kleiff, ahora no.

Calem la besó de nuevo, esta vez subiendo sus manos por sus caderas y su espalda, recordando las sensaciones de su cuerpo, despertándolo.

Sintió un pinchazo en las heridas que trató de ocultar pero Vera se dio cuenta y ralentizó el ritmo en el beso, sin poder contener una sonrisa.

—Serías capaz de seguir aunque estuvieras retorciéndote de dolor.

—Lo que sea por complacerte, ya lo sabes.

Vera soltó una carcajada, le dio un último beso y sacó del bolsillo el móvil y unos auriculares.

Se acomodó en la cama junto a Calem y le pasó uno de los cascos mientras buscaba su canción preferida.

—Descansa. Nuestra misión ha terminado. Tenemos tiempo —le dijo mientras pulsaba el botón de *play* y la música comenzaba a sonar.

***

Kleiff dobló la esquina y se quedó parado sin saber a dónde ir. Había huido vilmente de la habitación y de esa conversación pendiente e incómoda.

—Así que es Ebben, no Yeren. No sois hermanastros siquiera, era una tapadera interna.

Kleiff se giró para encontrarse a la Capitana Harris, apoyada en una pared toqueteando su teléfono.

—Su padre biológico era mi padre adoptivo. No nos une sangre, pero era necesario.

—Mis hermanas se quedarán tranquilas. Pensaban que estabais cometiendo incesto anoche.

Kleiff se sonrojó y se vio en la necesidad de explicarle a la Capitana Harris lo sucedido, sin saber muy bien por qué.

—Vera y yo no... No hay... Vera está con Calem. Es complicado.

—Ya veo... —dijo sonriendo—. Anda, ven… Te enseñaré esto.

Kleiff observó a Minerva caminar delante de él y, de nuevo, sin saber por qué, se sintió tremendamente atraído por ella.

Todos la saludaban al pasar, algunos inclinaban ligeramente la cabeza. Desprendía una seguridad hipnótica.

La siguió sumergido en esos pensamientos hasta la puerta principal, donde se paró y se dio la vuelta para mirarlo.

Tenía una mirada que calaba, como si estuviera leyéndole el pensamiento y Kleiff sintió el calor subiendo a sus mejillas.

—¿Estás bien, Yeren?

Nadie lo llamaba por su apellido y escucharlo de sus labios le resultaba demasiado atractivo.

Asintió con la cabeza como si se hubiera olvidado de hablar. No entendía qué le estaba pasando. Tenía que ser por la autoridad que desprendía. Se sentía intimidado y a la vez atraído por su superioridad y seguridad.

—Este es el hall principal. —Minerva comenzó a hablar y Kleiff se obligó a escucharla y centrarse en sus palabras—. Ya has visto que desde aquí es donde se reparten todas las estancias.

Toda la estructura del edificio era abovedada. Desde ese hall salían cuatro pasillos, el del Área Médica por el que acababan de salir, el de Áreas Comunes, donde se encontraba el comedor, el Área de Ocio, el gimnasio y la biblioteca.

El tercer pasillo era el de los dormitorios y el cuarto donde se encontraban los despachos.

Minerva le explicó que esa distribución no era al azar, que se había construido así para poder organizar una mejor defensa en caso de ataque, ya que, cada pasillo podía sellarse como un bunker y en todos ellos había armas y víveres de supervivencia, para que, te encontraras donde te encontraras, pudieras defenderte.

Kleiff la escuchaba fascinado, estaba todo planificado al milímetro y formuló un par de preguntas sobre estrategias y armamento que parecieron gustarle, porque su expresión seria comenzó a suavizarse, satisfecha de que estuviera siendo proactivo.

Tras explicarle la estructura y distribución de "La Guarida", como había llamado ella al lugar, salieron al exterior, donde fueron recibidos por ese cielo negro y verde que todavía le causaba escalofríos, surcado por los brillos de los relámpagos.

Le enseñó la parte exterior del edificio, donde se encontraban aparcados esos vehículos que no sabía que existían hasta hacía unos días. Coches y camiones. Se acercaron a uno de ellos, con ruedas enormes, que solo tenía dos plazas.

Minerva le hizo un gesto para que subiera, mientras ella abría la puerta del conductor, y él bordeó el coche para subir a su asiento.

Arrancó y condujo alejándose de la Guarida. El terreno se volvió cada vez más inestable, haciendo que el coche se moviera a trompicones y Kleiff tuviera que agarrarse a la estructura, lo que produjo una carcajada de la Capitana.

—Tranquilo Yeren, a eso se le llaman baches —explicó—, estamos en un terreno muy escarpado.

Kleiff asintió pero ni se soltó ni se relajó, preguntándose en qué momento le había parecido buena idea salir de la habitación de Calem para seguirla y qué hacía en ese coche con ella, yendo a saber a dónde.

Continuaron avanzando unos minutos hasta que llegaron a la falda de una colina. La Capitana manipuló una palanca del coche y comenzó a subir a menos velocidad.

Los truenos se escuchaban con mayor intensidad y... Había algo más. Era como un susurro, algo rítmico que no sabía identificar.

Al llegar casi a la cima, la Capitana frenó el vehículo y se bajó. Kleiff la imitó y la siguió hasta llegar a la cumbre.

La visión de lo que encontró al llegar al borde de la roca lo sobrecogió. El cielo verde y negro se movía arremolinándose sobre sí mismo, distinguiéndose rayos de luz que se reflejaban en una masa de agua inmensa que chocaba una y otra vez contra las piedras bajo sus pies.

—Nos han enseñado toda la vida que la Burbuja era un territorio circular, pero no es cierto —comenzó la Capitana—, la Nueva Tierra no es una planicie perfecta, seleccionaron las zonas más llanas para construir los sectores y dejaron que las zonas escarpadas y rocosas los separara, lo que llamaron Tierra Vacía. Querían hacerlo de forma circular pero al llegar aquí se encontraron con el agua.

Kleiff escuchaba las palabras de la Capitana sin dar crédito, observando fascinado el paisaje que tenía enfrente.

—¿Qué es esto?

—Son masas de agua movidas por la fuerza de la gravedad y la luna. Se llama mar.

"Mar". Repitió en su mente Kleiff. Tenía que enseñarle eso a Vera y Calem.

Kleiff se acercó al borde, con cuidado de no tocar La Burbuja, tratando de asomarse al vacío.

—Estamos en un acantilado. Antes había muchos más accidentes geográficos pero yo solo he visto estas colinas y el acantilado.

La Capitana se sentó en el suelo, apoyando los brazos en las rodillas. Kleiff la imitó y se sentó, sin dejar de mirar el horizonte.

—¿Realmente estaba interrumpiendo algo incómodo?

Kleiff suspiró y la miró. Lo miraba curiosa y divertida, parecía haber perdido esa faceta seria que tenía en la Guarida.

—No pienso hablarte de eso mientras me sigas llamando por mi apellido

Ella sonrió y asintió con la cabeza. Tras unos segundos habló.

—Si pido confianza debo darla primero. Me parece justo. Hace tiempo, cuando mi padrastro era Capitán y la Guarida estaba en otra zona de Tierra Vacía, vinieron soldados mestizos, muy comprometidos con El Proyecto. Supuestamente. Los acogimos enseguida, los alimentamos y curamos. Nos abrimos a ellos y, cuando más confiábamos, descubrimos que eran espías del M. Aquí no tenían cobertura en sus dispositivos por lo que se habían infiltrado en misión de un año, anotar todo y marcharse para delatarnos. Los descubrimos a los seis meses.

—Los eliminasteis.

La Capitana asintió mirando al horizonte.

—Hicimos lo que teníamos que hacer, por el Proyecto y por las familias que vivimos aquí. Te cuento esto —dijo dirigiéndose de nuevo a Kleiff—, porque confío en Nolan y de verdad quiero confiar en vosotros.

Kleiff miraba sus ojos y la verdad que había en ellos. Se notaba que había algo más tras aquella historia, seguramente se implicó con alguno de ellos, llegando a tener algo más, lo que hizo que se sintiera aun más traicionada. Si tenía razón en sus suposiciones podía entender que fuera tan desconfiada.

—¿Qué necesitas saber para estar tranquila? Respondo también por Calem y Vera, son de mi total confianza.

—Quiero estar segura de que lo que hay entre vosotros no va a suponer un problema en mi casa, ¿confías en ellos ciegamente?

El chico asintió sin pensarlo. Por suerte, sus problemas no estaban basados en falta de confianza.

—Bien... Lo que ocurra entre vosotros no me importa entonces. Solo quiero que me asegures que estás comprometido con el Proyecto, realmente comprometido.

—Lo estoy. No son solo mis ideales, son todos los ideales de los que han muerto para intentar conseguirlo. Mi padre, Enna, Enol, Owen... Otros tantos que no conozco pero que han sido y son familiares queridos por alguien. Este mundo está tan podrido... Los mutados nunca cederán, y la mayoría de humanos están tan sugestionados que no lucharán por los derechos que ni siquiera recuerdan haber perdido. No vale la pena luchar en una guerra que se va a perder, hay que volver al pasado.

Sus palabras sonaron rabiosas y enfadadas. Era la primera vez que hablaba así con alguien que no fuera su padre. Ni siquiera se había sentido cómodo de confesar sus pensamientos más profundos sobre los mutados a Calem o Nolan.

—¿Tu padre murió? —El chico asintió—. El mío también, cuando era pequeña. Después, mi madre volvió a casarse con el que fue mi padrastro y el padre de mis hermanas. Murió de Tulorea. Mi madre también está enferma, ya no nos conoce ni se vale por sí misma, está sedada.

—Lo siento mucho —susurró Kleiff, posando su mano sobre la de ella, que descansaba en el suelo.

Ella sintió un cosquilleo en el estómago pero no retiró la mano.

—Gracias. En realidad no sé por qué te lo he contado. Se suponía que la que tenía que conseguir información era yo.

—Supongo que con tus hermanas no hablas del tema para protegerlas y con tu gente tampoco para no entristecerlos o que te vean débil.

La Capitana frunció el ceño y sonrió.

—¿Ahora lees el pensamiento, Yeren?

—Tenemos más en común de lo que pensaba...

—Eso parece.

Se quedaron en silencio, observando el horizonte oscuro y el oleaje. No era un silencio incómodo. Kleiff pensaba realmente lo que había dicho, tenían muchas cosas en común y la entendía. Comprendía el peso de la responsabilidad sobre sus hombros, su debate interno entre lo que quería y lo que debía hacer. Sentirse mal por querer confiar en alguien para compartir esa carga que, en teoría, debían cargar solos.

—Supongo que después de esta charla os puedo considerar de confianza, Kleiff. Perdona por cómo te hablé anoche. Ahora sé que no era el momento de pensar en eso.

Él sonrió.

—No pasa nada... es normal. ¿Te puedo llamar Minerva entonces?

Ella soltó una carcajada y asintió. Tenía una sonrisa muy bonita que se notaba que no practicaba mucho.

—Podemos volver ya si quieres...

Kleiff volvió la vista al agua que chocaba embravecida contra el acantilado. Sentía que estaba como en pausa, relajado y tranquilo. No le apetecía volver a la realidad. No quería pensar en Calem y Vera, en Enna o en Enol y Owen.

—¿Podemos quedarnos un poco más?

Minerva, como si hubiera entendido lo que estaba pensando, respondió.

—El tiempo que necesites...

Posó su mano en su brazo, apretándolo con suavidad y volvió su mirada al paisaje, reflejándose el brillo de los relámpagos en sus ojos.

***

Rala observaba a Kev tras los cristales de la habitación de adaptación.

Tenía el semblante relajado y respiraba profundamente. Apenas habían podido hablar tras la sesión de Mementium. Tras hablar con su padre todo había pasado demasiado deprisa.

Había tenido que subir corriendo a su despacho para darle las imágenes y su padre le había pedido que se encargara de encontrar a los demás traidores.

Mientras organizaba todos los datos que los informadores le iban dando, siguió en directo la persecución grabada por los guardias y cómo los traidores conseguían escapar.

Su padre comenzó a maldecir a humanos y mestizos, dio golpes y pateó los muebles que se encontraban en su camino.

Rala jamás lo había visto así y estaba preocupada por él. Trató de tranquilizarlo, pero no paraba de gritar que el Proyecto Sol había vuelto y que habían robado los planos.

Rala no comprendía ninguna de esas palabras pero debía ser algo importante y que amenazaba la estabilidad de la Burbuja. No afectaría tanto a su padre si no fuera así.

Tras llevarle una infusión y entregarle toda la información que había encontrado, le ayudó a convocar a la

Cúpula, el conjunto de mutados más poderosos y que ayudaba a gobernar a su padre.

Cuando llegaron y su padre fue a reunirse con ellos, Rala se quedó en su despacho sin saber qué hacer.

Ojeó los datos y volvió a ver las imágenes de lo que había pasado pero, al no comprender, decidió no darle más vueltas hasta que su padre se decidiera a explicarle lo que estaba pasando realmente.

Sin nada más que hacer allí decidió bajar a ver a Kev. Al verlo dormido no había querido entrar y allí se encontraba, observándolo respirar.

Había sido criada para odiarlo. No solo a él, a todos los humanos. Siempre que su padre comentaba algo negativo de los humanos ella no sentía nada, era algo común y era lo que siempre había oído en su círculo de amistades, sin embargo, esa noche, al escuchar a su padre maldecir a los humanos por lo que había pasado, sintió un leve rechazo.

Tuvo que morderse la lengua para responder pero tampoco sabía qué hubiera respondido. Sólo sabía que sentía que no tenía razón. Que no todos los humanos eran como él pensaba y que no estaba bien lo que decía.

Allí en la oscuridad de esa sala, sumida en el silencio, se sintió más sola y perdida que nunca.

Sus sentimientos hacia Kev le parecieron tan claros y fuertes que sintió vértigo, sobre todo al darse cuenta de que no había un futuro escrito para ellos.

Ella iba a morir de su enfermedad y él...

Como si supiera lo que estaba pensando, sus ojos se abrieron y miraron directamente a donde ella se encontraba. Trató de sonreírle pero no le salió y él comenzó a incorporarse en la cama.

Rala exhaló vaciando completamente de aire los pulmones y entró en la habitación.

—¿Qué ha pasado? Me tenías preocupado —dijo Kev terminando de incorporarse.

Tenía los ojos hundidos, bordeados de ojeras, debía estar agotado después de la sesión de Mementium y, sin embargo, seguía preocupándose por ella.

—¿Tú sabes lo que es el Proyecto Sol?

Kev negó con la cabeza.

—Wellan me lo preguntó también pero no, no sé lo que es.

Rala asintió y se sentó en la cama junto a él.

—Por lo visto el Proyecto Sol ha resurgido y algunos de sus miembros se han infiltrado en el Archivo para robar los planos de Libélula... Sea lo que sea que signifique todo eso.

Kev frunció el ceño y se quedó pensativo.

—No sé nada de unos planos pero si me suena algo de una libélula —explicó—: cuando éramos pequeños jugábamos a un juego y la frase que cantábamos era esta: "*Libélula fue el principio, libélula será el final, a la cuenta de tres todos retrocederán*", nos la enseñó la abuela de una amiga nuestra y la cantábamos sin parar, hasta que la abuela murió y nos prohibieron cantarla.

Rala repitió la frase en su cabeza tratando de buscarle un sentido. Algo que tuviera relación con el odio de su padre hacia los humanos, con los planos y la letra de la canción.

Un recuerdo súbito de una de sus clases de historia le vino a la mente. Algo de una máquina del tiempo que estaban construyendo los humanos.

—Kev, ¿a vosotros os enseñaban historia?

—Claro.

—¿Que os enseñaron del origen del Gobierno de los mutados?

—Que tuvieron que entrar al poder para impedir que los humanos destruyeran la civilización con un arma que estaban construyendo y, como castigo, nos separaron en sectores.

Rala asintió, aunque a ellos se lo enseñaran diferente se refería a lo mismo. Sentía un cosquilleo en los dedos y en el estómago por saber que estaba a punto de llegar a una conclusión importante.

—Kev, no era un arma, era una máquina del tiempo.

—*A la cuenta de tres todos retrocederán...* —repitió.

—Los humanos estaban construyendo una máquina del tiempo para volver al pasado e impedir la guerra. Y si... ¿Nunca dejaron de construirla?

—Los planos a los que te referías son los de la máquina.

Rala asintió de nuevo sintiéndose dividida. Orgullosa de haber llegado a esa conclusión sin la ayuda de su padre pero interrogante por lo que significaban aquellas palabras.

Si construían la máquina, ¿realmente volverían al pasado? ¿Y qué sería de ellos entonces?

Miró a Kev y sintió aflorar esos sentimientos que se había obligado a reprimir.

No sabía cuánto tiempo le quedaba de vida pero no iba a ser mucho, su enfermedad empeoraba por momentos, y lo único que le apetecía era besarlo y estar juntos ese tiempo que le quedara. Pero no podía ser. O si... ¿por qué no? ¿Quien había decidido eso?

—¿Qué te pasa Rala?

—¿A tí te parece bien que quieran volver al pasado para impedir la guerra?

Kev frunció el ceño y reflexionó. Estuvo callado tanto tiempo que Rala pensó que no contestaría pero, cuando levantó la vista para mirarla, supo su respuesta.

—En este presente no hay futuro para los humanos. Si tienen miedo de que los mutados los capturen y los torturen como a mí... Si. Me parece bien.

Rala se sintió dolida pero entendía sus palabras. No podía olvidar que ella seguía siendo su captora y que la situación de Kev no iba a mejorar. Sin embargo, estar de acuerdo con sus palabras la convertía en una traidora. Sentir lo que sentía por él la convertía en una traidora.

Llevaba cometiendo traición desde el momento en que dejó de llamarle H54 pero, a la vez, sentía que era cuando su vida había comenzado a tener sentido. Kev le había dado más apoyo y comprensión en esos meses que su padre en toda su vida, no sólo con su enfermedad sino en general.

Estaba tan confusa que se echó en la cama junto a él y cerró los ojos.

Sintió su cuerpo tenso a su lado al principio, sin embargo, poco a poco se echó junto a ella. El calor de su cuerpo le llegaba a través de la ropa y las sábanas, y sintió su mano junto a la de ella.

Rozó sus dedos con el dorso de la mano y él la correspondió, acariciando su piel hasta entrelazar los dedos. Abrió los ojos y giró la cabeza para mirarlo. Sus ojos negros brillaban y notaba el rubor en sus mejillas a pesar de la oscuridad de su piel.

—Estaría bien vivir en un presente en el que poder hacer esto sin miedo —susurró.

—Y esto...

Acarició con suavidad su mejilla y él entrecerró los ojos al sentir el contacto. Se acercó a Kev lentamente. Los humanos no tenían feromonas como los mutados, no desprendían un olor personal, pero Kev olía a él. A jabón y al olor de su piel.

No quiso resistirse más y rozó sus labios en un beso que él correspondió con dulzura y sorpresa, con sus lenguas dándose la bienvenida y conociéndose por primera vez.

Sintió su mano acariciándole la mejilla y bajando por su cuello.

El pitido de la máquina a la que estaba conectado Kev los sobresaltó y se separaron rápidamente para mirarla.

Se le había acelerado el pulso.

Ambos se miraron y sonrieron.

—Me han dicho que mañana me desenchufarán de ese trasto…

—Esperaremos a mañana entonces... Vamos a dormir.

Kev pasó un brazo por debajo del cuello de Rala y ella se apoyó en su pecho, sintiéndose tranquila y feliz como nunca se había sentido.

Se quedó dormida con la mano de Kev acariciándole el pelo y escuchando los latidos de su corazón.

***

Calem tenía un dolor intenso en el costado. Había estado aguantándolo y disimulando delante de Vera y Kleiff para no preocuparlos pero, a solas en la habitación, soltó los quejidos que había estado aguantando.

Se movió un poco para acomodarse y poder dormir pero se encontró dos chicas totalmente idénticas mirándolo al otro lado del cristal.

Tuvo que parpadear un par de veces para darse cuenta de que eran reales y que no estaba empezando a ver doble por la medicación y el dolor.

Las chicas, al ver su incredulidad, sonrieron y saludaron al tiempo, causando aun más sorpresa en Calem.

Se acercaron completamente sincronizadas hasta la puerta y entraron en la habitación.

—¡Hola! —dijeron al unísono.

Calem alcanzó a levantar la mano a modo de saludo. Realmente pensaba que había perdido la cabeza.

—Somos Dafne y Diana.

—Venimos a ver qué tal estás.

Vale, eran las hermanas gemelas de la Capitana. No estaba perdiendo el juicio.

Se centró en ellas y sus rasgos. Eran completamente idénticas, no como él y su hermano, que se parecían muchísimo pero siempre habían querido diferenciarse, que se notara quién era cada uno, por eso nunca se habían vestido igual. Todo lo contrario a ellas, que parecían controlar cada detalle para ser idénticas.

Intentó recordar los rasgos de la Capitana para ver si se parecían pero no se había fijado tan detalladamente en ella.

Las chicas lo miraban extrañadas. Le habían hecho una pregunta que no había respondido.

—Estoy dolorido pero bien, mejor que estar muerto, supongo.

Las mestizas se miraron y se acercaron una a cada lado de la cama hasta sentarse a los pies.

—Sentimos mucho lo que les pasó a vuestros compañeros.

—Gracias —musitó Calem. No había querido pararse a pensar en nada de eso. No había querido pararse a pensar en nada, de hecho. Ni siquiera en su relación con Kleiff y Vera.

—No queríamos entristecerte, perdona.

Calem negó con la cabeza y sonrió.

—No es culpa vuestra, es que no he querido pensar mucho en ello.

Ambas chicas pusieron cara de disgusto y se acercaron más a él.

—Eso no está bien. Hay que pasar el duelo, de lo contrario, no llegarás a superarlo nunca.

—Cuando nuestro padre murió pensábamos cómo tú. Prohibimos a todo el mundo que nos lo mencionara si quiera, hasta que un día...

—...Explotamos. Parecía que estábamos bien pero por una tontería empezamos a llorar, y de ahí a gritar y a recordarle con mucho dolor.

—Nuestra hermana nos dijo que era porque no habíamos superado su muerte, solo la habíamos ignorado.

Calem entendía sus palabras perfectamente, le había pasado lo mismo con la muerte de su madre. Pero pensar en recordar a Enna, Enol y Owen le daba vértigo. Un vuelco en el estómago. Algo que no se veía capaz de afrontar en ese momento.

Las chicas vieron su debate interno en los ojos y trataron de distraerlo.

—En realidad no veníamos a nada de esto.

—Para nada. Queríamos preguntarte qué pasa entre vosotros tres. Entre los Yeren y tú.

Calem soltó una carcajada. ¿Tan evidente era?

—Es complicado. Vera y yo estamos juntos. O lo estábamos antes de toda esta locura... Supongo que tenemos una conversación pendiente que tampoco tengo ganas de tener...

Las chicas rieron.

—Pues es una pena.

—Sí.

—Kleiff y tú sois lo más interesante que ha pisado La Guarida.

—Sobretodo tú...

—Sí…

Para su sorpresa, Calem se sonrojó. En otra época no se lo hubiera pensado ni un segundo pero en ese momento se sintió incómodo. Bastante tenía con lo que tenía...

Las chicas sintieron su incomodidad y soltaron una carcajada.

—Tranquilo, estamos de broma.

—Sí... Estás bueno pero traéis demasiadas movidas...

Calem sonrió, eso era cierto.

—Bueno Delan, te dejamos descansar.

—Ha sido divertido conocerte.

—Lo mismo digo —respondió Calem—, y gracias por el consejo... Lo haré, solo que ahora mismo no me veo con fuerzas.

Sintió la mano de ambas sobre sus piernas y el calor de su contacto.

—Poco a poco, Delan.

—Cura el cuerpo.

—Luego la cabeza.

Se levantaron y se dirigieron a la puerta, antes de salir se despidieron y salieron. Todo ello de una forma perfectamente sincronizada que todavía causaba desconcierto y cierta turbación en Calem.

III

—Venga Min, reconócelo. Te gusta Kleiff.

Dafne y Diana llevaban desde que habían entrado en el despacho con la misma retahíla, y todo porque el día anterior les vieron volver a ella y a Kleiff juntos del exterior.

Le producían curiosidad, necesitaba saber si eran de fiar después de lo que les pasó la última vez que acogieron refugiados en La Guarida de Tierra Vacía. Tras su conversación con Kleiff había quedado satisfecha con su compromiso e intenciones.

Creía plenamente en el Proyecto y era un líder nato. Calem y Vera eran claramente seguidores de las decisiones que tomara Kleiff como jefe, por lo que, si le consideraba a él de confianza también los podría considerar a ellos.

Estaba sorprendida de su entereza ante todo lo que acababan de vivir y esa mañana, al levantarse, decidió prepararles un funeral a sus compañeros para que pudieran cerrar aquel momento y comenzar a pasar página, de cierta forma.

—He pensado organizar un funeral esta tarde para sus compañeros.

—Qué buena idea, Min —dijo Diana—, seguro que les hace mucha ilusión y les vendrá bien.

Minerva asintió y comprobó el teléfono por si había noticias de Nolan. No debía tardar mucho en llegar.

—Si sí, muy buena idea, pero no cambies de tema que te conozco —insistió Dafne—, te gusta Kleiff.

Sus hermanas eran infinitas. Había intentado cambiar de tema desde que habían empezado a hablar de Kleiff, pero no había forma.

—No tenemos quince años, Dafne. No estoy para pensar en esas cosas y menos ahora. No me gusta nadie.

—Tú nunca has tenido quince años, Min. Naciste ya con ese chaleco de camuflaje— respondió Diana.

Minerva rodó los ojos y se sentó en su silla. Eran agotadoras.

—A mí el que me gusta es Calem... Pero está con Vera así que...

—Tienen un rollo raro esos tres... Me ha parecido oler una vinculación, pero no estoy segura que sea de Calem y Vera.

Ciertamente sabía que algo sucedía entre ellos. El día anterior cuando entró en la habitación de Calem había tanta tensión que se podía cortar con un cuchillo.

Sus sospechas eran que Kleiff y Vera se habían vinculado pero no habían aceptado el vínculo, por ser hermanastros o por cualquier otra razón que desconocía, y luego ella debió empezar a salir con Calem.

Sin embargo, no era de su incumbencia mientras no afectara al resto de habitantes de La Guarida. Esa era la norma, podías hacer lo que quisieras con quién quisieras mientras no perjudicara la convivencia.

Al ser tan pocos tenían muy pocas posibilidades de vincularse por lo que apenas había vinculados en la Guarida, se emparejaban con quien querían pero siempre teniendo en cuenta que vivían en un lugar pequeño, donde todos trabajaban y convivían juntos.

No había forma de escabullirse ni marcharse, por lo que era necesario pensar tus acciones y cómo estas pudieran afectar en el futuro.

Por eso mismo ella apenas había tenido relaciones. Tuvo unas cuantas durante la adolescencia pero el engaño de Logan, uno de los traidores que intentaron destruir Tierra Vacía, le afectó demasiado. Darse cuenta de que la persona a la que amaba, no solo no la amaba a ella sino que la estaba utilizando, fue demasiado doloroso.

Después, tras fallecer su padrastro, tuvo que hacerse cargo de Tierra Vacía y se volcó en ello completamente

No quería llegar a nada más con nadie o crear una relación más estrecha, por lo que apenas había tenido algún que otro encuentro sexual esporádico.

Sus hermanas seguían cotilleando y parloteando cuando entró uno de los guardias.

—Capitana. Nolan está aquí.

***

El sonido de la guitarra eléctrica de Måneskin sonaba a través de los auriculares y Vera se sentía relajada, tumbada en la cama junto a Calem, con los ojos cerrados mientras él tarareaba y jugueteaba con un mechón de su pelo castaño.

El día anterior había estado en su habitación, habían comido juntos y, después de comer, decidieron ver una película pero Calem estaba tan cansado que se quedó dormido. Vera terminó de ver la película y se quedó con él hasta la hora de la cena, acariciándole el pelo y pensando en su relación. Le quería muchísimo y no sabía qué hacer respecto a Kleiff.

No estaba segura de querer cambiar lo que tenía con Calem por una posible relación con él. Lo más sencillo para ella sería hablar con Kleiff y decirle que se lo había pensado mejor y que quería dejar las cosas como estaban. Pero no reclamar nunca el vínculo le resultaba impensable.

Se dio cuenta de que, hasta ese momento, el dolor del vínculo le resultaba soportable por la posibilidad de reclamarlo en el futuro.

Agotada de darle vueltas a todo, se había despedido de Calem con un beso suave en los labios y se había ido a su habitación a cenar.

Fue al doblar el pasillo cuando vio a la Capitana y a Kleiff entrar por la puerta principal. Se había escondido pegándose a la pared para no ser vista y los había observado hablar y despedirse, la Capitana hacia un pasillo y Kleiff hacia el que iba a la habitación de Calem.

Verlos juntos le produjo una sensación extraña y confusa. Sentía celos pero no de la Capitana. Sentía celos de que hubiera decidido pasar la tarde con ella en lugar de estar con ellos.

Aunque lo entendía, su situación era muy incómoda, si ella lo sentía él también debía sentirlo.

Cuando se aseguró de que no había nadie más, se dirigió a su habitación y cenó sola escuchando música para después irse a dormir intentando no pensar en nada más.

Al despertarse, a la única conclusión a la que llegó, fue que tenía que hablar con Kleiff. Necesitaba solucionar su relación, bien para reclamar el vínculo o bien para no hacerlo, pero terminar con esa situación tan incómoda y poder volver a la normalidad. O a toda la normalidad que pudieran.

Se había vestido con ese pensamiento en mente y se había dirigido a la habitación de Calem, al que ya habían retirado la vía y las cánulas de aire y estaba pidiendo el desayuno.

Le dio un beso y pidieron el desayuno para ella también. Le había preguntando un par de veces si le pasaba algo, pero no tenía ganas de hablar y habían desayunando mientras Vera le contaba el final de la película que se había perdido.

Luego habían vuelto a acurrucarse con los auriculares, y en esas se encontraban cuando sintió la presencia de Kleiff a través del vínculo.

Abrió los ojos para encontrarlo parado tras el cristal de la habitación. Se incorporó y se separó un poco de Calem y él se dio cuenta también de la presencia de Kleiff.

Calem la miró al notar su tensión e incomodidad.

—¿Te importa que entre?

Vera miró a Calem. Su rostro mostraba preocupación. Se notaba que quería pasar tiempo con los dos pero tampoco quería incomodarla. Vera le dio un beso suave y rápido y negó con la cabeza mientras se levantaba y se sentaba en una de las sillas.

Calem le hizo un gesto a Kleiff para que pasara y este entró en sala, visiblemente incómodo.

—Buenos días, dormilón —bromeó Calem intentando romper la tensión.

—Vine anoche pero ya estabas dormido —respondió mientras se acercaba a la cama y se sentaba en otra de las sillas.

—Eso fue culpa de Vera que eligió una película soporífera…

Kleiff preguntó qué película habían visto y Calem comenzó a contársela. Vera los escuchaba hablar y le distrajo la tranquilidad que sentía. Respiró hondo y se dio cuenta de que la producía la mezcla de las feromonas de ambos.

Cerró los ojos frunciendo el ceño para concentrarse. Si al conocerlos, la esencia de Kleiff la calaba profundamente y la de Calem la envolvía, en ese momento, ambas esencias se entremezclaban formando una única y completa, que comenzó a calmarle los nervios.

Se escucharon unos toques en la puerta que hicieron que abriera los ojos.

La Capitana Harris asomó la cabeza pidiendo permiso para entrar y, al abrirse la puerta, Vera reconoció al instante los ojos azules de quien la acompañaba.

—¡Nolan! —gritó.

Se levantó de la silla, corrió hacia él y lo abrazó. Nunca habían tenido la confianza suficiente para hacer eso pero lo abrazó por Enna, por los abrazos que ya no podría darle y porque era lo único que le quedaba que le recordara a ella. Sintió que las lágrimas se agolpaban en sus ojos y lloró en su hombro mientras Nolan le devolvía el abrazo con fuerza.

Sintió la presencia de Kleiff tras ella y cómo abrazaba a Nolan por el hombro que le quedaba libre. Sintiéndose un poco incómoda, se separó de Nolan y le pidió disculpas con la mirada mientras se limpiaba las lágrimas. Él sonrió y la miró con comprensión, para después acercarse a la cama de Calem y abrazarlo.

Vera se sentó a los pies de la cama de Calem mientras que Nolan y Kleiff se acomodaron en las sillas que había junto a ella.

La Capitana Harris carraspeó para llamar su atención y todos la miraron.

—Ahora que ha llegado Nolan, hemos pensado hacer un funeral esta noche por vuestros compañeros, para que podáis darles la última despedida.

Los cuatro se miraron entre si y Vera comenzó a llorar de nuevo. Calem tiró de ella para abrazarla y Nolan se lo agradeció a Minerva mientras se acercaba a Vera para consolarla.

La Capitana asintió y se giró, encaminándose a la puerta. Les dejaría solos para que charlaran y se pusieran al día.

Justo cuando levantó la mano para abrir la puerta, sintió la mano de Kleiff agarrándola del brazo.

—Oye…

La Capitana se giró y su mirada fue directa a la mano que tocaba su piel. Kleiff, sin saber si ese gesto la molestaba o no, retiró la mano para no incomodarla.

—Muchas gracias —dijo.

Ella sonrió levemente y se giró, saliendo de la habitación. Era posible que Kleiff le llamara la atención más de lo que creía.

***

—Estás hecho un aventurero, Nolan —dijo con sorna Calem, provocando la carcajada de todos, cuando Nolan terminó de contarles cómo había llegado a Tierra Vacía.

Se habían acomodado como habían podido entre las dos sillas y la cama de Calem y llevaban hablando desde que Nolan había llegado hacía ya unas horas.

La puerta de la habitación se abrió y una de las gemelas entró.

—Ebben. Dice Minerva que puedes hablar con tu madre.

Vera miró a Calem y él le apretó la mano para infundirle ánimo. Cruzó una mirada con Kleiff, que mostró una sonrisa triste, seguramente pensando la suerte que tenía de poder hablar con ella.

Vera se levantó de la cama y siguió a la gemela. La chica no paraba de parlotear y no pudo evitar acordarse de Enna, que no soportaba los silencios y tenía que llenarlos siempre, aunque fuera con una conversación sin importancia.

Continuaron caminando por uno de los pasillos que Vera no conocía, a la derecha de la puerta principal, hasta llegar a una puerta ancha de madera.

La chica tocó un par de veces y entró.

—Min, viene Ebben.

Vera entró en el que era el despacho de la Capitana, para encontrarla sentada en una butaca grande al otro lado de una mesa enorme. Las paredes estaban forradas con estanterías repletas de libros y la mesa estaba llena de tomos y papeles. Todo lo contrario a la mesa de Nolan en el M.

—Si, si. Siéntate, Ebben. Dame un minuto.

Vera se acercó a la silla que había frente a la suya y observó a la gemela revolotear alrededor de la mesa, toqueteando cosas.

Minerva las colocaba tras ella sin hacerle especial caso, mientras anotaba cosas en una especie de calendario enorme que tenía en la mesa. Terminó de anotar un par de líneas en unas fechas y le hizo un gesto a su hermana para que se marchara.

Cuando la chica salió, Minerva se quedó mirando a Vera unos segundos antes de hablar.

—Como hoy toca llamada de control con el H, he pensado que te gustaría hablar con tu madre después de que hable con el Representante.

Vera asintió emocionada y le dio las gracias. Minerva asintió con una sonrisa tímida y acercó el teléfono que había en la mesa.

Pulsó un par de botones y esperó unos segundos hasta que la luz roja que buscaba la línea segura cambió a verde indicando que la había encontrado.

Marcó el número del H y, casi al instante, obtuvo respuesta.

—Representante. Aquí la Capitana Harris... Que el Sol te guarde y te guíe. Realizando llamada de control, aquí todo está correcto. Ebben y Yeren están bien y Delan se recupera satisfactoriamente de sus heridas...Nolan ha llegado hace unas horas, sin incidencias… Perfecto entonces... Antes de colgar, tengo aquí a Ebben. Si fuera posible, le gustaría hablar con su madre.

Vera vio a Minerva asentir y luego le tendió el teléfono. Vera lo cogió temblorosa.

Minerva se levantó y Vera escuchó a sus espaldas la puerta cerrarse para darle intimidad.

Se quedó petrificada con el teléfono en la mano. No guardaba buen recuerdo de la última conversación con su madre ni de sus últimos momentos juntas, y no sabía qué se iba a encontrar.

Cogió aire y lo soltó despacio para calmar los nervios. Cuando se sintió más tranquila se llevo el auricular a la oreja.

—Aquí Ebben.

—¿Vera? ¿Eres tú? —dijo la voz de su madre al otro lado de la línea. Sonaba nerviosa y temblorosa, de una forma que jamás había oído.

—Si —susurró temiendo que las lágrimas que trataba de contener se desbordaran y sin querer añadir nada más, por no saber cómo iba a reaccionar su madre.

Un sollozo se escuchó al otro lado de la línea.

—Vera hija... Lo siento, lo siento muchísimo. Perdóname.

Sus palabras hicieron que Vera comenzara a llorar y, durante unos segundos, eso fue todo lo que se escuchó. El llanto de ambas.

No hacía falta que Vera preguntara a qué se refería ni era necesario que Carli se explicara. Vera sabía que su madre le pedía perdón por cómo había transcurrido la última noche en el H, sus palabras en la carta y que hubiera tenido que pasar por todo lo que había pasado.

Tras el llanto inicial, Carli fue la primera en recomponerse.

—¿Qué tal estás? —preguntó con la voz congestionada.

Vera resopló.

—Pues no sé, mamá. Supongo que mal. Estoy muy triste, y a la vez siento que tengo que mantenerme entera y firme pero no puedo... Han pasado tantas cosas...

—Vera, tranquila, ve por partes —pidió Carli y Vera comenzó a explicarle la que había sido su experiencia en el M, desde el momento de su llegada a la estación de tren y su encuentro con Kleiff, descubriendo que era su hermanastro.

—Supongo que tendría que haberte hablado de Mikael. Fue una historia temporal y nos acostamos una vez —empezó Carli cuando le pidió explicaciones sobre su padre—. Él venía a veces como médico al Refugio pero, después de la noche que estuvimos juntos, no volví a hablar más con él. Cuando me enteré de que estaba embarazada se lo conté a

Duncan y él decidió que te quedaras conmigo y no tuvieras contacto con él, por tu seguridad. Mikael me contó que tenía un hijo, pero jamás pensé que pertenecía al Proyecto hasta que me dijeron quién te iría a recoger a la estación y la tapadera que iban a usar con vosotros dos.

Vera trataba de asimilar toda la información que le daba su madre. Parecía que quería compensar todos los años de silencio y secretos en esa llamada telefónica.

Pensó en pedirle explicaciones a Duncan para preguntarle por qué decidió que eso era lo mejor para ella, pero ya sabía cuál iba a ser su respuesta. Siendo hija de una humana su lugar estaba en el H, con los suyos, y no en el M con el enemigo.

Siguió contándole cómo había sido su llegada a la casa y conocer a sus compañeros. Le habló de Enna, Enol y Owen y lo mucho que los echaba de menos, hasta que Carli preguntó por Kleiff y Calem.

—Pues... Es complicado. Calem y yo estamos juntos...

—No te preocupes, hija. Creo que has demostrado que puedes cumplir la Misión, mantener las prioridades y estar con alguien. Si eso era lo que te preocupaba contarme estaré encantada de conocer a Calem —dijo su madre.

Vera se sintió feliz y triste a la vez. Si todo fuera menos complicado, cuando llegaran al H, le presentaría a su hermanastro Kleiff y a su pareja Calem, pero la realidad no era esa. Pensó ocultárselo pero era absurdo.

—No es eso mamá, es que también... Estoy vinculada de Kleiff.

Se hizo el silencio al otro lado de la línea y, por un momento, Vera pensó que se había cortado.

—¿Y por qué estás con otro chico que no es tu vinculado? —preguntó Carli finalmente.

Vera se hizo a sí misma la misma pregunta. Llevaba haciéndosela desde que se había vinculado y había decidido salir con Calem en vez de aceptar el vínculo.

—Pues... Porque Kleiff tenía un carácter y una forma de ser que no me gustaban, el que me atraía era Calem.

Entonces, como él dijo que para mantener las prioridades adecuadas era mejor no aceptar el vínculo, pues decidimos no hacerlo. Sin embargo, ahora si me empieza a gustar, pero quiero a Calem y no sé... Ya te he dicho que es complicado.

Carli resopló al otro lado de la línea.

—Vera hija, siento decírtelo así, pero si hubieras mantenido las prioridades adecuadas no estarías en esa situación...

—Lo sé... —respondió Vera apesadumbrada.

Se hizo el silencio en la línea y Vera escuchó un suspiro de su madre.

—No me hagas caso Vera. Tengo demasiados prejuicios. Mi vida ha sido muy diferente, más estricta, tú has demostrado ser lo suficientemente madura para tomar tus propias decisiones. Para mí es difícil ponerme en tu lugar y aconsejarte, pero... Habéis pasado por demasiado, hija, ¿no te parece que todas esas preocupaciones son menos importantes ahora?

Vera interiorizó esas últimas palabras. Todavía seguían resonando en su mente mientras se despedía de su madre y colgaba.

Salió del despacho y se encontró a Minerva toqueteando su teléfono.

—Dile a Delan que puede hablar con su padre también, y que si no puede levantarse todavía le podemos traer en silla de ruedas.

Vera asintió, encaminándose hacia la habitación de Calem. Su madre tenía razón. Recordaba el inmenso problema que le suponía su situación sentimental con Calem y Kleiff antes de la Misión. Después de perder a Enna, Enol y Owen, le parecía una tontería. Tenía que sentirse afortunada de tenerlos con ella, no importaba cómo.

Llegó hasta el cuarto de Calem, dispuesta a hablar con Kleiff cuando Calem se fuera a hablar con su padre, pero al llegar a la cristalera lo que vio la dejó congelada.

Cuando Vera se marchó, Kleiff, Calem y Nolan habían estado charlando durante un rato hasta que pidió saber que había pasado durante la huida. Kleiff le explicó lo que sucedió, que tuvieron que utilizar el Plan B y que los habían herido, pero Nolan insistió en conocer los detalles.

Kleiff al principio se negó. No quería rememorar lo sucedido, pero Nolan fue tan insistente que terminó contándole con exactitud qué había pasado en los túneles y cómo había sido la muerte de sus compañeros.

Una vez hubo terminado, Nolan se despidió de ellos y se retiró a su habitación, dejando a Kleiff a solas con Calem. Estuvieron un rato en silencio sin ganas de hablar ni comentar nada al respecto, hasta que Calem se removió en la cama y soltó un quejido.

Kleiff se percató de su expresión de dolor. Seguramente llevaba encontrándose mal desde el primer momento, pero con tal de que todos estuvieran allí con él y no le dejaran solo para descansar, había preferido no decir nada.

—¿Qué tal te encuentras?

—Te voy a ser sincero... Me duele muchísimo —dijo Calem mientras trataba de colocarse en una mejor postura.

—Me lo imaginaba… Espera —respondió Kleiff, levantándose de la silla en la que estaba sentado para colocarle los cojines de la espalda y ayudarle a sentarse.

—Hacía mucho que no estábamos tan cerca... —susurró Calem en su oído y Kleiff no pudo evitar reírse.

Se separó un poco de él para mirar sus ojos azules, encendidos y pícaros.

—¿No te dolía muchísimo?

—Me duele el costado, no los labios —respondió mordiéndose el labio inferior, tentándolo.

Kleiff miró por encima del hombro el cristal de la pared. Tras asegurarse de que no había nadie, devoró con deseo los labios de Calem, que respondió a su beso con ansia.

Fue al sentir su sabor cuando se dio cuenta de lo mucho que lo había echado de menos y lo mucho que lo necesitaba.

Sintió un pinchazo en el pecho, en el lugar del vínculo y un escalofrío le recorrió la espalda.

Detuvo el beso bruscamente y miró a Calem, que le devolvió una mirada interrogante antes de dirigir la vista más allá de él.

—Se acabó la relación secreta... —susurró Calem y Kleiff se giró despacio para encontrarse a Vera, observándolos con una mirada indescriptible al otro lado del cristal.

Vera seguía petrificada cuando Kleiff se separó de Calem, mirándola con terror y vergüenza.

Ella se giró mientras un escalofrío le recorría el cuerpo y se le erizaban los pelos de la nuca.

Sintió la mano de Kleiff en su brazo y ella lo apartó de una sacudida, girándose lentamente.

—¿Desde cuándo?

—Desde antes de llegar tú... nunca hemos dejado de hacerlo.

Estaba tan enfadada que quería gritar. La habían mentido todo este tiempo y no sólo eso, Kleiff se lo había hecho pasar muy mal y sentirse culpable durante meses por mantener una relación con Calem, mientras ellos estaban juntos en secreto. Y Calem... No entendía por qué no se lo había contado y cómo había consentido que Kleiff los tratara así cuando los veía juntos, sabiendo que estaba con los dos.

—Lo siento mucho, Vera...

—¿Qué es lo que sientes exactamente? Porque yo tengo muy claro por qué estoy enfadada, y no es porque os estéis liando. ¿Tú sabes lo mal que lo he pasado todo este tiempo? ¿Lo culpable que me sentía por hacerte daño? Todos los numeritos que nos has montado, el drama, las escenitas. Para luego subir a la habitación con él y a mí dejarme preocupada y sintiéndome fatal —Se dio la vuelta para irse pero volvió a girarse—. Dile que si quiere puede ir al despacho de la

Capitana y llamar a su padre. No tengo ganas de hablar con ninguno de los dos.

—Calem no tiene la culpa... Yo le pedí que no te lo dijera, fui yo...

—Me dirás que no era él el que te buscaba... —El reconocimiento en sus ojos le dio la razón—. Que ya nos conocemos todos, Kleiff.

Vera se dio la vuelta y comenzó a caminar por el pasillo sin saber a dónde ir. No quería pensar, no quería reflexionar ni analizar lo que había sentido al verlos besarse, ni tampoco en lo que había hablado con su madre, ni por todo lo que había pasado.

Una vez llegó al hall circular pensó en salir al exterior, a pasear, pero también podía irse a su habitación a escuchar música.

Cuando ya había decidido ir al comedor a por algo para comer, vio a Minerva salir del pasillo por el que se accedía a su despacho.

—¿Estás bien? —preguntó la Capitana.

Vera asintió sin poder hablar, pero no lo estaba. Se sentía triste, frustrada y furiosa, incapaz de gestionar todos los sentimientos que se agolpaban en su interior.

Tenía una pena tan profunda que tenía un nudo en la garganta constante.

—Ven conmigo.

Minerva comenzó a andar por uno de los pasillos a los que Vera todavía no había accedido. A la derecha vio una puerta con el letrero gimnasio y a la izquierda otra, cerrada y sin señalizar. Pero Minerva continuó hasta el final del corredor, abriendo la puerta de la biblioteca.

Estaba vacía y olía a papel antiguo.

—Cuando estoy muy agobiada suelo venir aquí.

Vera lo entendía, la serenidad que transmitía ese lugar era contagiosa y casi podía sentir cómo su cuerpo y su mente se calmaban poco a poco.

—Estos son todos los libros de la Antigua Tierra que se consiguieron recuperar. Son supervivientes.

Minerva hablaba mientras paseaba, parándose de vez en cuando en alguna estantería y rozando los lomos de los libros.

Vera la siguió hasta que llegó a unos sofás junto a la ventana. Se sentaron y miraron al exterior. No sabía por qué pero la Capitana le transmitía mucha confianza y, sin poderlo evitar, comenzó a llorar. Minerva no dijo nada, le acercó una caja de pañuelos y la dejó desahogarse.

Vera lloró mucho, de vez en cuando le pedía perdón a Minerva por ponerla en una situación tan incómoda, pero ella negaba con la cabeza y le apretaba el brazo o la pierna para darle ánimos y tranquilizarla.

Cuando se sintió vacía se sonó los mocos y respiró hondo, tratando de recomponerse.

—Estás pasando por el duelo. Cuando alguien a quien quieres fallece, tu cuerpo y mente van experimentando una serie de fases necesarias para asimilar la muerte y convivir con ella.

Vera escuchó con atención la explicación de Minerva, sintiéndose identificada con cada una de sus palabras. Esa sensación de negación y culpabilidad que le oprimían el pecho, sintiendo que podía haber hecho más.

—Se supone que fui al M como médico, mi única tarea era cuidar de mi equipo, mantenerlos con vida, y no lo conseguí.

—Tienes que entender que su muerte no ha sido culpa tuya y que hiciste todo lo que pudiste por ellos.

Vera asintió, repitiendo esas palabras en su mente pero le resultaba muy difícil. Minerva agarró sus manos y las apretó con fuerza.

—Esa sensación que tienes desaparecerá. Esos sentimientos se transformarán y su recuerdo dejará de producir dolor.

Sus ojos eran sinceros y se notaba que hablaban desde la experiencia. Al ver su mirada interrogante, la Capitana se sentó junto a ella en su sofá.

—No tengo apenas recuerdos de mi padre, murió cuando era muy pequeña. Pero mi padrastro, el hombre que me crió, murió hace unos años. Era mi referente y de pronto, me sentí perdida. Navegando a la deriva sin un ancla que me sostuviera.

Vera no entendió esa referencia, no sabía qué era un ancla ni ir a la deriva pero comprendió a lo que se refería Minerva. Esa charla había aliviado el peso que cargaba Vera. Le gustaba la Capitana, ganaba en las distancias cortas, se notaba que lo suyo no eran los discursos o tratar con mucha gente.

No era una líder extrovertida como Kleiff pero no hacía falta, el conocimiento que parecía tener y la empatía con su gente haría que la siguieran y se ganara su fidelidad.

Se puso en su lugar, sintiendo la responsabilidad que cargaba, coordinando y ordenando la vida de todos los que vivían allí y, cómo de estar en la reserva, habían pasado a ocupar la primera línea al acogerlos.

Tenía miedo, por eso todavía les llamaba por los apellidos. No quería ceder demasiada confianza y Vera le estaba realmente agradecida por compartir con ella algo tan personal.

—Muchas gracias por la charla, Capitana, y por organizar el entierro... La verdad es que necesitamos despedirnos.

—No hay de qué. Todos hemos perdido a alguien. Poder despedirse ayuda a que la herida se vaya cerrando —explicó la Capitana—. Por cierto, Vera, puedes llamarme Minerva.

***

Tras la charla con la Capitana, Vera se había ido a su habitación. Se había propuesto no pensar en nada más que en Enna, Enol y Owen y se había tumbado en la cama. Había estado escuchando sus canciones favoritas y recordando todos los buenos momentos vividos juntos. Había llorado, mucho, pero lo necesitaba.

Había intentado que los últimos recuerdos no acudieran para que en el entierro pudiera despedirse de ellos con alegría, solo recordando aquello bonito por lo que habían pasado juntos, pero no había podido evitar volver a sentirse culpable por lo que les había pasado. Sin embargo, consiguió parar esos pensamientos de raíz y decidió darse un baño antes de prepararse para el funeral.

Tras pasar unos minutos metida en el agua caliente salió del baño envuelta en una toalla, y se acercó al armario para coger la ropa ceremonial que había pedido. Se puso el vestido gris y se miró en el espejo.

Llevaba el pelo suelto y se recordó mirándose a sí misma en el reflejo del espejo de su antiguo cuarto, vestida para la guerra, antes de que Enna le propusiera hacerle una trenza para estar más cómoda.

Siguiendo el impulso de sus recuerdos, sus manos comenzaron a trenzar el pelo, tal y como ella había hecho, hasta entrelazarlo por completo y sintió de nuevo el peso de la trenza sobre su hombro hasta la cintura.

Echaba tanto de menos a Enna.

Reprimió el sollozo que subió a su garganta y se apartó del espejo, ya había llorado bastante esa tarde.

Recordó la promesa que le había hecho a Enna y decidió que lo mejor sería hablar con Nolan antes del funeral, por lo que fue a buscarlo.

Salió de su habitación y sintió la presencia de Kleiff en su cuarto. Escuchó varias voces. Calem estaba con él.

Sabía que tenía que hablar con ellos pero no en ese momento. Le tocaba hacer algo más importante.

Recorrió el pasillo hasta la habitación de Nolan y tocó dos veces. Escuchó un "adelante", amortiguado por la madera, y abrió la puerta.

Encontró a Nolan de espaldas, frente al espejo, con un traje gris.

—Hola, Vera... Ya termino... Dame un minuto.

Observó a través del espejo que se colocaba el pelo con cierto nerviosismo y que tenía los ojos enrojecidos. Esperó durante unos segundos, pensando cual era la mejor forma de contárselo, y decidió que lo mejor era hacerlo directamente.

—Enna me contó lo vuestro. La echas de menos, ¿verdad?

Sus manos se paralizaron en el flequillo y la miró brevemente a través del reflejo del espejo, antes de agachar la cabeza para que no le viera los ojos y se sentó en la cama.

Enterró el rostro entre las manos y sus hombros comenzaron a convulsionarse mientras lloraba en silencio. Vera se sentó a su lado y apoyó la mano en su hombro. Sintió una lágrima rodar por su mejilla y la limpió con rapidez.

—Me pidió que te dijera que, si le pasaba algo... —Su voz sonaba temblorosa del llanto reprimido, pero quería ser fuerte por él—: Que te quería de verdad y... Que ojalá todo hubiera sido diferente, con una relación normal, en la que cada uno hubierais sido la prioridad del otro.

Mientras hablaba, había visto cómo Nolan se llevaba una mano a la muñeca y acariciaba una especie de pulsera de cuero.

Lo miró y vio esa belleza que siempre había estado en él pero que siempre había bloqueado. Por ser su jefe, por ser mayor... No sabía la razón, pero entendía que Enna sintiera todo aquello por ese mestizo.

—Ojalá todo hubiera sido diferente... —respondió Nolan—. Gracias, Vera.

Sintió sus brazos abrazándola y ella le correspondió, sintiendo sus feromonas claramente por primera vez. Olían a libro nuevo y menta.

Alguien tocó la puerta dos veces y se separaron justo cuando esta se abrió y Kleiff apareció en el umbral.

Miró saltadamente a uno y a otro, ambos con lágrimas en los ojos.

—Es la hora —dijo.

Vera miró a Nolan que asintió con la cabeza y ambos se levantaron.

Salieron del cuarto y Vera pasó junto a Kleiff. Calem estaba al lado de la puerta, vestido de gris, con una muleta en la mano.

Se extrañó al verla salir de ahí pero solo lo mostró abriendo los ojos y frunciendo el ceño.

Vera se alegró tanto de verlo en pie de nuevo que se olvidó de todo lo demás y lo abrazó. Él se quedó parado al principio por la sorpresa, pero enseguida se lo devolvió como pudo.

—Ya lo hablaremos, nena.

Ella asintió, todavía abrazándolo. Él la separó un poco. Le levantó la cabeza y le limpio las lágrimas.

Vera se puso de puntillas y rozó sus labios en un beso rápido y suave. Después se giró hacia los demás. Kleiff mantenía la cabeza gacha y Nolan miraba un punto fijo ensimismado en sus pensamientos.

—Vamos a despedirnos —susurró la chica.

Nolan se encaminó hacia la entrada del complejo, mientras Vera se pasaba el brazo de Calem por el hombro para que se apoyara en ella.

Al pasar junto a Kleiff le rozó la mano con sus dedos, indicándole la tregua. Era lo único que le quedaba de su familia. No pensaba discutir con ellos por nada más y menos aun en ese momento, y sintió a Kleiff caminar tras ellos.

Llegaron hasta el vestíbulo circular. Todos menos ellos cuatro vestían de negro.

Diana y Dafne llevaban vestidos negros idénticos pero se sorprendió al ver a Minerva. Sin su ropa de soldado mostraba unas curvas femeninas prominentes en un traje negro.

Estaba guapísima pero los miraba incómoda.

—En la Antigua Tierra vestían de negro en los funerales y aquí seguimos esa tradición. Espero que no os moleste.

Vera negó con la cabeza sonriendo. Ella asintió y los guiaron hasta las puertas. Salieron del complejo y caminaron bajo ese cielo verde y negro. A Vera todavía le fascinaban los rayos que iluminaban el cielo y el sonido de los truenos de las tormentas eternas del exterior de la Burbuja.

Cada vez que miraba ese cielo nebuloso le parecía estar en una realidad paralela, cuando era todo lo contrario. Toda su vida había vivido en un trampantojo. Mirando paisajes irreales e inventados. Con un cielo blanco de mentira.

En Tierra Vacía se encontraba la realidad. Esa Tierra antigua destruida, intentando sanar con lluvia y viento que consiguiera despejar las nubes contaminantes, lo suficiente como para que empazaran a llegar los rayos de Sol a la superficie.

Continuaron caminando hasta llegar a la parte trasera del complejo. Donde se encontraba su cementerio horizontal, como lo llamaba Vera, ya que las inscripciones estaban en el suelo. Estaba cerrado con una valla de media altura que no servía más que para delimitar la zona.

En la puerta, dos de los soldados llevaban unas cajas con flores dentro.

Como iban los últimos por el paso de Calem, Vera vio como todos los habitantes de Tierra Vacía cogían flores de las cajas y entraban dentro del recinto dirigiéndose al final del mismo.

Cuando llegó su turno vio en las cajas unas flores preciosas, pequeñas y amarillas con muchísimos pétalos.

Cogió unas cuantas y las olió. Su aroma fresco le recordó a Enna y miró al soldado.

—¿Qué flores son estas?

—Caléndulas.

Ella lo miró interrogante y curiosa, no las había visto nunca en su sector.

—Están prohibidas, eran las favoritas de la hija del Presidente Kilian.

—El Sol le guarde y le guíe —dijeron al unísono.

Vera le sonrió y miró a Calem, que parecía distante y distraído.

—¿Estás bien? —preguntó.

Él asintió pero no respondió. Vera se despidió con un gesto del soldado y entraron en el cementerio.

Desde fuera no lo parecía pero estaba en una especie de colina y, a lo lejos, se escuchaba un ruido extraño. Constante y suave, no como el de los truenos.

Cuando llegaron a donde estaban los demás, a la cima de la colina, se abrió ante ella la visión de una masa de agua negra y brillante, que ondeaba, se retorcía y chocaba contra las rocas bajo la colina.

—¿Qué es eso? —preguntó más para sí misma que para los demás.

—Se llama mar —dijo Minerva—, lo que suena y se mueve son olas.

Vera observaba las olas como hipnotizada. Sintiendo su fuerza e inmensidad. Su libertad. Y se vio a sí misma desde fuera de la Burbuja, observándolo todo desde dentro, encerrada y sin poder salir.

Suspiró y centró su atención. Estaban colocados en forma de medio círculo alrededor de tres placas de piedra colocadas en el suelo.

En ellas se leían los nombres de Enna, Enol y Owen.

—¿Cómo queréis que lo hagamos? —preguntó Minerva.

—Si van a descansar aquí, lo haremos de la forma tradicional —habló Kleiff.

Minerva asintió y comenzó a hablar.

—Estamos hoy, juntos y reunidos para despedirnos de nuestros amigos y compañeros: Enna, Enol y Owen, que dieron su vida por El Proyecto Sol, La Misión y, sobretodo, por sus compañeros. Gracias a ellos y a su sacrificio, están aquí, con nosotros. Si alguien quiere decir algo más, es el momento.

Vera había conseguido contener las lágrimas hasta que Nolan dio un paso adelante con los puños cerrados. Tenía los ojos llorosos y los labios apretados en una línea.

—La primera vez que los vi me sorprendió su tenacidad y determinación. Eran muy jóvenes, tenían toda la vida por delante, podrían haber elegido pasar su juventud haciendo cualquier otra cosa, pero decidieron hacerlo formando parte del Proyecto. No dudaron ni un momento... y ahora que no están... solo quiero que su valentía no quede en el olvido... Lo siento tanto... Lo siento, lo siento...

Siguió murmurando mientras enterraba la cabeza entre las manos. Kleiff se acercó para abrazarlo y acompañarlo de nuevo a su sitio mientras el mestizo comenzaba a sollozar ruidosamente sin poder parar.

Se sentía culpable. Vera sabía que no era culpa suya pero entendía sus sentimientos. Ella misma llevaba toda la semana reprochándose no haber hecho más por ellos, para luego darse cuenta de que había hecho todo lo posible. Sin embargo, tal y como le había dicho Minerva, el duelo era así.

La Capitana miró a los demás que negaron con la cabeza, indicando que no iban a hablar, por lo que volvió a adelantarse para tomar la palabra.

—Hoy les decimos hasta pronto y les pedimos que, allá donde estén, nos guarden y nos guíen como Sol.

Un coro de susurros repitió "que nos guarden y nos guíen", y todo quedó en silencio. Tras unos segundos, la voz de Diana comenzó a cantar una melodía lenta y de despedida.

Dafne se acercó a las tres placas de mármol y colocó una especie de palitos junto a ellas que fue encendiendo y de sus extremos comenzaron a brotar chispas de luz de todos los colores.

Vio reflejada en esas chispas multicolor a sus amigos, riendo y disfrutando, recordando todos los momentos bonitos que habían pasado juntos. Momentos que no volverían a repetirse nunca más.

No volvería a hablar con Enna, ni a jugar a las cartas con Enol y Owen. No volvería a ver la sonrisa de su mejor amiga, ni a sentir la tranquilidad y amor de la pareja. Se habían ido.

Mirando esas luces con la voz melodiosa y triste de Diana de fondo, Vera comenzó a llorar.

Lloraba abrazada al cuerpo de Calem, que también sollozaba junto a ella.

Sintió otros brazos a su alrededor que fueron los de Kleiff. Abarcándolos a ambos. Protegiéndolos. Aunque también llorando con ellos.

Por un momento, dejó de ver y solo escuchó y sintió. Se dejó llevar por la letra y la melodía que cantaba Diana, al principio triste pero luego esperanzadora. Prometiendo que se encontrarían nuevamente. Ojalá tuviera razón.

Cuando las chispas comenzaron a apagarse junto con la voz de Diana, Minerva y el resto de soldados se acercaron a las placas para dejar las flores en un tarro que había adosado.

Kleiff, Vera y Calem se separaron lentamente. Kleiff se acercó a Nolan y fueron juntos a entregar las flores. Nolan seguía llorando desconsoladamente, le temblaban las manos y rozó con los dedos el nombre de Enna.

Vera miró a Calem, que tenía los ojos rojos y las mejillas inundadas de lágrimas. Era la primera vez que tenía esa visión tan frágil de él, siempre tan fuerte y alegre.

Suspiraron y comenzaron a andar hacia las placas. Vera se acercó y dejó una flor en cada uno de los tarritos, que ya estaban casi llenos.

Decidió pensar que volverían a verse y, tras rozar los tres nombres, volvió a levantarse. Se acercó de nuevo a Calem, que pasó su brazo por los hombros, la acercó a él y se alejaron caminando lentamente sin hablar.

No tenían nada que decirse. Ninguna palabra que pudieran pronunciar haría que ese dolor intenso desapareciera.

Caminaron despacio y en silencio hasta la entrada de la Guarida. El resto de habitantes se dispersó por el recinto y Vera vio a Kleiff alejarse con Nolan en dirección a los dormitorios mientras ellos se encaminaron al pasillo de la zona médica. Sin embargo, cuando estaban junto a la habitación de Calem, este se detuvo.

Vera lo miró preocupada por si le dolía demasiado o se encontraba mal pero se encontró una mirada triste, con sus ojos azules oscurecidos y brillantes. Una mirada que nunca le había visto.

—¿Puedo dormir contigo? —Casi suplicó y Vera se derritió completamente. Asintió mientras daban la vuelta y entraban al pasillo de los dormitorios.

Lo entendía perfectamente, ella tampoco quería estar sola y menos aun en esa habitación fría y estéril del área médica.

Llegaron hasta su cuarto y Calem miró a la derecha, dándose cuenta de que era la puerta de la habitación de Kleiff.

Vera abrió su dormitorio y ayudó a Calem a entrar. Cuando cerró la puerta y se dio la vuelta, se encontró de bruces con Calem, que la abrazó con fuerza. Ella le devolvió el abrazo, extrañada. No porque Calem le mostrara cariño sino porque lo hiciera de esa forma tan desesperada.

—Me alegro mucho de que estés aquí —susurró en su pelo.

Sin darle tiempo a responder, se separó de ella y rozó sus labios con el dedo. Sus ojos estaban brillantes y enrojecidos de llorar y la miraban con deseo y necesidad.

Vera sintió un cosquilleo en el estómago que se extendió por el resto del cuerpo, cuando Calem la besó sin esperar a que ella tomara la iniciativa, como hacía siempre.

Sus besos sabían dulces y su lengua buscó la de ella con apremio.

Sentía las manos de Calem por todas partes, acariciando su espalda, su trasero, sus pechos. Hasta que la ropa pareció estorbarle y separó sus labios para desnudarla. Cuando hubo terminado Vera hizo lo propio. Con cuidado, le quitó la camiseta, los pantalones y la ropa interior y se quedó mirando, dudosa, el enorme vendaje que le cubría el torso.

—Te necesito, Vera —suplicó ante la mirada de duda de ella y Vera se acercó a él para empujarle suavemente hasta la cama.

Se besaron nuevamente mientras Calem se tumbaba y ella se colocaba sobre él a horcajadas. Sus manos fuertes le acariciaron la curva de la espalda hasta llegar al trasero, que azotó con fuerza, haciéndola gemir.

Notó su dureza entre las piernas, la acarició y la hundió en ella lentamente, disfrutando de la sensación.

Apenas recordaba nada de lo que habían hecho bajo los efectos del XIted, solo sensaciones y pequeños instantes fugaces, por lo que trató de grabar en su mente cada detalle, disfrutando como si fuera la primera vez.

Calem la agarró con fuerza del trasero, intentando imponer el ritmo, pero Vera negó con la cabeza sonriendo. Se quedó quieta y se echó a reír ante la mueca de frustración de Calem.

Ella se acercó a sus labios, los mordió y besó, para luego pasar al cuello y el lóbulo de la oreja. Cuando escuchó su gemido de placer, comenzó a moverse sobre él de forma lenta y sensual.

Calem se dejó hacer, tocando su cuerpo con las manos, acariciando sus pezones y bajando hasta llegar a su centro.

Vera gimió con fuerza cuando sintió sus dedos moviéndose en círculos, y comenzó a moverse con más intensidad, subiendo y bajando profundamente, buscando el placer de ambos.

Cuando llegó al orgasmo sintió que su mente explotaba en pedacitos diminutos y gimió con intensidad, cayendo exhausta y sin fuerzas sobre Calem, que llegó a su clímax a su vez y la abrazó sobre su pecho.

Durante unos minutos se quedaron así. Resoplando y temblorosos. Hasta que Vera sintió los dedos de Calem acariciando suavemente su espalda de arriba abajo.

Ella se irguió con dificultad, tratando de no apoyarse en su herida, y miró sus ojos azules. Estaban oscurecidos y la observaban con absoluta devoción.

—Lo que siento por ti, no lo he sentido por nadie. Eres perfecta —dijo mientras seguía acariciándola.

Sus palabras le produjeron un escalofrío. Calem no decía ese tipo de cosas. Nunca le había escuchado hablar así de sus emociones y se sentía inmensamente afortunada.

Lo quería. Lo quería muchísimo y agradeció al Sol que hubiera permitido que estuviera allí con ella.

Las lágrimas se escaparon de sus ojos y él las limpió con la yema de los dedos.

—Gracias por sobrevivir. No sé qué haría sin ti. Te quiero.

Él sonrió, con esa sonrisa torcida suya, recuperando poco a poco su humor de siempre, ensombrecido por todas las emociones vividas ese día.

—Te quiero, nena. Mucho. Y ahora, a dormir. Que me duele muchísimo esto.

—¿Y por qué no me lo has dicho? —exclamó Vera mientras se levantaba.

Calem se colocó mejor en la cama y se metió dentro de las sábanas, tirando de la mano de Vera para que se metiera dentro con él.

—Estábamos teniendo un momento muy bonito y no lo quería estropear. ¿Que querías que dijera? ¿Te amo nena pero me duele la pupita?

Vera le dio un manotazo en el hombro pero no pudo evitar echarse a reír a carcajadas.

Él la abrazó contra su pecho con fuerza, jugueteando con un mechón de su pelo largo.

—Siento no haberte contado lo de Kleiff —dijo Calem.

Vera suspiró y entrelazó los dedos con los suyos. No había querido pensar en ello demasiado.

Se había enfadado con él en el momento de enterarse, pero sabía que Calem no era de guardar secretos, si no se lo había contado era por Kleiff. Y realmente Calem no la había mentido, si Vera hubiera sospechado que algo de eso estaba ocurriendo y se lo hubiera preguntado a Calem, el le habría contado la verdad.

Tampoco había querido pensar en lo que había sentido al verlos besarse. No quería pensar en nada esa noche, solo en estar a su lado.

—No quiero pensar en nada de eso ahora...

Calem asintió, dándole un beso en la frente y acariciando su mano.

—Los echo de menos —dijo Calem.

Vera suspiró y miró el techo, recordando el círculo de fotos de la habitación de Calem en la mansión. Ella también los echaba muchísimo de menos.

—¿Te trajiste las fotos?

Calem asintió.

—Solo un par. Las llevaba en el interior de mi chaleco —respondió con voz adormilada.

—Mañana se las pediremos a Minerva.

La respiración profunda de Calem le indicó que se había quedado dormido. Vera sonrió y observó su rostro tranquilo y sereno enmarcado por su pelo rubio.

Colocó el edredón sobre ellos, asegurándose de que Calem estuviera bien abrigado, y apagó la luz.

No tardó mucho en dormirse, escuchando la respiración de Calem y el latido de su corazón.

***

—No hace falta que me ayudes Kleiff, gracias, puedo solo.

Las palabras de Nolan se referían a los gemelos que no conseguía desabrochar de la manga de la americana gris que llevaba y, sin embargo, podía aplicarse a toda la ansiedad y tristeza que le había invadido durante el entierro y que había preocupado tanto a Kleiff, que había decidido acompañarlo a su habitación.

Verlo completamente destrozado durante el entierro había removido sentimientos en él, Vera estaba con Calem, no lo necesitaba, pero Nolan estaba solo y nadie que pase por un momento así tiene que sentirse así.

Cuando su padre murió, Nolan estuvo con él. No de forma tan cercana como Calem, pero si ofreciéndole su apoyo, sobre todo para darle un nuevo objetivo y motivación, algo que le agradecería eternamente pues si no le hubiera ofrecido el puesto de Jefe de la Misión, Kleiff desconocía qué hubiera sido de él.

Ignoraba la relación que Nolan había mantenido con Enna, solo Vera parecía saberlo, pero podía imaginárselo perfectamente viendo el dolor que estaba sintiendo.

Él también los echaba de menos, siempre lo haría, eran su responsabilidad como Jefe y falló. No pudo traer a todo su equipo a Tierra Vacía. Pero había algo en él que le impedía romperse. Tenía que mantenerse fuerte por Vera, Calem y Nolan. Durante la Misión habían necesitado su liderazgo y en ese momento necesitaban su ayuda y su apoyo, y eso era lo que estaba haciendo con Nolan, a pesar de que él se resistiera.

Se acercó a él con cuidado y le agarró de la temblorosa muñeca.

—Deja que te ayude... —dijo con calma.

Nolan suspiró y le tendió las manos a Kleiff, que desabrochó ambos gemelos con facilidad.

—Estábamos juntos. Enna y yo... —comenzó Nolan—, nos acostábamos. Al principio pensaba que solo era eso pero empecé a sentir algo más por ella... vino a verme, antes de la Misión y yo... no fui capaz de decirle lo que sentía... no se lo dije...

Se llevó las manos a la cara y comenzó a llorar de nuevo, sin embargo, esa vez Kleiff lo abrazó. Rodeó su cuerpo con los brazos y lo apretó, tratando de consolarle. Nolan le devolvió el abrazo y siguió llorando en su hombro.

Kleiff sabía lo que sentía, por eso se había asegurado de hablar con Vera antes de todo, para que ni ella ni él tuvieran que sentirse así en caso de que algo les pasara a cualquiera de los dos.

Poco a poco el cuerpo de Nolan se relajó y los sollozos cesaron. Se separó de él despacio y le miró avergonzado.

—Lo siento, Kleiff... siento haberme puesto así...

—No digas tonterías, Nolan. Puedes apoyarte en nosotros, en mí, en Calem y en Vera. Nos tienes para lo que necesites.

Nolan agachó la cabeza y se alejó, acercándose al armario.

—Lo sé, gracias, Kleiff —dijo mientras abría las puertas de madera.

Kleiff lo observó con preocupación mientras sacaba su pijama. Se había cerrado. Había conseguido que se abriera durante un instante, que le contara lo que había pasado con Enna, pero se había vuelto a encerrar en sí mismo, a guardarse todo para él y cargar con ello solo.

Como no decía nada más, Kleiff se acercó a la puerta.

—Me marcho, Nolan, si necesitas algo ya sabes... Dínoslo.

Nolan asintió, cerrando despacio las puertas de su armario y sin darse la vuelta para no tener que mirarlo. Kleiff salió del cuarto y suspiró, sabiendo que no se podía ayudar a quien no quería ayuda. Se dijo que estaría pendiente de él. Estaba convencido de que Nolan no iba a ir a buscarlos aunque lo necesitara.

IV

Vera despertó ardiendo. Se destapó pero se dio cuenta de que lo que desprendía calor era algo junto a ella. Abrió los ojos y vio a Calem a su lado, lo que le hizo recordar todo lo que había pasado el día anterior.

Primero se sintió más liviana y menos triste al recordar a Enna, Enol y Owen. Les echaba de menos pero se había despedido y, sin saber por qué, tenía la sensación de que volvería a encontrarse con ellos.

Luego estaba el mutado rubio que tenía al lado y se giró para mirarlo. Era guapísimo y estaba enamorada de él. Pensar en perderlo le daba ganas de llorar. No se arrepentía de haberse acostado con Calem y quería seguir con él.

A pesar de lo que había pasado entre él y Kleiff, sabía lo que el mutado sentía por ella. Su relación no había cambiado, era con Kleiff con quien tenía que hablar.

Estaba enfadada con él pero aun así recordaba la promesa que habían hecho. Quería aceptar el vínculo. Deseaba sentirlo en su plenitud. Todos los efectos que pudiera experimentar al estar con tu alma gemela. Pero no podía dejar a Calem. No quería.

—Tus neuronas sin parar de pensar me han despertado —dijo Calem a su lado—. ¿Qué pasa?

Se estiró y empezó a acariciar su brazo.

—No quiero perderte, Calem.

—¿Por qué dices eso? —preguntó confundido.

—Quiero aceptar el vínculo con Kleiff. Pero... No quiero dejarte. Te quiero.

Calem sonrió.

—Yo también te quiero, nena. Y a Kleiff. No sé cómo hacer esto... No es lo normal. Yo ahora debería apartarme y dejaros pero... No quiero hacerlo.

Vera besó sus labios y jugueteó con un mechón de su melena rubia, más larga de lo habitual.

—Tú buscabas a Kleiff, ¿verdad? Sé que él no te buscaría sabiendo que estabas conmigo. Eras tú.

—Yo solo le daba lo que él quería y no se atrevía a pedir. Quise contártelo pero me dijo que se avergonzaba y que no quería que lo supieras. Alguna vez casi nos pillas.

Vera soltó una carcajada y le dio un manotazo en el hombro. Él se rió también pero no sabía hasta qué punto llegaba la broma.

—Habla primero con Kleiff, decidid que queréis hacer. Yo haré lo que me pidáis.

Tenía razón, tendría que hablar con Kleiff y aclarar las cosas y luego... No sabía.

Tenía la mano apoyada en el brazo de Calem tras darle el manotazo y se dio cuenta de lo caliente que estaba su piel, más de lo normal.

—Oye, ¿estás muy caliente no?

Calem sonrió de forma pícara

—Por ti, siempre.

Vera le pegó otro manotazo suave en el brazo y sonrió.

—No, idiota —respondió posando la mano en su frente—. Me refiero a que tienes fiebre.

Calem puso su mano en la frente a su vez.

—Puede ser... Ahora que lo dices no me encuentro muy bien... Pensaba que eran los efectos de los calmantes.

—Déjame ver... —dijo Vera apartando las sábanas para destaparlo.

El vendaje que cubría la herida estaba empapado de sangre. La sutura debía haberse soltado y, posiblemente, estaba empezando a infectarse.

—Se te han debido saltar los puntos. Espera, voy a por gasas.

Se levantó rápidamente para dirigirse al baño, donde encontró el botiquín en el armario.

Al volver a la cama, Calem miraba la sangre con terror. Su rostro estaba pálido y, al mirarla, hizo una especie de puchero que hizo que Vera comenzara a reírse.

—¿Qué te pasa? —dijo entre risas mientras se acercaba a la cama.

—No me gusta ver mi sangre. La de los demás me da igual pero la mía... Siento como me voy vaciando...

Vera pasó de reírse a soltar carcajadas. Jamás había esperado eso de Calem.

—Que te... ¿vacías? —repitió entrecortadamente por la risa.

—Oye vale ya, esto es serio. Es una fobia real.

Vera trató de contenerse pero había empezado a ver borroso por las lágrimas. Sintió el manotazo de Calem en el muslo y respiró hondo para calmarse. Se limpió las lágrimas y se sentó en la cama junto a él.

—Ya está, perdona.

Calem había fruncido el ceño y miraba al infinito, y Vera sonrió y se centró en la herida. Retiró el vendaje con cuidado y observó la sutura. Estaba abierta en su mayor parte, se le habían soltado los puntos y los bordes estaban demasiado enrojecidos e inflamados, lo que indicaba que estaba comenzando a infectarse.

Nada grave pero requería más material del que ella disponía.

Limpió la herida con un poco de suero y le colocó gasas y un vendaje limpio.

—Tenemos que ir a la zona médica. Se te han soltado los puntos y te tienen que dar antibióticos.

El asintió pero seguía con el ceño fruncido y los labios apretados.

—Oye no te enfades...

El la miró y volvió a poner ese puchero. Estaba tan gracioso y adorable que Vera tuvo que hacer un gran esfuerzo por no reírse otra vez.

—Es que siento que me vacío, no es para reírse. Lo paso mal.

Vera aguantó la risa todo lo que pudo pero tras unos segundos volvió a estallar en carcajadas.

—Pobrecito mi niño, que se vacía —dijo entre risas mientras lo abrazaba.

El trataba de apartarla enfadado.

—Tú ríete, te vas a enterar cuando esté bien, te voy a tener sin dormir semanas, qué digo semanas... ¡meses!

***

Carli observaba la máquina y a los técnicos que toqueteaban los cables de su interior, y miró con desaliento la mesa llena de anotaciones, planos y tachones.

Le parecía mentira los avances que habían hecho y, si los antiguos miembros del Proyecto vieran cómo era en ese momento el Laboratorio y todo lo que habían llegado a hacer, se quedarían sorprendidos.

Después del asesinato de Kilian y la separación en sectores, los miembros del Proyecto que quedaron continuaron manteniendo el contacto de forma discreta.

Miah había muerto por lo que, hasta que su hija Luah creciera, se crearon las figuras de Representante Mutado y Representante Humano del Proyecto, para poder controlar mejor a los miembros de cada sector y reunir adeptos.

Luah creció en el sector H como su madre y, una vez fue adulta, retomó el mando pero se topó con que los

Representantes habían adquirido mucho poder y todo debía pasar por ellos primero, especialmente por el Representante Mutado, que era el que aportaba la financiación principal del Proyecto.

Continuaron aumentando los apoyos y reuniendo financiación durante varias generaciones, a la espera de que los mutados creyeran afianzado su poder y dejaran de prestar atención a los humanos.

Comenzaron con Tierra Vacía. Cuando descubrieron que los sectores estaban separados por un terreno abandonado decidieron usarlo para su beneficio y crearon La Guarida. Una sede nómada del Proyecto, que sirviera de enlace y mejorara la comunicación entre ambos sectores.

Después de terminar la construcción en Tierra Vacía, trasladaron allí todas las notas, planos y textos que pudieron rescatar del Laboratorio de Kilian antes de ser destruido.

Una vez allí comenzaron a planificar la construcción de un nuevo Laboratorio pero, cuando se dieron cuenta de que Tierra Vacía en realidad era la zona de producción de la Burbuja y que tenían que ir trasladando La Guarida de zona según los mutados iban abandonando los cultivos para el barbecho, supieron que un Laboratorio portátil no era buena idea, por lo que decidieron construirlo en uno de los sectores.

Hubo cierta discusión sobre su localización, cada raza quería tenerlo en el suyo pero la líder del Proyecto de ese momento lo tuvo claro. Se construiría en el H en honor a Kilian.

Buscaron la zona más rica del H y que menos problemas de conducta generaba al gobierno mutado, la 1 y comenzaron con la construcción del Laboratorio subterráneo.

Fue una obra que duró décadas y Carli todavía se sorprendía de pasear por las instalaciones que habían construido aquellos valientes miembros del Proyecto.

La construcción provocó ciertas sospechas en el gobierno mutado y comenzaron los secuestros por parte de la guardia, dejando a familias sin sustento y desprotegidas.

El líder de aquel entonces planificó ampliar las instalaciones del Laboratorio para crear El Refugio, un lugar seguro para todas esas familias leales al Proyecto que lo necesitaran. Era allí donde había pasado Carli gran parte de su vida y donde había criado a Vera hasta que se mudaron al H.

Mientras tanto, la construcción de Libélula se había retomado siguiendo los planos que conservaban, anteriores a los que habían incautado los mutados con las últimas anotaciones que Kilian había hecho antes de ser ejecutado y que no habían podido guardar.

Y en ese punto se encontraban, estancados sin saber que más hacer. La máquina estaba construida pero no habían conseguido hacerla funcionar. Habían tratado de enviar ciertos objetos pero habían sido destruidos al instante.

Cada vez que pulsaban el botón de enviar Carli se imaginaba a Miah metida dentro de la cápsula. Debió confiar muchísimo en los ingenieros para arriesgarse de esa forma. Eso o le pudo la desesperación y la impaciencia.

Carli también se sentía así a veces, impaciente y desesperada. Se encontraban en el mejor momento, con más avances desde la época de Kilian, pero a la vez en el momento de mayor tensión con el gobierno mutado. Todo podía irse al traste en cualquier momento.

Ya no estaban en la clandestinidad, los mutados sabían que esos chicos no podían haber organizado la incursión ellos solos, ni creían que fueran unos lobos solitarios. Sabían que había alguien más. Solo era tiempo de que ataran cabos, si no los habían atado ya, y que la situación del Proyecto saliera a la luz.

La puerta del Laboratorio se abrió, sacando a Carli de sus pensamientos, y entró Duncan luciendo una sonrisa de oreja a oreja, con unos folios en las manos.

Carli se levantó al instante como un resorte.

—¿Son...?

—¡Son! —la cortó Duncan dejando los planos sobre la mesa.

Todos se reunieron a su alrededor y comenzaron a analizarlos.

Aparentemente eran iguales que los que tenían, cambiaban las conexiones de algunas zonas, un par de piezas diferentes y unas anotaciones en uno de los laterales con algoritmos que no llegaban a comprender.

—Tenemos trabajo, compañeros —dijo Duncan.

***

Vera miraba a través de la cristalera cómo cambiaban los vendajes de Calem y le curaban las heridas. Quería haberse quedado con él pero le habían pedido que saliera y esperara fuera.

Sintió la presencia de Kleiff antes de verlo a su lado.

—¿Qué tal está? —preguntó.

—Bien. Se le saltaron un par de puntos y empezó a sangrar. Se le ha infectado un poco pero nada de lo que preocuparse —explicó.

Kleiff asintió y miró la cristalera durante unos segundos pero enseguida sintió su mirada clavada en ella.

—¿Podemos hablar? —suplicó.

Vera suspiró y se giró hacia él con los brazos cruzados. Tenían varias conversaciones pendientes. Observó sus rasgos, esos que tan bien conocía y que tantos sentimientos le producían. Su pelo castaño, los ojos color miel que la miraban suplicantes.

Descruzó los brazos y suspiró, asintiendo con la cabeza. Él sonrió con tristeza y miró a Calem un momento.

—¿Puedo enseñarte un sitio?

Vera miró también a Calem. Estaba sedado y seguramente al despertar estaría agotado, por lo que sería mejor dejarlo descansar.

—Claro —dijo tratando de sonreír también.

Lo siguió por el pasillo hasta llegar a la salida y luego se subieron a un coche. Vera se sorprendió de que pudiera conducirlo, pero no dijo nada. Kleiff arrancó y comenzaron a subir colina arriba.

Seguía enfadada con él. Más enfadada que con Calem. Se sentía más traicionada y decepcionada. Kleiff se lo había hecho pasar muy mal en el M, sin embargo, sabía que tenían que hablar y aclarar las cosas.

Recordó la sensación de verlos juntos, besándose, y un escalofrío le recorrió el cuerpo.

—¿Tienes frío? —preguntó Kleiff y Vera negó con la cabeza.

—¿A dónde vamos? —preguntó cuando se dio cuenta de que se alejaban de la zona que conocía.

—Ahora verás —respondió Kleiff con misterio.

Vera observó a su alrededor, el terreno era cada vez más escarpado y se agarró a la estructura del coche para evitar moverse.

Cuando llegaron casi a la cima, Kleiff paró el vehículo y se giró para mirarla.

Sus ojos desprendían culpabilidad y se le veía vulnerable, como nunca lo había visto. Kleiff siempre era el fuerte y el que ordenaba, siempre tenía el control de la situación, en ocasiones incluso demasiado, por lo que no sabía cómo reaccionar a su actitud.

—Te he hecho una encerrona. He preparado unas cosas... Por si, bueno... Querías tener una cita conmigo.

Vera dirigió su mirada a su mano, que sostenía una manta de cuadros y una cesta, como las típicas citas de las películas que solían ver. Sintió un cosquilleo en el estómago que se tradujo primero en una carcajada y luego en una sonrisa.

Todo lo que sentía era nuevo y el vínculo parecía inflarse por la atención que le estaban prestando. Estaba acostumbrada a los cariños y mimos de Calem, y estar en esa situación con Kleiff era algo extraño pero emocionante.

—Sí, podemos intentarlo... —dijo bajándose del coche y echando a andar hacia el borde del acantilado.

Vio de reojo como Kleiff hacía lo mismo, alcanzándola en un par de pasos y comenzaba a caminar a su lado.

Al llegar al borde del abismo Vera observó que se parecía al acantilado del cementerio pero mucho más salvaje e indómito. Las olas negras del mar chocaban embravecidas contra la roca bajo sus pies. El sonido lejano de un trueno atrajo su mirada al cielo verdoso, morado y negro, surcado por una maraña de rayos que lo iluminaban durante unos segundos.

Aquel lugar era toda una visión. Algo que jamás había pensado que pudiera existir, mucho menos imaginarlo.

Vera se giró hacia Kleiff, que había extendido la manta en el suelo y estaba vaciando la cesta. No parecía el mismo Kleiff del M, seguramente no volvería a serlo. Desde que estaban en Tierra Vacía se había vuelto aun más reservado y se notaba que no quería perder más el tiempo en tonterías, y sintió que ella, desde que había hablado con su madre por teléfono, tenía la misma sensación.

Se dio cuenta de lo nervioso que estaba cuando colocó varias veces las servilletas, cambiándolas de posición, como si a ella le fuera a importar que estuvieran en horizontal o vertical.

Sonrió al verlo tan preocupado y sintió un cosquilleo de emoción y excitación. Se acercó a la manta y se sentó sobre ella.

Él la miró y se ruborizó.

—Me siento como un estúpido ahora mismo...

—¿Por qué? —dijo Vera cogiendo un par de uvas de un cuenco— me encanta esto, Kleiff. No me lo esperaba pero me gusta.

Kleiff cogió otro par de uvas y se las metió en la boca.

—Tenemos que hablar de muchas cosas y, no se... He pensado que podía ser buena idea estar solos.

El vínculo palpitó en su pecho y Vera sintió los sentimientos de Kleiff a través de él.

—Tienes razón... No hemos podido hablar a solas.

Vera volvió la mirada al cielo, observando las nubes de colores arremolinándose, separándose por la fuerza de un rayo y volviéndose a juntar. Fusionándose en una sola, creando otra de otro color aun más hermosa.

—Siento lo que ha pasado con Calem, Vera. Estaba tan avergonzado que no me atrevía a contarte lo que estábamos haciendo, menos aún después de mi actitud.

Ella negó con la cabeza, dándose cuenta de que no necesitaba sus disculpas. Le había hecho daño con su actitud pero sabía que era sincero y que lo sentía, no podían cambiar lo que había pasado, solo quedaba mirar hacia delante. Seguir enfadada con él no tenía sentido.

—Después de todo lo que ha pasado, de la gente que hemos perdido... ¿Que se podrían haber hecho las cosas de forma diferente? Seguramente... Pero ya no tiene importancia.

—Aun así, lo siento.

Vera lo miró y sonrió. Sentía su arrepentimiento con claridad a través del vínculo y quería que dejara de pensar en ello, no valía la pena seguir dándole vueltas y no quería que su cita se centrara en eso, por lo que decidió cambiar de tema.

—Le pregunté a mi madre por tu padre.

—¿A si?

Vera asintió.

—Dijo que le conoció cuando fue a atender a unos pacientes al Refugio. Estuvieron juntos y ella se quedó embarazada. Fue Duncan, el Representante Humano, el que decidió que tu padre no viniera a verme.

—¿Tu madre sabía algo de mí?

—Sí, tu padre se lo dijo. Pero no sabía que estabas dentro de la Misión ni qué puesto ocupabas hasta que me mandaron al M.

Kleiff se quedó pensativo durante unos minutos y luego se echó a reír.

—¿Te imaginas que nos hubiéramos criado juntos?

—Ufff... Imagínate, criados como hermanos y al llegar a la adolescencia... Vinculados.

Ambos se echaron a reír ante la situación. Visto de ese modo, era mejor cómo habían resultado ser las cosas.

Siguieron comiendo, y charlando, aun nerviosos por encontrarse a solas. Kleiff le contó que Minerva lo llevó allí cuando salió huyendo de la habitación de Calem, y al encantarle las vistas, le había pedido a la Capitana que le enseñara a conducir el coche para poder llevarla. Ella bromeó con su conducción de principiante y ambos rieron, disfrutando de su primera cita juntos.

Vera se sentía ligera al estar aliviando la presión constante del vínculo no reclamado y, a cada segundo que pasaba, se convencía de que se sentía muy atraída por Kleiff y que sentía algo más por él.

Tras unos minutos se quedaron en silencio y Kleiff se echó sobre la manta mirando el cielo.

—Mira... Se ha despejado... Eso son...

—Estrellas —terminó Vera mirando el cielo a su vez y tumbándose junto a él—: son estrellas.

Los puntitos brillantes se dejaban ver tímidamente entre las nubes, cuando una ráfaga de viento las movía y despejaba el cielo oscuro.

—No tenemos por qué reclamar el vínculo si no quieres —dijo Kleiff—. Sé que estas bien con Calem y...

—Lo prometimos —respondió Vera y Kleiff se apoyó en el codo para incorporarse y mirarla.

—No quiero hacerlo si es por esa promesa. Yo... Yo quiero reclamarlo porque me gustas y siento algo por ti.

Vera lo miró. Tenía la boca seca y tuvo que tragar saliva y mojarse los labios para poder responder.

No había vuelta atrás. Una vez pronunciara esas palabras todo cambiaría, pero estaba dispuesta a ver de qué forma lo hacía.

—Yo también —dijo antes de incorporarse.

Fue un instante, apenas una milésima de segundo lo que tardó en pensarse el besarlo pero, cuando sus labios se unieron, supo que estaba haciendo lo que debía.

Sus lenguas se buscaron con necesidad y los labios de Kleiff le devolvieron el beso con intensidad.

El placer que le producía ese simple beso era indescriptible. Sentía cosquilleos en el estómago y una calidez en su centro que se extendía por el cuerpo, entremezclándose con las sensaciones que percibía de Kleiff a través del vínculo.

Cuando sus manos comenzaron a bajar por su cuerpo, rozando su piel, no pudo contener un gemido que Kleiff recogió con sus besos.

Sus labios comenzaron a bajar por su cuello hasta llegar a los pechos, que liberó de la camiseta que llevaba con ansia. Chupando y saboreando su piel tersa, bajando desde el cuello hasta el estómago.

La miró un momento pidiéndole permiso y ella, al ver sus ojos brillantes por el placer, se lo concedió al instante, ayudándole a quitarse los pantalones.

Besó de nuevo la piel del estómago y comenzó el recorrido por su entrepierna con la lengua, hasta llegar a la parte más sensible. Vera gimió con fuerza mientras acariciaba sus hombros y su pelo, sintiendo como oleada tras oleada alcanzaba el clímax.

Cuando culminó se sintió a la altura de las mismas estrellas del cielo durante unos segundos, hasta que el vínculo la trajo con fuerza a la realidad de un tirón, palpitando en su pecho y entre sus muslos, exigiendo ser reclamado.

Vera se incorporó para quitarle la camiseta a Kleiff, besó la piel de sus pectorales y acarició con sus manos el abdomen hasta llegar a la cinturilla del pantalón. Kleiff paró sus manos con las suyas y Vera levantó la cabeza para mirarlo.

Sus ojos seguían brillantes pero había aparecido la duda en ellos.

—Si seguimos adelante no habrá vuelta atrás, ¿estás segura?

Vera tocó por encima de la tela del pantalón, encontrándose con su miembro duro y preparado. Kleiff gimió al sentir el contacto y Vera supo que no habían tenido elección en ningún momento.

—Estoy segura.

Sin esperar a que respondiera liberó su dureza y volvió a echarse en la manta tirando de él.

La fuerza del vínculo era tan intensa que le recorrían escalofríos por la anticipación y, cuando sintió su peso sobre ella y su miembro empujando para entrar, llego al orgasmo al instante pero no permitió que parara.

Kleiff gimió al sentir sus oleadas de placer y ella le rodeó las caderas con las piernas, animándolo a entrar aun más en ella, acompañándolo en los movimientos.

Sentía su placer y el de él. Sus sensaciones y las suyas propias.

La piel parecía arder bajo sus caricias y, cuando sentía que estaba a punto de correrse nuevamente, lo invitó a moverse de forma más rápida e intensa y él obedeció al momento.

Cuando llegó a la cúspide de su placer cerró los ojos pero siguió viendo las estrellas, todavía abrumada por todo lo que le transmitían sus sentidos. Cuando Kleiff terminó también, se echó junto a ella con cuidado de no aplastarla.

Su cuerpo parecía que no le pertenecía, tembloroso y con espasmos. Respiró hondo y no sintió el vínculo. Al menos no de la misma forma. Percibía las emociones de Kleiff pero de forma natural. Como si hasta ese momento hubiera tenido un hilo lleno de nudos y estos se hubiesen soltado de repente, quedando liso y libre. El vínculo no dolía, no tiraba de ella. Se sentía bien.

Miró a Kleiff, que tenía los ojos cerrados. Había imaginado cómo sería estar en esa situación con él, pero ninguna de sus fantasías se acercaba a lo que acababan de vivir. Había sido tan intenso y fácil. Sus cuerpos parecían estar hechos para moverse juntos.

Sin poderlo evitar pensó en Calem y se sorprendió al percibir que sus sentimientos por él seguían ahí, intactos.

Kleiff pareció percibir el cambio en sus emociones porque abrió los ojos.

—Yo también estoy pensando en Calem.

—Pensaba que aceptar el vínculo cambiaría algo pero...

—Sí. Lo sé.

Vera se incorporó sobre los codos. Aquella era otra de las conversaciones que tenían pendientes, si no la más importante, y la que más habían pospuesto.

—¿Qué sientes por él? —le preguntó.

—Pufff... —Kleiff se incorporó a su vez—: Siempre ha estado ahí. Le quiero, es mi mejor amigo, me gusta... No sé...

Darse cuenta de que ambos sentían lo mismo le produjo alivio, que también percibió a través del vínculo en Kleiff. Sin embargo, también sintió su incertidumbre y su miedo. ¿Que iban a hacer? ¿Estar los tres juntos? Era una locura.

Ambos suspiraron y Kleiff agarró la mano de Vera y comenzó a acariciarla.

—Vamos a probar. Probemos a estar los tres juntos y vamos adaptándonos. Como hemos estado hasta ahora pero… mejor.

Vera lo miró y se alegró de que lo hubiera dicho. Se habían dado cuenta de que ninguno de los dos quería renunciar a estar con Calem por estar con el otro y ninguno había sabido cómo decirlo.

—¿Seguro? —preguntó Vera.

Kleiff asintió, levantó la mano de Vera y le besó el dorso. Vera se acercó a él y besó sus labios antes de volver a echarse sobre la manta.

—Cuando se lo digamos a Calem se va a alegrar. No nos ha dicho nada pero estaba preocupado.

Kleiff asintió y se echó a reír.

—Me estoy imaginando su reacción. "Nena, ¿voy a tenerte que compartir con este?" —dijo Kleiff imitando su tono de voz a la perfección, y Vera no pudo evitar reírse.

—Oye que bien se te da, ¿no?

—Mucho tiempo juntos...

—A ver si me voy a tener que poner celosa —dijo Vera acariciando sus labios con la punta de los dedos.

Kleiff agarró su mano y lamió el dedo.

Comenzaron a besarse de nuevo y aprovecharon todo el tiempo que les había faltado durante esos meses, iluminados por la luz tenue de los rayos y las estrellas.

Adaptándose a esas nuevas sensaciones del vínculo y terminando de conocerse en mayor profundidad.

***

Era como tener un *deja vu*, de nuevo en esa sala con los mutados, esperando a que llegara el Presidente. Habían convocado de nuevo a la Cúpula para comentar las medidas que iban a tomar y conocer su opinión respecto a ellas.

Rick escuchaba las conversaciones de los demás sin participar en ellas. Estaba agotado. Sabía que ya habían contactado con Neil y que su hijo no le había dicho nada.

De momento se había negado al soborno pero tampoco había sido un no rotundo y Rick sabía que pronto caería. Nolan le había dicho que se marchara del M pero saber que su líder se encontraba por fin a salvo y que su hijo continuaba recuperándose favorablemente, fue lo que le dio las fuerzas necesarias para decidir quedarse en el M siguiendo con su cometido. No huiría. Permanecería en el M hasta que llegara su misión terminara.

Por el momento tenía que seguir interpretando el papel de su vida, para poder continuar filtrando información al H y tratar de desviar la atención.

Las puertas se abrieron nuevamente y entró el Presidente. Seguía con el semblante apagado, que probaba su cansancio, pero su cuerpo mostraba vitalidad, seguramente por el consumo de algún derivado del XIted que lo ayudaba a permanecer activo.

—Buenos días —saludó—. Os hemos convocado para comentaros la situación actual y las medidas a tomar para resolver las... Incidencias pendientes.

Un murmullo de asentimiento respondió a sus palabras y el Presidente continuó hablando.

—Los traidores Kleiff Yeren, Vera Yeren/Ebben y Calem Delan siguen desaparecidos, al igual que Nolan. Pensábamos que conseguiríamos dar con ellos, pero parece que se han esfumado, por lo que esta tarde daremos un comunicado con las grabaciones del atraco y con sus fotos, para incluirlos en la lista de traidores en busca y captura —Sus palabras provocaron un asentimiento general—. Respecto a los mestizos, hemos aprendido una triste pero real lección. No merecen nuestra confianza. Les hemos dado la mano y nos la han mordido. Todos los habitantes del M tendrán que realizarse un test de pureza, si no encajan en los estándares de pureza que necesitamos en nuestro sector, serán expulsados y exiliados al H.

Aquellas palabras causaron la aprobación de unos pero la desconfianza de otros.

—Veo alguna falla en esa teoría —intervino Rick—: Hay mestizos que nos son útiles para desempeñar todas las funciones que no son dignas de un mutado, ¿quién las realizará entonces?

Las palabras de Rick tocaron el ego de sus compañeros, especialmente de aquellos que parecían contentos con la noticia, que ahora comenzaban a dudar de si era tan buena idea.

El Presidente pidió calma con las manos.

—Tranquilos, solo será una pequeña criba para deshacernos de aquellos mestizos con un bajo nivel de pureza, y que sirva de advertencia para los que tengan un mayor porcentaje.

La explicación pareció convencerlos y Rick guardó silencio, asintiendo, fingiendo estar de acuerdo.

Mientras el Presidente respondía dudas, Rick lo escuchaba de lejos. Todo aquello le parecía un mal sueño, una locura que le costaba creer que estuviera sucediendo.

—Estamos experimentando y preparando nuevas acciones que iremos poniendo en marcha según veamos los resultados de estas medidas. Os mantendré informados pero, de momento, es todo.

La sala aplaudió y, cuando terminaron, Rick salió de la habitación sin despedirse de nadie. Tenía que apresurarse en llegar a casa para llamar a Nolan y contarle las noticias antes del comunicado de la tarde.

***

Nolan estaba echado en la cama mirando el techo de su cuarto. Había decidido tratar de irse a dormir pronto pero todavía tenía la luz encendida y la música puesta.

La noche anterior había sido terrible para él, muy dolorosa y dura. A pesar de que Kleiff se había quedado con él y lo había ayudado y apoyado durante y tras el funeral, no había conseguido dormir más de un par de horas y los momentos en los que había logrado dormir se había despertado por las pesadillas. Sueños en los que veía morir a Enna, Enol y Owen.

Se había levantado temprano y había estado ayudando a Minerva con la coordinación de los operativos pero, al caer la tarde, empezó a ponerse nervioso, sabiendo que pronto todo se quedaría a oscuras y en silencio, y que los recuerdos volverían a acecharle.

Recuerdos de Enna sobretodo, de lo que habían vivido y de lo que no. De todas las cosas que querría haberle dicho y no hizo.

Recreaba conversaciones que habían mantenido y cambiaba las palabras por las que le gustaría haber pronunciado, imaginaba como sería si Enna estuviera allí.

A la vez, retroalimentaba su odio a los mutados que le habían hecho eso. Los torturaba y asesinaba en sus pensamientos, haciéndolos pagar por lo que le habían arrebatado.

Decidió intentar dormir, a pesar de que sabía que volvería a repetirse lo mismo de la noche anterior. Se giró para apagar la luz y la música, quedando todo a oscuras y en silencio.

Cerró los ojos. Estaba agotado, pero su mente seguía despierta y activa, incapaz de desconectar un momento y descansar.

Siempre había sabido que era el heredero de Kilian, y su padre, su abuela, su bisabuela antes que él. Nadie le había preguntado si quería liderar el Proyecto Sol, le había sido impuesto.

Había crecido controlando la reconstrucción de la máquina del tiempo y planificando la Misión, ayudando a los humanos, a los exiliados en el Refugio y a los habitantes de Tierra Vacía y, ahora que por fin habían conseguido los planos, se sentía vacío y culpable.

Había perdido a la persona a la que quería por unos papeles. Unos malditos papeles.

Se había justificado el no poder infiltrarse él mismo porque era el heredero de Kilian y, sin él, el Proyecto se quedaría sin líder, pero sabía que no era verdad. La estructura estaba hecha, los Representantes y la Capitana mantenían el contacto y la coordinación entre ellos, su posición era meramente simbólica. No servía para nada.

El dolor comenzó en el costado y se extendió rápidamente por el pecho y la espalda, hasta que sintió que se quedaba sin aire en los pulmones.

Se incorporó y golpeó la pared a tientas, buscando el interruptor de la luz.

Cuando todo se iluminó se dio cuenta de que tenía la camiseta empapada de sudor y que sollozaba sin control. Trató de controlar la respiración pero le temblaba todo el cuerpo.

Se levantó trastabillando hasta llegar al baño, se apoyó en el lavabo tratando de controlarse y abrió el grifo. Se mojó las manos y la cara y al erguirse vio su reflejo en el espejo.

Esos ojos azules que le devolvían una mirada burlona, riéndose de su debilidad y su cobardía.

Gritó y golpeó el cristal con las manos hasta que se hizo añicos y se dejó caer al suelo. Se miró las manos, llenas de cortes, cristales y sangre, para luego fijarse en el desastre de cristales rotos esparcidos por el suelo.

Agarró un trozo de cristal y miró su reflejo en él. La mirada burlona había desaparecido y solo se vio a sí mismo. Sus ojeras y los ojos azules opacos, vacíos y cansados.

No escuchó los golpes en la puerta mientras se llevaba la punta del cristal a la garganta y cortaba la piel.

Lo único que quería era dormir. Dormir y dejar de sentir aquel dolor que le oprimía el pecho. Volver a ver a Enna y decirle todo lo que no se había atrevido.

Descansar tranquilo, sin pesadillas.

***

Rala se retorcía las manos con nerviosismo mientras el ascensor subía hasta la planta en la que se encontraba la consulta de sus médicos.

Hacía semanas que tendría que haber vuelto para comprobar su evolución con el tratamiento pero no había dejado de posponerlo. Se había dicho que por lo ocupada que había estado con Kev y todo lo que había pasado en el

Archivo, pero no era cierto. Notaba que la medicación no le estaba haciendo el efecto que debería y no se atrevía a escuchar lo que los médicos le iban a decir.

Llevaba ya cerca de una hora en aquel edificio médico, realizándose todo tipo de pruebas en diversas máquinas y con diversas técnicas.

Se había fijado en las caras de los técnicos que las realizaban, que no podían haber sido más expresivos ante lo que veían en las pantallas. Esa mirada de sorpresa, luego de incredulidad, para pasar a la lástima.

Cuando descubrían que no era una paciente más que acudía a hacerse una resonancia sino que tenía una Tulorea avanzada, intentaban sonar neutrales y tratarla como si no pasara nada, pero Rala notaba que después de cada prueba siempre eran un poco más amables con ella, ayudándola a levantarse y vestirse, tocándole el brazo y acompañándola más de lo normal.

Si todos los técnicos se habían comportado así, sabía que sus doctores lo único que iban a hacer era confirmar sus sospechas. No solo no había mejorado, se estaba muriendo.

Cuando el ascensor paró y las puertas se abrieron sintió un sudor frío descender desde la nuca hasta la espalda, pero se armó de valor y salió del ascensor. Caminó por el pasillo blanco hasta llegar a la puerta de la consulta con su doctor. Toco un par de veces y esperó.

—¡Adelante! —respondió una voz desde el interior.

Rala giró el picaporte y la puerta se abrió con suavidad. Se encontró al mismo grupo de médicos que la había atendido la vez pasada y se sentó frente a ellos, como si estuviera en un juicio. Los observó pasarse las pruebas, ojearlas y comentarlas, para luego dejárselas al compañero de al lado. Hasta que, finalmente, su médico principal la miró.

—Lo siento, Rala. No tenemos buenas noticias —comenzó el doctor—. Me temo que tu cerebro no ha conseguido adaptarse al nitrógeno que estas tomando y está trabajando con dióxido de carbono.

Rala sabía lo que eso significaba, cuando el cerebro rechazaba el oxígeno o el nitrógeno, los dos elementos principales, y usaba el dióxido era el fin. No era una planta, no podía absorber el dióxido de carbono y convertirlo en oxigeno por las noches. Su cerebro estaba usando algo tóxico que poco a poco iba a extenderse por todas las células de su cuerpo.

—¿Cuánto tiempo me queda? —se decidió a preguntar.

Los doctores se miraron entre sí, dudando. Rala sabía que era una pregunta complicada; no era fácil ponerle fecha de caducidad a un organismo.

—Rala, la cuestión es que... no nos explicamos cómo sigues viva todavía.

Esta vez fue Rala la que los miró sin comprender.

—Tu cuerpo debe llevar semanas utilizando el dióxido de carbono. El resto de pacientes aguanta un par de días así, hasta que su cuerpo colapsa y deja de funcionar.

—¿Está diciendo que puedo morirme en cualquier momento?

El doctor asintió. Su semblante era de incredulidad y lástima, como el del resto de médicos de la mesa. Como el de los técnicos que la habían atendido anteriormente y como el que pondrían todos cuando se lo contara.

—Te recomendamos que sigas con el tratamiento como lo hacías hasta ahora...

Rala escuchaba las palabras del doctor a lo lejos, incapaz de asimilarlas. Para qué iba a continuar medicándose, por qué iba a evitar hacer cambios de atmósfera. Podía morirse en ese mismo momento si su cerebro decidiera no tolerar más dióxido de carbono y dejara de funcionar.

Cuando el médico dejó de hablar Rala cogió su bolso y se levantó. Se despidió de los médicos dándoles la mano y les agradeció todo lo que habían hecho por ella.

Ellos asintieron, ni siquiera se molestaron en pronunciar alguna frase hecha de esas que se dicen en casos como ese. Solo asintieron.

Tras despedirse de todos salió de la consulta y deshizo sus pasos de nuevo hacia el ascensor, que todavía seguía en su planta, como si hubiera decidido esperarla. Pulsó el botón de bajada y la cabina comenzó a moverse. Recordó el ataque de ansiedad que había sufrido en ese mismo ascensor semanas atrás, cuando le diagnosticaron la enfermedad. Recordó la tristeza y el miedo, la necesidad de tener más tiempo.

Se miró en el espejo. Ya no era la misma Rala. Su enfermedad había calado en ella, se había resignado a ella. En el fondo siempre había sabido que nunca se recuperaría y ahora que esa sospecha se había hecho certeza solo le quedaba asumirlo y hacer algo al respecto, aprovechar el tiempo que le quedara, fuera el que fuera.

Atención, atención.

Este es un mensaje del Presidente Mutado para toda la Burbuja.

Se ha producido el robo de un bien muy preciado por todos los mutados. Dicho acto de traición ha sido perpetrado por miembros del Proyecto Sol, un grupo terrorista que quiere destruir la sociedad en paz que tanto nos ha costado construir.

Los miembros del Proyecto, mestizos y humanos, enviaron a seis jóvenes a cometer ese terrible crimen.

Los miembros Enna Heran, Owen Kenan y Enol Wessen, fueron neutralizados durante la huída y rogamos la colaboración ciudadana para encontrar a los tres miembros restantes: Kleiff Yeren, Vera Yeren/Ebben y Calem Delan.

Desde aquí proclamamos su estatus como en "Busca y Captura", y habrá una cuantiosa recompensa para aquellos que aporten información valiosa sobre su paradero.

Debido a la inseguridad que ha generado este acto el Presidente se ha visto obligado a decretar estado de emergencia en el Sector M, donde dará comienzo una criba poblacional.

La confianza depositada en los mestizos para convivir con los mutados se ha roto.

Todos los ciudadanos del M tendrán que someterse a un análisis de pureza.

Aquellos con más de un 70% de sangre mutada, se considerarán mestizos de confianza y podrán quedarse en el M. Se considerarán mutados a aquellos con más de un 90% y mutados puros los que tengan más de un 95%.

Los mestizos con menos de un 70% tendrán un mes para trasladarse voluntariamente al H. Si se negaran se procedería a su arresto y traslado forzoso.

Durante el tiempo que permanezcan en el M hasta su traslado, tendrán que llevar una identificación con su porcentaje de pureza en la calle, lugares públicos y de trabajo.

Fin del comunicado.

V

Un mes después

Iria arrastraba la maleta por el andén, apesadumbrada. Liss iba más adelante ojeando el billete, mirando de vez en cuando los carteles que señalaban el número del vagón, hasta que llegaron al indicado y se paró frente a la puerta.

Iria la alcanzó a los pocos segundos y se miraron. Liss le acarició la mejilla y acercó sus labios en un beso.

—No consentiré que te sigas sintiendo mal. Vamos.

Iria trató de sonreír y la siguió escaleras arriba. Un revisor cogió el billete y las guió por los pasillos del Intersectorial hasta el que iba a ser su compartimento durante esos dos días de viaje.

Una vez entraron, Liss colocó las maletas en la parte superior para que no molestaran y se sentó en los asientos. Iria no entendía su capacidad de aceptar todas las situaciones y sacarle el lado positivo a todo, pero era una de las cualidades que amaba y admiraba de su vinculada, y que también envidiaba en secreto.

—Por favor, diríjanse a sus compartimentos. El viaje comenzará en unos minutos. Gracias por utilizar el Tren Intersectorial.

Liss soltó una carcajada mientras miraba por la ventana.

—Como si hubiera otra opción.

Iria se sentó junto a ella y la reprendió con la mirada.

—Me da igual que me oigan. Ya nos han echado de nuestra casa, ¿que más nos pueden hacer?

Iria negó con la cabeza pero no la reprendió, tenía razón pero ella no era tan valiente de decirlo en voz alta como Liss.

Estuvieron mirando durante unos minutos a la gente en el andén, observándolos entrar en los vagones, hasta que quedó completamente vacío.

Las puertas de vagones y compartimentos se cerraron con un susurro y un pitido agudo precedió de nuevo a la voz de la megafonía de antes, que indicaba que el viaje iba a dar comienzo y que las puertas se abrirían por la mañana.

Tras un nuevo pitido, el compartimento tembló y se puso en marcha, o al menos eso creían ya que el tren no parecía moverse en absoluto, solo el paisaje de la ventana comenzó a moverse. Primero como si fueran luces de un túnel para luego convertirse en un paisaje campestre.

Liss observaba el paisaje distraídamente mientras le acariciaba la mano a su vinculada. Mientras tanto, Iria trataba de contener las ganas de llorar, recordando cómo habían llegado hasta ese momento.

Iria y Liss se conocieron cuando la primera se mudó al mismo edificio que la segunda. Liss vivía justo encima de Iria, era extrovertida, tenía muchos amigos y hacía muchas fiestas. En una de ellas, se les fue las manos y estaban haciendo más ruido del normal. Iria tenía que trabajar al día siguiente, era cirujana y tenía una operación muy importante a primera hora, por lo que necesitaba estar descansada y no podía dormir con el estruendo que estaban montando, por lo que decidió subir.

Tocó la puerta un par de veces hasta que la Liss abrió. Iba con un vestido ajustado que le remarcaba todas las curvas, con su pelo rubio recogido en una coleta y los ojos verdes muy maquillados.

Inhaló y sus feromonas la invadieron. Olía a flores silvestres y a algo salvaje.

Liss inhaló a su vez las feromonas con olor a manzana y canela de Iria y se quedó mirándola, alta y esbelta, con su camisón de encaje, el pelo castaño claro suelto sobre los hombros y sus ojos color miel, que la miraban asombrados a su vez.

Supieron que se habían vinculado al momento, pero ninguna dijo nada ese día. Iria le pidió que bajara el volumen de la música y Liss le pidió disculpas.

Sería unos días después cuando Liss bajó a ver a Iria a pedirle disculpas nuevamente. Estuvieron charlando, conociéndose un poco más.

Liss era muy habladora, era profesora en un Instituto y se notaba su carisma y cómo captaba la atención de Iria, que apenas habló. Lo único que hacía era mirar los labios de Liss moviéndose, deseando acercarse a besarlos pero sin atreverse. Fue Liss la que lo hizo. Aceptaron el vínculo ese mismo día y, desde entonces, tres años atrás, no se habían separado, ni siquiera en ese momento.

Liss estaba haciendo la cena y ella poniendo la mesa el día que anunciaron la expulsión de los mestizos del M. La llamó rápidamente y escucharon el mensaje del Presidente mutado sin creer lo que estaban escuchando.

Al día siguiente tuvieron que ir a hacerse el test de pureza. Iria, como esperaba, obtuvo un 65% de pureza mientras que Liss un 80%.

Nada más obtener los resultados les dieron la placa con la que tenían que identificarse y, a Iria, el papel con las instrucciones para pedir el traslado de sector.

Al llegar a casa recordaba llorar mucho y a Liss indignada, gritando y maldiciendo.

Iria le rogó que no se fuera con ella, que siguiera su vida como siempre, pero Liss no lo consintió. Solicitó el traslado también y comenzaron a planificarlo todo las dos juntas. Nueva casa, nuevo trabajo, billetes de tren y maletas. En eso había consistido su último mes en el M.

Ambas eran huérfanas por la Tulorea por lo que no tenían a nadie de quien despedirse. Iria nunca había tenido amigos cercanos y, los de Liss, dejaron de hablarlas al descubrir el porcentaje de pureza de Iria.

Se habían decepcionado mucho al ver las reacciones de la gente, no solo de sus "amigos", si no de vecinos, compañeros de trabajo, y la gente en general. Vieron realmente cómo eran los mutados, ya que, respaldados por una ley discriminatoria, podían dar rienda suelta a su forma de pensar.

La pena que sintió al principio se transformó en rabia y ganas de marcharse pero, en ese momento, sentada en el tren con todas sus pertenencias guardadas en dos maletas, volvía a sentirse mal.

Liss se volvió a mirarla.

—Basta Iria, esto es lo que hay. Me da igual dónde vivir y dónde trabajar mientras esté contigo, ¿te queda claro?

—Te quiero —respondió ella únicamente. Nunca dejaría de sentirse culpable por lo que le estaba haciendo a Liss, obligándola a dejar su casa, su trabajo y su vida.

Juntas prepararon las camas, apagaron las luces y se tumbaron, observando el paisaje nocturno de la ventana. Justo cuando Iria estaba quedándose dormida, escuchó decir a Liss:

—Podrían haberse molestado en cambiar las imágenes de la ventana. Se repiten cada hora.

***

Minerva era rápida, muy rápida. Se notaba que estaba acostumbrada a correr por esa zona tan escarpada y se movía ágilmente en el terreno, mientras que Kleiff la seguía a duras penas aguantando el ritmo con dificultad.

Se había encontrado con ella al salir de su habitación, dispuesto a ir a desayunar. Solían quedar algunas mañanas para entrenar en el gimnasio y charlar, pero ese día ella iba preparada para correr, con unas mayas ajustadas que habían hecho que Kleiff se fijara en las curvas de su cuerpo, que escondía normalmente con la ropa militar.

Ella se había percatado de su mirada y le había invitado a ir con ella a correr. Tras unos minutos, estaban corriendo por el exterior de la Guarida, bajo el cielo verde y negro que impedía saber si era de día o de noche.

Al principio habían ido juntos pero, tras comenzar a subir y bajar colinas y entrar en un terreno más escarpado, Minerva había ido adelantándose.

La visión de su cuerpo moviéndose al correr era hipnótica y Kleiff estaba empezando a dudar de si el calor que sentía era realmente por la carrera.

Al subir la colina, Minerva se paró al borde del acantilado. Apoyó las manos en las rodillas para recuperar el aliento y respiró hondo, cerrando los ojos. Kleiff llegó a su lado resoplando y agotado, lo que provocó que la humana abriera los ojos y sonriera. Tenía una sonrisa bonita, altanera e irónica y Kleiff frunció el ceño, riendo también.

—Estoy oxidado…

—Un poco… aunque te he llevado por la peor ruta y todavía respiras. No estás tan mal.

Ambos rieron y se sentaron junto al borde de la roca.

El mar chocaba embravecido contra las paredes de piedra y un tenue rayo de Sol hizo reflejos en la superficie.

—Hoy al levantarme, he visto que el cielo estaba más despejado —susurró ella—, me gusta venir aquí y esperar hasta que los gases se disipan lo suficiente para filtrar la luz. Si es gris es la Luna, si es amarilla, el Sol. ¿Ves? –dijo señalando los tímidos colores amarillos que se filtraban entre las nubes moradas y verdes—: es de día.

Kleiff observaba a Minerva mientras hablaba. Se había sentido atraído por ella desde el primer momento, seguramente por lo diferente que era a cualquier chica que había conocido. No solo por el pelo corto, sino por su escasa feminidad, su forma franca de hablar, y esa mirada que parecía leerte el pensamiento. Sin embargo, desde las últimas semanas habían pasado mucho más tiempo juntos. Se habían conocido mejor y había empezado a atraerle algo más que su cuerpo.

No estaba acostumbrado a que alguien entendiera su situación. La necesidad de mantenerse firme en los valores del Proyecto, estar centrado en lo que tenían que hacer y conseguir el equilibro de mantener además una relación con su familia y amigos.

—¿Qué piensas? —le preguntó.

Ella lo miró, primero a los ojos, para bajar la mirada a los labios. Se ruborizó ligeramente y se mordió los suyos, pero no desvió la mirada de Kleiff. No se avergonzó de que él entendiera sus intenciones.

Sin pensarlo demasiado se acercó a ella y la besó. Sus labios suaves le devolvieron el beso con intensidad y se acercó a él, rozando su mandíbula con la punta de los dedos.

Cuando sintió palpitar el vínculo, Kleiff se apartó lentamente de Minerva.

Había decidido no mentir a nadie más, todos sabían que algo pasaba entre Calem, Vera y él, siempre estaban juntos, dormían en un cuarto o en otro indistintamente y todos lo comentaban y hablaban de ello.

Si continuaba besando a Minerva, era probable que quisiera llegar a algo más. No estaba seguro de no querer hacerlo, todo lo contrario, pero no quería avanzar sin contarle por todo lo que estaba pasando en ese momento.

Apoyó su frente en la de ella y la miró a los ojos, que le devolvieron una mirada paciente, a la espera.

—Me gustas mucho, Minerva…

—Pero… —continuó ella separándose un poco de él.

Kleiff respiro hondo, pensando por dónde empezar. ¿Por Calem? ¿Por Vera? ¿Por el vínculo? ¿Por el trío que tenían montado? No era fácil explicarle a una persona ajena por todo lo que habían pasado los tres, la estabilidad a la que habían llegado, y que entendiera su relación.

—Sí que tiene que ser complicado lo que tenéis los tres eehh…

Sus palabras hicieron que Kleiff levantara la mirada y se topara con sus ojos divertidos y curiosos. Él sonrió también.

—Calem y yo llevábamos juntos mucho tiempo… nada serio ni formal, solo éramos… nosotros, juntos. No sé. Y, luego, llegó Vera y nos vinculamos. Decidimos rechazar el vínculo, porque a ella le gustaba más Calem pero después se dio cuenta de que también le gustaba y prometimos que si sobrevivíamos aceptaríamos el vínculo. Todo esto mientras Calem y yo seguíamos acostándonos…

Minerva lo miraba boquiabierta, con los ojos como platos y tratando de contener la risa. Él se dio cuenta del culebrón que parecía todo y también se echó a reír, pero continuó hablando.

—Entonces Vera se enteró de que Calem y yo estábamos juntos, se enfadó pero luego decidió perdonarnos y aceptamos el vínculo tal y como habíamos dicho que haríamos. Al aceptarlo seguíamos sintiendo cosas por Calem, y decidimos intentarlo los tres… Estamos juntos desde hace unas semanas…

—Y encima me besas —afirmó ella entre risas.

—Lo sé… soy lo peor. Supongo que algo sospechabas.

Ella asintió a modo de respuesta.

—Todos lo sospechábamos. Ahora ya podré confirmar los rumores de primera mano.

Kleiff se echó a reír.

—Llevo tiempo queriendo decirte que me gustas pero no quería llegar a nada más contigo sin que supieras todo esto.

Ella se puso seria poco a poco y su mirada curiosa se transformó en dulce y decidida.

—Te lo agradezco, Kleiff. La verdad es que no estoy muy segura de que quiera formar parte de todo ese entramado amoroso, pero —añadió sonriendo al ver su cara —, si en algún momento cambio de opinión, te lo haré saber…

Kleiff asintió y miró de nuevo al mar. Estaba más calmado y las olas parecían danzar, arremolinándose y retorciéndose.

—¿Te puedo preguntar una cosa? –inquirió ella.

Él asintió.

—¿Cómo puedes sentir algo por Calem o incluso por mi estando vinculado de Vera?

Kleiff suspiró. Llevaba pensando en eso desde hacía tiempo. Él tampoco lo entendía, lo había hablado con Vera, de hecho, y a ambos parecía pasarles lo mismo.

—Es complicado. Como si, cuando aceptamos el vínculo, pasara a ser un sentimiento más que solo comparto con ella. Ya no duele y lo siento con mucha menos intensidad que antes de aceptarlo pero de una forma profunda y natural. Es raro…

Minerva asintió, tratando de comprenderlo pero, tal y como había dicho él, era demasiado complicado. No le parecía mal la relación que compartían los tres, de hecho se había notado en su actitud y se veía que estaban felices.

Aunque Kleiff le gustaba y había visto en él algo más que su cuerpo, no estaba convencida de poder compartir la hipotética relación que tuvieran ellos dos, con Calem y Vera.

—Te he dicho que era complicado… Además, debes pensar que soy un desastre como jefe…

Minerva frunció el ceño.

—¿Lo dices por esa tontería de las prioridades adecuadas? —Kleiff se sorprendió por sus palabras—. Yo estoy completamente comprometida con mi trabajo, creo que lo que hacemos es lo correcto y daría mi vida en una misión si fuera necesario, pero no lo hago solo por el Proyecto, lo hago por la gente a la que quiero.

Kleiff la miró. Había dado por sentado que su compromiso con el Proyecto era total y que acataba todas las normas a rajatabla. Sin embargo, parecía que Minerva había conseguido que el amor que sentía, seguramente por sus hermanas y su familia, le sirviera de combustible para mantenerse centrada y no a la inversa. Realmente admiraba muchísimo a aquella mujer.

—¿Estás segura de que no quieres que vuelva a besarte?

Ello soltó una carcajada y se levantó del suelo.

—Si llegas antes que yo te dejaré darme un último beso.

Sin darle tiempo a pensarlo echó a correr. Kleiff se levantó torpemente y la siguió cerro abajo. La alcanzó, aprovechando la bajada, y casi llegó a adelantarla pero ella aceleró el ritmo.

No podía ganarla y ambos lo sabían, que pudiera cumplir su apuesta dependía solo de ella y de que se dejara ganar.

Cuando estaban a punto de llegar a la Guarida aminoró el ritmo hasta que él la alcanzó. Poco a poco se pararon hasta quedarse los dos quietos, a la misma distancia de la puerta.

—¿Realmente quieres besarme? —preguntó la chica con la voz entrecortada por el esfuerzo.

Kleiff se acercó a ella. Era tan alta que la miraba a su altura. Respiró hondo percibiendo el olor de sus feromonas cítricas y florales, tan frescas que era imposible no sentirse atraído por ella.

—Sí que quiero. Pero tenías razón, es mejor que no te compliques la vida.

—¿Más aún? —añadió ella con una sonrisa torcida.

Él sonrió y asintió y ella, tras unos segundos, suspiró y dio un paso hacia la puerta.

—Gané —dijo antes de dirigirle una última sonrisa y darse la vuelta en dirección a la Guarida.

Kleiff cerró los ojos y volvió a respirar hondo. No entendía qué le pasaba ni por qué se sentía así con ella. Su vida amorosa ya era lo bastante intensa y complicada pero, aun así, había decidido que era una buena idea meter a alguien más de por medio. Tenía que hablar con Vera y con Calem antes de volver a intentar algo más con Minerva.

***

Sonó la alarma y Vera la apagó a tientas. Abrió los ojos lentamente, adaptándose a la luz oscura del exterior que se filtraba por la ventana, marcando la silueta desnuda de Calem junto a ella.

Se dio la vuelta para ver el lugar vacío que había ocupado Kleiff. Palpó las sábanas y las encontró frías, lo que indicaba que hacía rato que se había levantado.

Escuchó primero el sonido del cachete antes que la picazón en la piel del trasero y se giró hacia Calem riendo. Forcejeó con él para devolvérselo pero no se dejó y la inmovilizó fácilmente.

El pelo rubio le caía por los hombros, revuelto y salvaje y sus ojos azules brillaban.

—Buenos días, nena.

Vera besó sus labios por toda respuesta y Calem la soltó para que pudiera abrazarlo.

—Se habrá ido con Minerva — dijo Vera entre besos cuando Calem miró la silueta de Kleiff, marcada en la sabana vacía.

—¿A dónde? —respondió. Dándole otro cachete a Vera antes de levantarse de la cama.

Vera se estiró asintiendo, soltando un suave gemido y Calem se deleitó de la visión de su cuerpo desnudo contrayéndose sobre las sábanas.

—Van casi todas las mañanas al gimnasio o a correr.

—¿Nos tenemos que poner celosos? —dijo la voz de Calem desde el interior del baño.

Vera soltó una carcajada y se levantó a su vez, dirigiéndose al armario.

Buscó una camiseta y un pantalón y comenzó a vestirse. Había pasado un mes desde que aceptara el vínculo con Kleiff y acordaran intentar esa peculiar relación de tres que mantenían.

Dormían los tres juntos casi todas las noches y Vera todavía se sonrojaba al pensar en lo que hacían en la cama. Entre Calem y Vera la relación se había reforzado mucho y, al haber aceptado el vínculo, se sentía completa. Cuando estaban los tres juntos sus feromonas se combinaban a la perfección y eso se notaba en la cama, todo era fluido y sencillo entre los tres.

Sin embargo, fuera de la cama, la cosa cambiaba bastante. Kleiff era muy independiente, no le gustaban las muestras de afecto en público, más allá de un abrazo o un roce en la mano y, aunque pasaban tiempo los tres, buscaba momentos para estar con Minerva.

Al principio a Vera le extrañó esa actitud, llegando incluso a enfadarse con él. Estaban vinculados, se suponía que tenían que tener ganas de estar juntos todo el tiempo pero, tras reflexionar, Vera se dio cuenta de que sentía lo mismo.

Se sentía muy atraída por él, le quería y le encantaba pasar tiempo juntos, pero era como si la burbuja del vínculo se hubiera explotado. Como si toda esa atracción irrefrenable hubiera existido por el simple hecho de que la estaban conteniendo y, una vez lo hubieron aceptado se había estabilizado. A pesar de quererlo, no sentía lo mismo que por Calem y sabía que a él le pasaba lo mismo.

Se sentía atraído por Minerva, hablaban mucho y se entendían bien, seguramente de una forma que no se entendía con ella y Calem. Había encontrado un apoyo en ella y a Vera le parecía bien y le gustaba.

No sabía si era porque al ser mestizos el vínculo les afectaba de forma diferente o cual podía ser la razón, pero estaba a gusto con el tipo de relación que tenían en ese momento.

Por lo que, de cara a la galería, Vera y Calem seguían juntos en una relación monógama, aunque todos supieran lo que pasaba por la noche.

Puestos a romper los moldes, mejor hacerlos añicos.

Se miró en el espejo para cepillarse el pelo y Calem apareció a su lado mientras se vestía. Lo miró a través del reflejo: los músculos de su cuerpo tensándose mientras se ponía la camiseta y la enorme cicatriz que le había quedado en el costado se estiraba con su movimiento. Casi se había acostumbrado a verla, al menos ya no le producía escalofríos.

Calem la miró a través del espejo, sacándole la lengua en una mueca.

—Vamos a desayunar o te comeré a ti. Avisada estás.

Vera sonrió y se dio la vuelta para abrazarlo. Olía a él y a la colonia que les daban en la Guarida.

Sintió sus besos en la cabeza y el pelo, y luego su mano agarrándola por la barbilla para unir sus labios en un beso fugaz pero intenso.

Al separarse salieron de la habitación dados de la mano. Saludaron a todos los soldados, a los que ya conocían por su nombre, y se dirigieron al comedor.

Cogieron las bandejas de comida y se sentaron frente a las gemelas que en seguida se pusieron a parlotear con Calem.

Vera miró alrededor, buscando a Kleiff. Al no encontrarlo supuso que seguiría con Minerva y detuvo la vista para mirar a Nolan con preocupación.

Estaba sentado en el otro extremo de la mesa solo y Vera tuvo el impulso de levantarse y sentarse con él, pero se contuvo. La última vez había sido como comer frente a una pared, no escuchaba ni hablaba, estaba en su mundo.

De hecho, al mirarlo, se dio cuenta de lo mal que estaba. Tenía el pelo más largo y descuidado, la barba sin afeitar y había adelgazado mucho.

Todos habían intentado hablar con él pero ninguno había conseguido ningún avance. Estaba completamente hundido y habían decidido darle un poco de espacio para superar la muerte de Enna y su intento de suicidio, pero no remontaba.

—Sigue igual, ¿no? —dijo la voz de Kleiff y Vera se giró, apareciendo él a su lado, le sonrió y él le dio un beso en la comisura del labio.

—Sí. Estoy empezando a preocuparme en serio. Hay que hacer algo… voy a ir con él...

Kleiff le acarició la mejilla y asintió. Vera se levantó con su bandeja y caminó hasta llegar al sitio frente a Nolan.

Él levantó la cabeza de su plato un segundo para formar una especie de sonrisa como saludo, para después volver a bajar la vista a su comida.

Vera se sentó frente a él. Intentaba no hacerlo pero no pudo evitar mirar de reojo la enorme cicatriz que le cruzaba el cuello.

Recordó el día que sucedió todo. Cuando Kleiff y ella llegaron a la Guarida tras su primera cita, había demasiado movimiento en dirección al área médica. Ambos corrieron hacia allí, pensando que se trataba de Calem, pero a quién encontraron entubado y rodeado de médicos fue a Nolan.

Minerva les explicó lo que había ocurrido. Había tratado de suicidarse cortándose el cuello pero, por suerte, el ruido de cristales rotos alertó a quienes pasaban por el pasillo y consiguieron entrar en su habitación a tiempo.

Recordó sentirse muy mal, completamente estúpida. Había estado tan obnubilada con su relación con Calem y Kleiff que no se había dado cuenta de hasta qué punto había llegado Nolan y lo mal que lo estaba pasando.

—¿Qué pasa, Vera? —dijo Nolan con la voz ronca que se le había quedado a consecuencia de las operaciones a las que había sido sometido para salvarle la vida.

—Estamos preocupados por ti, Nolan.

Él siguió jugando con su tenedor, moviendo comida de un lado al otro de su plato, pero sin probar bocado.

—No comes, no hablas con nadie...

Tiró el tenedor contra el plato con tanta fuerza que asustó a Vera y la miró con ojos vacíos, carentes de emoción.

—Me alegro de que hayáis superado la muerte de vuestros compañeros tan rápido y que ahora estéis estupendamente. Yo no tengo esa capacidad.

Vera se sintió culpable una décima de segundo, lo que tardó el enfado en ocupar el lugar de la culpabilidad. Siempre que trataba de hablar con él era lo mismo, y estaba cansada de que se hiciera el mártir y culpara a los demás, echándolos en cara no estar llorando por las esquinas.

—Si crees de verdad que Enna querría verte así es que no la conocías tanto —Sus palabras fueron a herir, lo sabía, pero se le había acabado la paciencia—. Jamás olvidaré a Enna, Enol y Owen, pero no voy a dejar que su recuerdo me lastre. He venido porque tenemos miedo de que intentes quitarte la vida otra vez pero no se puede ayudar a quien no quiere ser ayudado.

Se dio cuenta de que había levantado el tono de voz cuando no escuchó más que el silencio a su alrededor. Todas las miradas del comedor estaban fijas en ellos.

Nolan también miró a todos una última vez antes de mirar de nuevo a Vera.

—Tú has decidido pasar página y no dejarte lastrar. Bien por ti. Esa no es mi decisión. No os preocupéis por mí.

Vera sintió tanta decepción y enfado que golpeó la mesa con ambas manos. Miró a Nolan que pareció sobresaltarse durante una décima de segundo antes de volver a su mueca de siempre.

Sus ojos azules estaban opacos, sin rastro de la vida y el brillo que había en ellos cuando Vera lo conoció meses atrás en el Intersectorial. No lo reconocía.

No atisbó ni un resquicio de esperanza en ellos y todo el enfado que había sentido desapareció para ser reemplazado por tristeza.

—Está bien. No lo haré... —susurró levantándose de la mesa. Cogió su bandeja y se encaminó al otro lado del comedor, la dejó junto a la pila de bandejas vacías y salió de la sala.

***

Calem esperaba junto a la puerta del despacho de Minerva a que terminara una llamada y lo dejara pasar. Sentía el cuerpo tenso y nervios en el estómago.

Llevaba años sin hablar con su padre, ya que la charla que mantuvieron en el cementerio cuando le presentó a Vera, no podía considerarla como tal, y no sabía cómo iba a ir esa primera conversación después de tanto tiempo.

—Pasa Calem —dijo la voz de Minerva en el interior. Llamó dos veces y entró.

—Capitana —saludó.

Ella hizo un gesto para que se acercara a la mesa mientras preparaba el teléfono. Calem se sentó en la silla frente a la suya y se crujió los dedos con nerviosismo.

—Representante, habla la Capitana Harris —habló Minerva cuando recibió respuesta al otro lado de la línea—: Está aquí su hijo Calem y pregunta si puede hablar con usted.

Casi al instante Minerva le tendió el teléfono que Calem cogió tembloroso. Minerva pasó por su lado, apoyó una mano en su hombro y lo apretó con suavidad. A los segundos se escuchó el click de la puerta al cerrarse.

Calem seguía con el teléfono en la mano. Lo dejó en la mesa y se levantó, incapaz de permanecer sentado.

Se llevó las manos al pelo, echándolo hacia atrás y miró de nuevo el teléfono. Estaba tan nervioso que no sabía ni cómo empezar a hablar.

Se acercó a la mesa, cogió el auricular y se lo puso en la oreja. Respiró hondo tratando de relajarse para hablar.

—¿Calem?

Calem se quedó mudo. Era la voz de su padre. Sintió ganas de llorar y eso lo asustó. No lloraba casi nunca.

—Calem. Sé qué esto no es fácil para ti. Solo quería asegurarme de que estabas bien, no hace falta que hablemos nada más si no quieres.

Pero Calem si quería. El problema era que estaba tan avergonzado de cómo se había portado con él durante tanto tiempo que ya no sabía cómo hacerlo. Decidió ser lo más honesto y directo posible, y eso conllevaba empezar por una disculpa.

—Lo siento mucho, padre.

—¿El qué sientes? —preguntó su padre. Su tono sonaba desconcertado.

—Todo lo que te hice. Mi comportamiento...

—No hay nada que perdonar hijo, todos hemos cometido errores. Estoy orgulloso de ti, de tu compromiso e implicación.

Las lágrimas rodaron por las mejillas de Calem sin que se diera cuenta y se sentó en la silla. No sabía lo importante que era para él saber que su padre estaba orgulloso hasta que le había escuchado pronunciar aquellas palabras. Se sentía tan culpable por haber perdido tanto tiempo...

—¿Qué tal allí? Me han dicho que puede que os vayáis al H.

La voz de su padre cambiando de tema le hizo volver a la conversación y Calem carraspeó para aclararse la voz.

—Puede ser, todavía no sabemos mucho. Nos dijeron que en el M las cosas no van bien. Es peligroso padre, deberías venir con nosotros.

Escuchó el suspiro de su padre y casi pudo imaginarlo, sentado en el despacho negando con la cabeza.

—No puedo hijo, tú has cumplido tu misión. La mía sigue aquí. Tengo que seguir informando y controlando a Neil.

—Nos traicionará en cuanto le ofrezcan algo que le interese y hará que te apresen. Padre, insisto, ven con nosotros.

—No, Calem. Esa es mi última palabra. ¿Qué tal están Vera y Kleiff? ¿Todavía sigues con ella?

Esta vez fue el resoplido de Calem el que se escuchó en la línea. Le parecía absurdo estar hablando con su padre sobre sus relaciones.

—En realidad estamos juntos, los tres.

La carcajada al otro lado de la línea hizo sonreír a Calem.

—Siempre supe que tenías mucho amor para dar, hijo, pero no imaginaba que lo darías así.

Esta vez fue Calem el que se echó a reír al escuchar las palabras de su padre.

—¿Y cómo se lleva eso?

—Pues... Estamos adaptándonos. No es fácil pero nos va bien, es como que estaba hecho para ser así...

—Me alegro entonces. —Se escuchó la puerta al otro lado de la línea y la voz de Neil—. Tengo que dejarte hijo, espero poder volver a hablar pronto.

—Adiós, padre.

—Adiós.

En cuanto colgó el teléfono y la línea se quedó en silencio, Calem tuvo el presentimiento de que esa iba a ser la última conversación que iba a mantener con su padre.

**

Rala estaba sentada en uno de los bancos del gimnasio observando cómo Kev entrenaba con los fisioterapeutas.

Había intentado acompañarlo en el entrenamiento, pero sus pulmones no ayudaban a que aguantara el ritmo y tuvo que sentarse a los pocos minutos.

Todavía le sorprendía lo rápido que se estaba recuperando Kev y su afán en ello, a pesar de que sabía cuál era su situación. Había ganado masa muscular, estaba más fuerte e infinitamente más guapo.

Desde que habían dormido juntos y, tras la consulta con sus médicos, había tomado la decisión de hacer lo que sintiera sin preocuparse en lo que pensaran los demás.

Kev era un humano y, además, su prisionero. Lo sabía, era consciente de ello. Pero se sentía tremendamente atraída por él. Incluso estaba empezando a desarrollar ciertos sentimientos que hacían que sintiera mariposas en el estómago al verlo, como cuando era una adolescente.

Había pasado un mes desde esa primera noche juntos y desde entonces se habían besado, tocado y pasado tiempo juntos, pero no habían llegado tan lejos como a Rala le gustaría.

Podía morirse en cualquier momento. Los últimos momentos que le quedaban de vida no quería pasarlos pensando en todo lo que podría haber hecho y no hizo.

El entrenamiento terminó y Kev se despidió de los fisioterapeutas, que abandonaron el gimnasio tras despedirse de Rala al pasar junto a ella.

Kev cogió una toalla de un banco y se acercó a ella mientras se secaba el sudor de la frente.

Rala sintió que se derretía al verlo caminar hacia ella con la sonrisa adornando aquel rostro de piel tostada.

Recordaba lo que sintió al verlo caminar por sí mismo la primera vez, lo abrazó con tanta fuerza que casi le hizo perder el equilibrio. Ya nada quedaba de esa torpeza en él. Estaba fuerte y sano, todo lo contrario a ella.

—¿Qué pasa? Me miras raro —dijo Kev sentándose a su lado.

Ella posó una mano sobre la suya y con la otra acarició su mejilla. Kev suspiró y agarró la mano de la mejilla con una de las suyas para separarse de ella.

La deseaba, ella lo sabía, pero también sabía lo mucho que le aterraba que los vieran juntos. No por él, si no por ella y su reputación.

Rala cerró los ojos con frustración. A pesar de saber que lo hacía pensando en ella, le dolía sentirse rechazada. Miró la puerta del gimnasio y se levantó rápidamente. Kev la llamó asustado y corrió hacia ella, pensando que se marchaba. Sin embargo, al llegar a la puerta, Rala tecleó un código en el panel que hizo que se bloqueara y se apagaran las luces.

Sintió la respiración de Kev junto a ella y se dio la vuelta. Apenas distinguía su silueta con la luz que entraba del pasillo por la pequeña ventana circular de la puerta.

—Ya no pueden vernos —susurró.

Sintió la mano de Kev entrelazar sus dedos con los suyos, para luego subir y acariciar sus brazos hasta llegar a su cintura.

La atrajo hacía él, y sus labios buscaron los suyos de forma voraz. Rala le devolvió el beso, entrelazando sus lenguas en una danza infernal que hizo que le aumentara el pulso y la temperatura corporal.

Se separó de él el tiempo necesario para desnudarse y hacer lo propio con él, mientras continuaban besándose y tocándose. La piel de Kev ardía bajo su tacto y acarició cada centímetro de su espalda y torso.

Notó sus manos sobre sus nalgas, su espalda y sus pechos y gimió ligeramente cuando comenzó a bajar por su abdomen hasta su centro, que ya estaba húmedo y listo para él.

Palpó su miembro duro empujando en su costado y tocó su piel suave y tersa haciéndole gemir a él también.

Sintió como la levantaba en volandas y cargaba con ella a tientas hasta llegar a las colchonetas que había apiladas al otro lado de la sala. Tropezaron un par de veces pero, entre risas y besos, colocaron una en el suelo y Kev la tumbó sobre ella. Sintió el plástico frío en su espalda en contraste con la piel caliente de Kev sobre ella y su cuerpo se contrajo en un escalofrío. Sus labios formaron un reguero de besos por sus mejillas y su cuello, hasta que llegó a los labios, a la vez que entró en ella.

Los gemidos se fundieron con los besos y comenzaron a moverse juntos al ritmo que sus cuerpos les pedían, hasta que estallaron de placer.

Kev se dejó caer junto a ella y continuó acariciándola, todavía con la respiración entrecortada del esfuerzo. Rala sonrió a pesar de saber que no podía verla, y disfrutó durante unos segundos de las sensaciones placenteras que aun le transmitía su cuerpo y con sus caricias. Llevaba tanto tiempo esperando para sentirle dentro de ella que apenas se había dado cuenta de que todavía tenía la respiración entrecortada y no conseguía respirar con normalidad.

Kev sintió su tensión y lo escuchó moverse a su lado para incorporarse.

—¿Estás bien? —preguntó asustado.

Rala trató de hablar pero lo que salió de sus labios fue una tos que provenía de los pulmones y le desgarraba la garganta.

Kev se levantó rápidamente, se dirigió a tientas a donde estaba la mochila de Rala, rebuscó en su interior y encontró el inhalador.

Corrió de nuevo a ella, que tosía con más intensidad y la ayudó a levantarse antes de colocarle el inhalador en la boca. Cuando la sustancia de su interior entró en su cuerpo, las toses cesaron y Rala pudo controlar nuevamente su respiración.

—Lo siento… —susurró con voz ronca.

—¿Por qué lo sientes? —preguntó él con tono de sorpresa.

—Por arruinar el momento…

Kev la rodeó con los brazos y la acunó sobre su pecho con dulzura.

—No seas tonta… —dijo mientras le besaba el pelo y la coronilla.

Echada en esa colchoneta, rodeada por los brazos de Kev, se sentía protegida, cuidada y querida. Pensó que, si se moría en ese momento, por lo menos había encontrado a alguien que la quería.

***

El resto de viaje se les había pasado volando. Habían repasado el trayecto en subtren que tenían hacer una vez llegaran al H para llegar a la que iba a ser su casa y había imaginado cómo sería, qué vecinos tendrían y cómo reaccionarían al verlas.

No sabían cómo se habían tomado en el H la expulsión de los mestizos. Ellas no tenían ningún problema con los humanos, pero no sabían lo que pensarían ellos de ellas. Menos aún al ver las medidas que estaba tomando el Presidente Mutado.

Durante el trayecto apenas habían visto el tren, ya que las comidas las servían en el propio compartimento, y solo habían salido para ir al servicio.

Cuando quisieron darse cuenta había vuelto a sonar ese pitido junto con la voz que indicaba que el viaje estaba llegando a su fin. A los pocos minutos, la pantalla de la ventana se apagó y el tren dejó de moverse.

Las puertas del compartimento se abrieron y Liss e Iria salieron al pasillo, arrastrando sus maletas y siguiendo a la marabunta de gente que se agolpaba para bajar.

Una vez en el andén, habían colocado carteles que indicaban los pasillos a los que debían dirigirse según la zona en la que iban a residir y ellas se encaminaron al pasillo que indicaba Zona 2. Una vez en él se mezclaron con la multitud, caminando por el pasillo hasta el subtren. Se subieron y se sentaron.

Iria observaba a los mestizos a su alrededor, todos llevaban las mismas caras de resignación y tristeza. Ninguno parecía ilusionado con la perspectiva de empezar una nueva vida. Ya tenían una vida y se la habían arrebatado sin darles opción.

Solo había una excepción, una familia de lo que parecían mutados, con un bebé. Seguramente el bebé hubiera dado un porcentaje de pureza inferior al 70% y habían tenido que marcharse para no tener que enviarlo a él solo a una casa de acogida. Charlaban tranquilos y felices haciendo carantoñas al bebé, que reía y balbuceaba.

Iria agarró con fuerza la mano de Liss, que le devolvió el apretón.

Tras unos minutos la megafonía indicó que la siguiente era su parada, por lo que se levantaron de los asientos y se dirigieron a la puerta del vagón.

Iria tenía un nudo en el estómago mientras salían al andén y de este a la calle, donde les dio la bienvenida un vecindario tranquilo con casitas bajas.

Los humanos que estaban en los jardines las observaban mientras caminaban, arrastrando las maletas hasta llegar a la que sería su calle. Sentían los ojos de todos analizándolas, sobre todo a Liss, tan alta y rubia.

Sin embargo, ellas también se habían fijado en ellos. Nunca habían visto un humano, estaban acostumbradas a los mestizos pero no a la piel tostada de los humanos, con el cabello negro y su escasa altura. Seguramente era la primera vez para ambos.

Cuando doblaron la esquina entraron a una calle cortada, donde estaba su casa, y la noche cayó de repente quedándose todo a oscuras. Las chicas miraron a todas partes pero nadie parecía extrañado con lo que acababa de pasar. En el M las luces se iban apagando poco a poco de forma gradual, lo que llamaban el atardecer, y en el H parecía que no existía.

Cuando vieron el número "18" en el murito de piedra, se pararon y observaron la que iba a ser su casa.

Era exactamente igual que las del resto de la calle, pero con las luces apagadas. Miraron alrededor y vislumbraron a los vecinos, observándolas de nuevo y cuchicheando.

—Pues aquí estamos, guapa —dijo Liss antes de abrazar a Iria con fuerza y besarla en los labios.

Escucharon los murmullos y cuchicheos de todos los vecinos y cómo estos se iban metiendo en sus casas.

¿Era posible que fuera la primera vez que veían una pareja de chicas?

—Lo que nos faltaba... Entremos —dijo Liss sin hacer caso, mientras arrastraba su maleta por el camino de entrada hasta la puerta.

Iria se fijó en la ventana de la casa de al lado, donde una niña asomaba su cabecita morena y la saludaba con la manita. Iria le sonrió y la saludó de vuelta pero la madre cogió a la pequeña en brazos y la apartó del umbral.

Sabía que no iba a ser fácil pero no contaba con el rechazo de sus vecinos desde el primer momento.

VI

Liss cogió la regadera de la estantería de la cocina y la colocó bajo el chorro de agua del fregadero.

Al instante escuchó el quejido de Iria, había olvidado que se estaba duchando.

—¡Que me dejas sin presión! —gritó desde el baño.

Liss terminó de llenar la regadera y le pidió perdón a su vinculada, que continuó duchándose mientras tarareaba.

Habían pasado un par de días desde su llegada al H y todavía se estaban adaptando a su nueva casa.

Seguían siendo cosas a las que no estaba acostumbrada. En su casa en el M no tenían que preocuparse de la presión del agua o de estar en casa al caer la noche. Los humanos no vivían, sobrevivían. Su vida estaba llena de prohibiciones, reglas y prejuicios, y lo peor era que ni siquiera lo sabían.

Cogió la regadera y salió al jardín de la entrada, dispuesta a regar sus flores y setos.

Los vecinos la miraban de reojo, como siempre, pero todavía no habían hablado con ellas. Solo la niña de los vecinos de al lado las saludaba de vez en cuando, cuando su madre no la regañaba. Había descubierto que su nombre era Nailah, de tanto que la llamaba su madre cuando la pillaba cerca de su valla.

Liss había terminado de regar las flores y estaba regando los pequeños setos que delimitaban su jardín, cuando escuchó un ruido de motor al inicio de la calle. Un vehículo con ruedas avanzaba despacio, hasta que se paró en mitad de la calle y un grupo de soldados armados descendieron de él.

Al vivir en la última casa del vecindario, Liss observó cómo se acercaban en parejas a las casas y llamaban a las puertas con más fuerza de la necesaria, hasta que los abrían y entraban al interior sin ser invitados.

Su cuerpo se tensó cuando los vio entrar en casa de los vecinos de al lado y no supo reaccionar cuando se acercaron a su jardín, pasando de largo por ella sin hacerla caso.

Corrió tras ellos y se colocó frente a la puerta.

—Mi pareja se está duchando, si pueden esperar...

—¡Apártese! —la interrumpió el soldado, mientras la apartaba del camino de un empujón y abría la puerta.

Los soldados entraron y comenzaron a removerlo todo, abriendo cajones y tirando al suelo todo lo que les estorbaba.

—¡No somos humanas! ¡Soy mestiza del ochenta por ciento! ¡Paren! —gritaba Liss sin servir para nada.

Asustada por el estruendo, Iria salió del baño envuelta en una toalla.

—¿Qué está pasando? —preguntó incrédula.

Uno de los soldados se percató de su presencia y se acercó hasta ella, apartándola de la puerta para entrar al baño y a la habitación.

Iria corrió hasta Liss que seguía gritando tratando de echarlos, con lágrimas de rabia en los ojos. Al verla llegar, envuelta en la toalla, la abrazó.

Cuando consideraron que no había nada más que romper y descolocar, los soldados salieron de la casa.

Liss e Iria los siguieron hasta la entrada, dándose cuenta de que también se oían golpes y estruendos en el resto de casas. Empezaron a escuchar gritos, que procedían de unas cuantas casas del inicio de la calle de las que los soldados se estaban llevando a los hombres.

Sus mujeres chillaban y los niños lloraban, mientras los soldados se llevaban a rastras a esos maridos y padres. Los subieron al camión, cerraron las puertas y los soldados subieron después.

Una vez estuvieron todos en los vehículos, hicieron sonar una sirena y se marcharon. Escucharon el eco de otras sirenas procedentes del resto de calles de la Zona y, después, todo quedó en silencio, solo roto por los llantos de las mujeres que acaban de quedarse solas.

Nadie se acercaba a ayudarlas, por lo que Liss le pidió a Iria que entrara en casa, recorrió el camino desde su puerta hasta el jardín, y se dirigió a dos casas más adelante, donde estaba la mujer arrodillada en el suelo, llorando desconsoladamente. Su hijo estaba junto a ella, mirándola asustado. Apenas tendría tres años.

—Tranquila, ¿necesitas ayuda?

La voz de Liss pareció hacerle volver a la realidad y la miró. Tardó unos segundos en darse cuenta de quién estaba hablándole y sus ojos cambiaron.

—¡Esto es por vuestra culpa! ¡Estábamos bien antes de que vinierais aquí! —gritó.

Liss negó con la cabeza e intentó hacerla entender que también habían entrado a su casa, que estaban en la misma situación, pero la mujer cogió a su hijo y corrió hasta entrar a su casa, cerrando de un golpe la puerta.

Liss miró al resto de vecinos que observaban desde las ventanas.

Estaba claro que esa parecía ser la opinión generalizada de toda su calle.

***

La enorme mesa del comedor de Tierra Vacía estaba repleta, sin embargo el silencio reinaba en la sala. Había pasado algo en el sector y los habían reunido a todos de forma urgente.

El brazo de Calem descansaba sobre el hombro de Vera y jugueteaba nervioso con un mechón de su pelo, mientras esperaban en silencio la llegada de Minerva con las noticias del H.

Intuían lo que estaba pasando en el H y el motivo de aquella reunión repentina. Seguramente la llegada de todos los mutados y mestizos del M no había sentado bien a los vecinos del H. Vera se imaginaba el choque cultural por el que debían haber pasado todos al encontrarse, igual que el que tuvo ella al llegar al M. La ropa, las relaciones... Todo.

Sin embargo, no era eso lo que los preocupaba. Los mutados estaban secuestrando humanos. Iban con camiones y se llevaban a los hombres, dejando a las mujeres solas o con sus hijos.

Eso solo podía significar que estaban preparando algo, algo importante, y esa reunión solo podía significar su marcha al H. Todos lo intuían desde hacía tiempo y lo llevaban comentando desde hacía unos días, pero todavía no había una fecha concreta.

En el fondo, Vera se sentía culpable. Había estado viviendo en una especie de oasis ajena a la realidad, solo pendiente de su relación, mientras los mestizos eran exiliados y los humanos secuestrados.

Siempre que esos pensamientos rondaban su mente trataba de frenarlos y reflexionaba, dándose cuenta de que había necesitado un tiempo para sanar emocionalmente. Había perdido a tres compañeros, casi a cuatro. Su cuerpo se había tenido que adaptar al vínculo y su mente a toda esa nueva realidad. Todo ello sin contar el intento de suicidio de Nolan y lo preocupada que estaba por él.

En ese momento, se encontraba mucho mejor, más tranquila, estable y fuerte, y había recuperado las ganas de luchar.

Las puertas se abrieron y entraron Minerva y Kleiff, que avanzaron hasta el principio de la mesa seguidos de las gemelas, que se sentaron frente a Calem y Vera.

Sonreían, lo que tranquilizó a Vera, que miró a Kleiff y a Minerva, uno al lado del otro comentando algo entre susurros y sintió la emoción de Kleiff a través del vínculo. No sabía si por lo que estaban a punto de comentar o por estar junto a la Capitana.

Terminaron de susurrar y se dirigieron a los demás.

—Compañeros —comenzó Minerva—: venimos a anunciaros nuestra marcha inminente al Sector H.

Los susurros comenzaron pero Kleiff los acalló para que la Capitana pudiera continuar.

—Como sabéis, miles de mestizos y mutados han cruzado la frontera, obligados a exiliarse, y nos han hecho llegar que está empezando a haber redadas en algunas zonas, con camiones mutados. Se están llevando a los hombres más jóvenes y fuertes y eso solo puede significar que están preparando una ofensiva. No sabemos cual ni para cuando, pero desde el H han solicitado refuerzos y vamos a acudir en su ayuda. Dejaremos aquí un pequeño grupo para que cuide a los enfermos y la Guarida. No podemos abandonarla, es posible que podamos necesitarla.

Todos los presentes se miraban ilusionados, unos por la perspectiva de salir de la Guarida y conocer nuevas zonas y otros, como en el caso de Vera, que no podía evitar sonreír ante la perspectiva de reencontrarse con su madre.

—Tenéis esta tarde para preparar todo lo que podáis necesitar, salimos esta noche. Va a ser un viaje largo de varios días, y no muy cómodo.

Con esas palabras, Minerva y Kleiff se retiraron de la parte frontal de la mesa, y las conversaciones se reanudaron entre los presentes. Algunos tristes y otros emocionados.

Vera miró a Kleiff que pasó junto a ella al lado de Minerva. Notó la caricia de su mano por la espalda y, al mirarlo le guiñó un ojo, dándole a entender que se verían más tarde.

El peso del brazo de Calem en su hombro le hizo girarse hacia él. Las gemelas parloteaban sin parar y se notaba que no las estaba prestando atención. Estaba triste y distraído. Vera le dio un golpecito con su hombro en el costado y él la miró.

—Estoy preocupado por mi padre —dijo.

—Ya le dijiste que se viniera con nosotros, ¿no?

—Sí, pero no quiere —respondió.

Calem apenas le había contado nada de la conversación que había mantenido con su padre y ella no había querido preguntar. Calem no era reservado como Kleiff, no había que sonsacarle la información, si te lo quería contar lo haría, sino no.

—Ya sé que estás pensando que es su decisión y que él sabe lo que tiene que hacer. Lo sé, lo entiendo y lo respeto. Pero no hace que me preocupe menos por él —dijo mirándola con preocupación.

Vera lo abrazó con fuerza y él le devolvió el abrazo. No había nada que pudiera decir para consolarlo. Su padre corría peligro, pero si quería permanecer en el M no podían hacer nada por él.

—Vamos a hacer la bolsa. ¡Que nos vamos! —dijeron las gemelas emocionadas.

Ellos sonrieron como respuesta y se levantaron también, pero sintió la presencia de Nolan antes incluso de que su dedo le tocara el hombro. Se giró hacia él.

Tenía la mirada perdida pero gacha y se retorcía los dedos de las manos con nerviosismo.

—¿Puedo hablar contigo un momento? —preguntó con su voz ronca.

Vera se giró hacía Calem para preguntarle con la mirada si debería darle otra oportunidad. Él asintió, respondiendo así a su muda pregunta, y ella asintió a su vez.

—Voy adelantando cosas en la habitación —dijo antes de seguir a las gemelas por el pasillo.

—Tú dirás... —dijo escuetamente, y Nolan levantó de nuevo la mirada.

—Siento la forma en la que te hablé el otro día. No tienes la culpa de nada y, en realidad, estoy agradecido de que os preocupéis por mí, sobretodo tú.

Vera suspiró. Sentía que decía la verdad, pero su dolor y su odio eran tan grandes que hacía que sus palabras sonaran vacías y su rostro siguiera igual de frío.

Nolan se dio cuenta de sus dudas y suspiró también, suavizando ligeramente la expresión.

—No estoy enfadado con vosotros. Estoy enfadado conmigo y con los que les hicieron eso... Hasta ahora mi propósito era cumplir con el legado de mis antepasados, buscar justicia de la forma más pacífica posible, sin llamar la atención. Pero ahora todo eso me parecen patrañas y niñerías... Esas personas nos van a matar en cuanto tengan oportunidad, llevan haciéndonos sufrir y torturándonos durante siglos y no voy a consentir que se salgan con la suya...

Vera escuchaba sus palabras con preocupación. Se estaba radicalizando, y que el líder de su movimiento se radicalizara era algo malo. Tenían que defenderse, estaba claro, pero llevaban siglos jugando al juego de la estrategia, a ser más listos que los mutados, a pasar desapercibidos, y las palabras de Nolan le hacían ver que ya no estaba dispuesto a ello.

***

Los niños humanos, mestizos y mutados correteaban por el comedor y Carli los miraba con nostalgia mientras picoteaba algo de su plato.

Observó la gran cantidad de Refugiados que habían tenido que acoger durante el último mes, especialmente mestizos y mutados exiliados del M.

Habían decidido trasladar al Refugio a la mayoría de miembros del M que colaboraban con el Proyecto, hasta encontrarles una casa en una zona segura controlada por ellos y no una de las casas al azar en las que los estaban asignando desde el M.

Recordó el momento en que aparecieron en el comedor por primera vez a cenar. Todos los miraban con asombro y curiosidad, ninguno había visto un mutado nunca por lo que, sobre todo los niños, comenzaron a hacerles preguntas sobre el color tan blanco de su piel y el color de los ojos.

Tras resolver todas sus dudas, los niños los habían aceptado sin rechistar, no así como los adultos, a los que ver a un mutado todavía les causaba recelo.

Pasadas las primeras semanas, la mayoría habían sido reubicados en casas seguras pero todavía quedaban bastantes, lo que hacía que el comedor, la sala común y el resto de estancias parecieran desbordadas.

Duncan entró en el comedor y Carli sonrió al verlo levantar en el aire a una niña que se le cruzaba en el camino corriendo. Le hizo cosquillas y la dejó de nuevo en el suelo. La pequeña reía feliz y siguió jugando tan tranquila continuando su carrera.

—Te estaba buscando —dijo mientras se sentaba a su lado—. ¿Recuerdas que te comenté que estaban empezando a llevarse gente?

Carli asintió.

—Están empezando con redadas en algunas zonas. Se llevan a los hombres.

—Sí. Están preparando algo, Rick sigue tratando de averiguar el qué, pero mientras tanto hemos pedido refuerzos a Tierra Vacía. Salen esta noche de allí y llegarán en unos días.

Carli soltó la cuchara con la que estaba moviendo la comida de un lado a otro y miró a Duncan.

—¿Viene Vera?

Duncan asintió y Carli tuvo que hacer grandes esfuerzos por contener las lágrimas de alegría. Era consciente de que no procedían y que Duncan esperaba más control sobre sus sentimientos y emociones.

Debió darse cuenta de ello por lo que cambió de tema.

—¿Algún avance?

—Nada —respondió Carli negando con la cabeza—: no entendemos las últimas anotaciones de Kilian...

—No os centréis en ellas, ya os dije que podrían no significar nada y estaríamos perdiendo el tiempo.

—Pero Duncan, yo creo que sí son importantes, creo que Kilian...

—Limítate a los planos Carli —interrumpió Duncan de forma brusca—, no pierdas el tiempo con divagaciones, necesitamos probar la máquina con los nuevos ajustes lo antes posible. Nolan va a venir en un par de días y tenemos que tener algo. No podemos presentarnos ante el Jefe del Proyecto con las manos vacías.

Se levantó de la mesa como un resorte y se marchó, dejando a Carli con la palabra en la boca.

Los ajustes de la máquina ya se habían realizado pero apenas había diferencias con lo que ya tenían construido antes de que les llegaran los planos. Si eso era lo que quería Duncan, la probarían, pero Carli estaba segura de que en esas anotaciones estaba la clave de todo.

**

Las voces agudas y chillonas de Diana y Dafne martilleaban los oídos de Minerva mientras hacían las maletas.

Estaban emocionadas y entusiasmadas con la aventura que iban a vivir. Minerva las entendía pero no compartía su entusiasmo.

Salir de Tierra Vacía, ir al H, conocer a los demás miembros del Proyecto y al resto de habitantes del sector. Todo lo que ellas estaban deseando experimentar a Minerva la aterraba.

Había nacido en Tierra Vacía. Ese cielo eternamente oscuro, los rayos, el mar, los acantilados, la Guarida. Todo eso era su hogar y sus recuerdos. No conocía otra cosa, y dejar de ser la Capitana Harris de Tierra Vacía para pasar a ser Minerva, era complicado para ella. Y, además, estaba su madre.

Pasaba la mayor parte del tiempo sedada, ya que, cuando despertaba solía tener arrebatos violentos. No las recordaba, ni a Minerva ni a sus hermanas.

Llevaba enferma tantos años que las gemelas casi no la recordaban sana, paseando por los pasillos con los demás, entrenando, leyendo o charlando con ellas. De hecho, era casi sorprendente que la enfermedad no hubiera terminado ya con ella.

Se había planteado la posibilidad de quedarse en Tierra Vacía cuidando de la Guarida, pero Kleiff la había convencido de no hacerlo. Había que dejar gente protegiendo la Guarida pero ella no podía ser uno de ellos, había dicho Kleiff, era importante para sus soldados y, sin ella, no iban a estar lo suficientemente motivados para ir al H.

—Mírala, ya está sumida en sus pensamientos —escuchó decir a Diana.

—Os estoy oyendo... Solo estoy preocupada por los preparativos, eso es todo —respondió Minerva mientras continuaba metiendo ropa en la bolsa.

Vio de reojo como ambas gemelas se miraban y, sin decir una palabra, se acercaron a ella y la empujaron a la cama para que se sentara.

—Estás preocupada por mamá —afirmaron al unísono.

Minerva jugueteó con la tela del jersey que tenía entre las manos.

—Min... Ella ya no es ella. No nos va a echar de menos, no se acuerda de nosotras —explicó Dafne.

—Nosotras la queremos mucho y siempre la vamos a querer, pero hace tiempo que nos hicimos a la idea de que mamá no está.

Minerva las miró, le costaba recordar cuándo habían crecido tanto como para reflexionar de aquella manera. Le costaba verlas como las mujeres en las que se habían convertido, ya tenían dieciocho años, no eran unas niñas y estaba orgullosa de ellas. Ambas se acercaron y la abrazaron con fuerza.

—Creo que voy a ir a despedirme antes de seguir...

—¿Quieres que te acompañemos?

Minerva negó con la cabeza.

—Prefiero ir sola.

Las gemelas se separaron y Minerva se levantó de la cama, guardó el jersey que tenía en las manos y salió de la habitación.

Recorrió el pasillo desde su cuarto al hall circular, mirando todo como si fuera la primera vez que pasaba por allí, tratando de memorizar todos los detalles posibles.

Saludó a los compañeros que la saludaban y, cuando llegó al hall principal, giró hacia el pasillo de cuidados médicos.

Pasó por todas las habitaciones hasta llegar a la del fondo del pasillo, la única sin pared de cristal. Pulsó el código de apertura y entró en la sala.

Miró el aparato que marcaba las constantes vitales. El pitido regular indicaba que seguía con vida pero nada en su aspecto parecía vivo. Su madre se encontraba echada bocarriba, con los ojos cerrados y los labios entreabiertos. El color de su piel era verduzco, y estaba tan delgada que se le marcaban los huesos.

No quiso despertarla, que la viera y no la recordara. No por Minerva sino por ella, ya que luego se sentía mal por no recordar a su propia hija y comenzaban las crisis de nervios que llevaban a los arrebatos violentos.

La miró durante unos minutos, recordando cómo era cuando Minerva era una niña y los pocos años que estuvo sana tras nacer las gemelas. Jugando juntas, correteando por los pasillos, leyendo, contándole historias, viendo el mar. Sus hermanas tenían razón, esa ya no era su madre. Su mente estaba vacía e incluso su cuerpo estaba empezando a marchitarse. Tenía que hacerse a la idea y dejarla ir.

La miró por última vez y se dio la vuelta. Cerró los ojos, tratando de recordar los rasgos de su madre antes de enfermar, su pelo ondeando mientras jugaban y su sonrisa iluminándolo todo.

Sin abrirlos salió de la habitación y cerró la puerta tras de sí.

Quería recordar a su madre así, feliz y viva.

***

—Tienes que llevar las braguitas sexys, nunca se sabe cuándo las vas a necesitar —dijo Calem tendiéndole unas braguitas de encaje a Kleiff.

—Oye que yo no uso bragas —respondió dándole un manotazo en el hombro pero riéndose.

Vera le arrebató las braguitas a Calem, justo al pasar por su lado al salir del baño.

—Que no juguéis con mi ropa interior, no sé como decíroslo ya —dijo Vera mientras guardaba en su bolsa las braguitas que acababa de arrebatarle a Calem, y las cosas de aseo que había traído del baño.

Tenían toda la habitación hecha un desastre, con ropa y cosas por todas partes y las bolsas abiertas sobre la cama. Vera estaba un poco nerviosa. Tenía ganas de irse pero a la vez mucho miedo de volver a entrar en activo en el Proyecto. No estaba tan emocionada como los demás, lo único que le apetecía realmente era volver a ver a su madre.

Sintió a su alrededor los brazos de Kleiff y apoyó la cabeza en su pecho.

—Qué te pasa... —susurró en su pelo.

—Estoy nerviosa.

Sintió sus labios besándole el pelo y la sien.

—No lo estés, tu piensa en las ganas que tienes de ver a tu madre y estar con ella. No en lo que vendrá después, porque no lo sabemos. No pongas la venda antes de la herida.

—Joder K, que profundo y sensible te estás volviendo desde que vas por ahí con la Capitana.

Vera se echó a reír pero pensó que Kleiff tenía razón, se estaba preocupando antes de tiempo. Se dio la vuelta y besó sus labios, que todavía se reían del comentario de Calem.

Él respondió con otro beso dulce en los labios y otro en la nariz. Vera notó su cariño en el vínculo pero también tensión y ciertos nervios. Se separó de él, le miró y sus ojos le dieron la razón.

Quería contarles algo pero no sabía cómo y Vera supuso que era algo relacionado con Minerva.

—Venga, suéltalo —dijo Vera y Calem se acercó a ellos.

—Cuando empezáis con todo ese rollo telepático del vínculo me dais miedo, os lo juro.

Vera le dio otro manotazo a Calem y se sentó en la cama, mirando a Kleiff. Tiró del brazo de Calem para que se sentara junto a ella y esperaron hasta que Kleiff hablara.

Notaba sus nervios a través del vínculo, vergüenza y cierto miedo.

—Tiene algo que ver con Minerva, ¿no? —le ayudó ella.

Kleiff asintió.

—En serio... Dais puto miedo —dijo Calem con asombro.

—Calla ya —le riñó Vera y volvió a mirar a Kleiff.

—A ver, es que no sé como decíroslo, esto es muy raro... —suspiró—: me gusta Minerva, no sé cómo es posible pero me gusta. No sé si terminará pasando algo entre nosotros o no, pero solo quería que lo supierais y saber si os parece bien.

Vera sintió la emoción de Kleiff al hablar de ella y esas cosquillas en el estómago. Le caía bien Minerva, era una persona directa y sincera, se había portado bien con Vera y la había ayudado muchísimo a recuperarse. Pensó en los sentimientos que le producía que Kleiff quisiera estar con otra persona que no fuera ella o Calem. Se dio cuenta de que no le importaba. Sintió el vínculo, fuerte y seguro en su interior, sus sentimientos por ella seguían siendo los mismos y sabía que con Calem no habría problema...

—De eso nada monada, que te piensas que es esto, ¿una bacanal? —exclamó Calem de repente— Bastante raro es ya un trío, imagínate un cuarteto, además a mi Minerva no me gusta, me impone mucho y me da miedo...

—Espera, espera... ¿Qué es una bacanal? —preguntó Kleiff interrumpiéndolo—. Da igual, no me respondas. No me estoy refiriendo a que estéis vosotros con ella también, me refiero a mí...

Calem se levantó y abrazó a Kleiff, interrumpiéndolo en mitad de la frase. Besó sus labios y se separó de él sonriendo.

—Estoy de broma, imbécil, pues claro que nos parece bien.

Se giró hacia Vera y le tendió la mano, ella se levantó y los miró a ambos. Kleiff seguía con la mirada interrogante.

—Sé lo que sientes por mí y me cae bien Minerva, creo que te hace bien pasar tiempo con ella y que te entiende mejor que nosotros en algunos aspectos —dijo Vera y Kleiff los abrazó a ambos, terminando en un abrazo de tres.

—Que yo os quiero eeehhh, no os penséis que no. Es solo que también me gusta tener mi propio espacio.

—Tu propio espacio para tirarte a la Capitana... —dijo Calem entre risas mientras se separaban.

Dobles manotazos golpearon los hombros de Calem, uno de Vera y otro de Kleiff.

—Que es broma, que tontitos os ponéis. Verás como al final me dais en la cicatriz del costado, os recuerdo que todavía me duele...

—Por el Sol, ¿qué te pasa? —dijo Vera antes de interrumpir a Calem con un beso—. Tú sí que estás tontito.

—Perdón, ya sabéis que lo mío no son las conversaciones serias, me pongo nervioso y no paro de decir tonterías.

Esta vez fueron Vera y Kleiff los que lo abrazaron.

—Lo sabemos, y te queremos, aunque tengas taras —dijo Kleiff.

Entonces se desató una guerra de la que Vera se quitó de en medio. Comenzaron con manotazos y luego a perseguirse por la habitación, tirándose cosas, hasta que los perdió de vista cuando se metieron en el baño.

Escuchó sus risas amortiguadas y siguió haciendo su maleta, no sabía cómo, pero esa relación tan peculiar que tenían estaba yendo bastante bien.

***

Nolan colocaba metódicamente su ropa doblada dentro de la mochila. Sentía un dolor tan grande que no sabía identificar de dónde provenía. Era emocional pero lo sentía en el cuerpo.

Cerró los ojos e inspiró, pero imágenes de Enna aparecieron en las retinas, seguidas de las de la noche en que intentó suicidarse. Trató de parar el bucle de pensamientos pero le resultaba difícil

De un tiempo a esa parte, su cerebro se empeñaba en recordar el momento de la llamada de Minerva. Cuando pronunció aquellas terribles palabras que lo marcarían para siempre.

Ha llegado la mitad del equipo y a duras penas señor, los hermanos Yeren y Delan...Los demás no lo han conseguido...

Sintió de nuevo el mismo vuelco en el corazón que el que sintió al escucharla. Enna no lo había conseguido y era por su culpa.

Por seguir a ciegas sus palabras, por la estúpida Misión y el Proyecto en el que cada vez le costaba más creer.

Por el Proyecto Sol había ido perdiendo poco a poco a su familia. Todos habían muerto por él de una forma u otra hasta llegar a Kilian, el primer Presidente Humano. Y todo por esa estúpida idea de pacifismo y raciocino.

Se dirigió al baño y comprobó su aspecto. Se había afeitado la barba y cortado el pelo al cero. Parecía otra persona completamente diferente después de estar un mes con aquellas greñas.

Echó un último vistazo a aquella habitación. Los peores momentos de su vida los había pasado allí y se alegraba de marcharse al final, de ponerse en movimiento y dejar de estar estancado. Miró la mochila cerrada con todas sus cosas dentro, la cogió y salió de la habitación.

Llegó al hall rápidamente y comprobó que ya se encontraban allí Calem y Vera, escuchando música con un casco cada uno, sentados en el suelo junto a sus macutos. No veía a Kleiff pero escuchaba su voz hablando con Minerva.

Dejó la mochila junto a las demás y miró a través de los ventanales de la entrada. Chequeó su reloj, todavía quedaba media hora para salir. Sintió las miradas de todos y su asombro, seguramente por su nuevo aspecto, pero no se detuvo sino que salió al exterior y se dirigió al cementerio. Atravesó las puertas que lo cercaban y subió la suave cuesta que conducía al acantilado.

Llegó hasta las tres placas, adornadas con las caléndulas amarillas como el Sol. Observó la placa de Enna y se arrodilló a su lado.

Se acarició los restos de cuero que llevaba anudados en la muñeca, los restos que quedaban del látigo que un día había usado con ella.

Era todo lo que le quedaba de Enna. Su cuerpo lo habían incinerado los mutados y habían tenido que destruir todo lo que habían dejado en la mansión al marcharse.

Miró el mar a los pies del acantilado, chocando con ferocidad contra las rocas. Los rayos cruzando el cielo oscuro y verdoso.

La tristeza volvió a sentirse pesada en la espalda y el pecho, creando un nudo doloroso en la garganta.

Los sollozos le pillaron por sorpresa y comenzó a llorar ruidosamente. Sentía tanto dolor que gritó. Gritó tan fuerte que se hizo daño en la garganta, pero no podía parar.

Enna había conseguido cambiar sus prioridades y ya no quería luchar por esa Tierra, ni por los humanos. Lucharía por ella. Por vengarla. Todo lo demás no importaba.

VII

La caravana la componían más o menos unos veinte coches. Minerva, las gemelas, Calem, Kleiff y Vera, iban en el primero, guiando al resto por los caminos rocosos y escarpados de Tierra Vacía.

Había comenzado conduciendo Minerva y, tras unas cuantas horas, pararon para realizar el cambio y Kleiff había pedido conducir.

Vera lo observaba, seguro y contento, conduciendo ese vehículo que no sabían ni que existía hacía menos de dos meses. Charlaba con Minerva en la parte delantera, de vez en cuando sonreían y ella le tocaba el brazo o la pierna.

Al principio había sentido una pequeña punzada de celos, pero ella misma fue la primera sorprendida por aquella sensación. Cuando Kleiff la miró interrogante a través del espejo retrovisor ella le sonrió y negó con la cabeza, dándole a entender que no le diera importancia.

Y era verdad, no quería que le molestara pero no lo había podido evitar, el vínculo era posesivo, aunque ella no lo fuera. Si Kleiff quería intentar tener algo con Minerva, iba a tener que acostumbrarlo.

Las gemelas charlaban entre ellas, jugando a un juego de cartas. Calem toqueteaba su móvil cambiando de canción, y Vera se apoyó en su hombro. Él la miró, le tendió un casco y ella se lo puso.

Sonrió al escuchar la guitarra eléctrica de su canción preferida.

—Se me está haciendo muy largo el viajecito este —dijo Calem tras soltar un suspiro.

Calem era la persona más activa que conocía Vera, no de hacer ejercicio necesariamente, pero siempre estaba moviéndose de un lado a otro, incluso sentado, cambiaba de postura constantemente.

Durante el tiempo que llevaban de viaje habían parado solo una vez para estirar un poco las piernas y cambiar de conductor. Era la primera vez que veía a Calem sentado y sin moverse durante tantas horas.

Sintió su pierna moverse de arriba abajo rítmicamente y Vera cogió su brazo para pasarlo por encima de los hombros y distraerlo. Él la miró y le dio un beso en la frente.

—Eres preciosa —susurró. Y Vera sintió un cosquilleo agradable en el estómago, como le pasaba cada vez que Calem le decía algo bonito.

—Oooooohhhhh, ¡que cuquis sois! —dijo Diana.

Vera había aprendido a distinguirlas por un lunar diminuto que Dafne tenía sobre el labio y que Diana no tenía.

—No molestes Didi, déjalos tranquilos...

—Cuanta envidia tienes Dane, ¡Min! ¿Cuánto queda para la siguiente parada?

Vera sonrió al escuchar la forma cariñosa de llamarse entre ellas. A ella siempre la habían llamado Vera, tampoco es que pudieran acortar su nombre de otra forma pero su madre nunca le había puesto un diminutivo o un mote cariñoso.

—A mi me llamaban Cal —dijo Calem como si estuviera leyéndole la mente—. No me gustaba nada. Me imaginaba a un señor mayor y arrugado.

Vera se echó a reír y le miró con malicia.

—Ni se te ocurra llamarme Cal —advirtió.

—Pararemos en un par de horas para preparar el campamento y pasar la noche —interrumpió Minerva desde el asiento delantero.

—Menos mal... Esto es un rollo... —replicó Diana con voz cansina.

Las gemelas continuaron con su parloteo y Vera volvió a colocarse el casco.

—Cal, cambia de canción, esta no me gusta.

Calem ni se molestó en contestarla, pasó a la acción y sus manos comenzaron a hacerle cosquillas por las costillas y la tripa.

Vera gritó y se retorció tratando de zafarse de él mientras reía.

—¿Que pasa por ahí atrás? —preguntó Kleiff mientras intentaba ver lo que sucedía por el espejo.

—Me ha llamado Cal —dijo la voz de Calem desde atrás mientras Vera seguía riendo y pidiéndole que parara.

Kleiff sonrió y continuó mirando la carretera.

—Vale ya, sois peores que mis hermanas —dijo Minerva a su lado.

—Y vosotros sois peores que unos padres —dijeron las gemelas al unísono.

Las risas de Vera cesaron y Kleiff la miró a través del espejo. Se estaba colocando el pelo, tenía el rostro enrojecido y los ojos llorosos. Le dio un manotazo a Calem y sus ojos se encontraron con los suyos. Sonrió mientras se apoyaba en el hombro de Calem y él volvió a mirar al frente, riendo a su vez.

El paisaje rocoso parecía el mismo todo el rato, solo cambiaba el cielo y las nubes, que, a veces, dejaban pasar unos tímidos rayos de Sol.

Kleiff jamás había pensado que Tierra Vacía fuera un territorio tan extenso como el que era, pero tenía sentido, los alimentos de toda la Burbuja tenían que cultivarse en algún sitio.

Bostezó sin poderlo evitar y movió los hombros para desentumecerse. Había descubierto que le gustaba conducir pero pasar tantas horas al volante era agotador.

—Si estás cansado volvemos a cambiarnos —dijo Minerva.

Kleiff la miró, sostenía el teléfono en la mano y le miraba de reojo mientras seguía la ruta en el mapa.

—No te preocupes, solo quedan un par de horas.

Ella asintió y guardó el móvil, cambiando sus ojos de la pantalla al paisaje exterior.

Kleiff hizo lo mismo y volvió a mirar al frente, siguiendo el camino marcado en la tierra.

Desde que había hablado con Calem y Vera de Minerva, no había podido estar a solas con ella. Tampoco estaba seguro de lo que hacer, se sentía atraído por ella pero con Calem y Vera estaba bien, los quería y estaba feliz con su relación de tres.

Se había sentido más tranquilo al preguntarlos pero todavía tenía dudas en su interior. ¿La atracción que sentía por Minerva era lo suficientemente fuerte como para querer complicarse aun más la vida? No lo sabía. Si hubieran pasado más tiempo en Tierra Vacía, con sus carreras por los acantilados y sus charlas, lo más probable es que la respuesta a esa pregunta hubiera sido sí.

Sin embargo, su momento de pausa había terminado. Se dirigían al H, a pie de guerra. Se había permitido a sí mismo relajarse para poder sanar y recuperarse anímicamente de la pérdida de sus compañeros. Había descubierto que era posible mantenerse firme en sus ideales y a la vez amar. Estaba tranquilo de que su relación con Vera y Calem fuera bien, pero las emociones y sentimientos iban a tener que quedar en un segundo plano.

Se dirigían al H y allí no iban a descansar y pasar el rato. Iban a luchar.

***

Rala jadeaba mientras marcaba el ritmo sentada a horcajadas sobre Kev, que acompañaba sus movimientos con las caderas. Sudaban y se movían, echados sobre las colchonetas.

Kev acababa de terminar su entrenamiento y Rala no había podido resistirse a bloquear la puerta de nuevo, le deseaba con todo su cuerpo y verlo entrenar era un XIted natural para ella.

Las manos de Kev recorrían la espalda de Rala hasta llegar a su trasero, el cual palmeó con un azote, invitándola a acelerar el ritmo. Ella gimió y trató de moverse más deprisa pero sus pulmones no colaboraban.

Kev se dio cuenta y se irguió hasta sentarse, ayudando a Rala a pasar sus piernas al rededor de su cintura.

—¿Estás bien? —dijo mientras le besaba los pechos y el cuello.

Rala asintió, incapaz de articular palabra, y trató de continuar moviéndose sobre él pero Kev la agarró por las caderas para que se quedara quieta. La mutada forcejeó, tratando de continuar moviéndose, pero entre la firmeza del agarre de Kev y lo agotada que estaba, no tenía fuerzas.

—No Kev, por favor. Déjame seguir —dijo con la voz entrecortada.

Kev sintió su agotamiento pero también su necesidad, por lo que la agarró de las caderas y los giró de un movimiento, echándola sobre las colchonetas y colocándose sobre ella.

Besó su nariz, sus labios y su cuello mientras ella hundía los dedos en su pelo. Comenzó a moverse sobre ella, esta vez de forma lenta pero intensa, en movimientos suaves y profundos.

Rala cerró los ojos y gimió con fuerza sintiendo el éxtasis cada vez más cerca hasta que su placer explotó y se extendió desde su centro por todo el cuerpo, en oleadas intensas.

Sintió que se quedaba sin respiración durante unos segundos y, cuando no consiguió que sus pulmones funcionaran, abrió los ojos con terror.

Agarró a Kev de los hombros mientras boqueaba tratando de respirar.

—¡Rala! —gritó mientras se levantaba y desaparecía de su campo de visión. Lo escuchó rebuscar en su bolso y luego ruido de cosas cayendo al suelo. Seguramente no encontraba el inhalador y había decidido vaciar el contenido del bolso directamente para no perder el tiempo.

Escuchó pasos y, de nuevo, su rostro pálido y asustado apareció en su campo de visión, aunque mucho mas borroso. Sintió el inhalador en la boca y luego el producto entrando en su cuerpo al ser activado.

Inhaló tratando de respirar pero no era suficiente. Asustada, lo agarró de la muñeca para que volviera a pulsarlo y, esa vez, sus pulmones comenzaron a funcionar.

Tomó aire con todas sus fuerzas y realizó respiraciones profundas, mientras volvía a recuperar la visión y el rostro de Kev dejaba de estar borroso.

Se dio cuenta de que tampoco había estado escuchando nada cuando sus labios se movieron y empezó a oír su voz a lo lejos.

—... ¿me oyes? ¡Rala! ¿Estás bien?

Asintió con la cabeza y el la ayudó a incorporarse. Los pulmones le ardían y le lloraban los ojos.

Era la peor crisis que había tenido hasta el momento y en la primera en la que se había asustado de verdad.

—Espera, te traeré la ropa —dijo Kev mientras se ponía sus pantalones de deporte y la camiseta. Recogió sus cosas rápidamente y se acercó a ella.

Todavía le costaba respirar, algo extraño ya que normalmente se recuperaba con rapidez después de inhalar la medicina. Kev la ayudó a vestirse con cuidado y se sentó junto a ella en la colchoneta.

—¿Estás mejor? —preguntó, todavía preocupado.

—Más o menos —mintió Rala con voz ronca—. Siento haberlo fastidiado, me ha gustado mucho.

Kev la abrazó, pasando un brazo por los hombros y atrayéndola hacia sí.

—Yo sí que lo siento... Parece que es estar conmigo lo que te hace mal.

Rala se separó un poco de él para mirar sus ojos negros. Acarició su mejilla y observó fascinada su piel oscura y sus rasgos, tan diferentes a los de ella pero que le resultaban tan atractivos.

No se daba cuenta de que era todo lo contrario.

—Estando contigo es el único momento en el que estoy bien.

Él sonrió pero todavía se le veía preocupado.

—Vamos, te ayudo a levantarte.

Se levantó él primero y luego tiró de sus brazos, levantándola sin apenas inmutarse.

Pasar de estar sentada a estar de pie, hizo que su visión se volviera borrosa de nuevo y sintiera que el suelo tambaleara. Notó los brazos de Kev agarrándola y escuchó su voz sin entender lo que decía. Tenía los ojos abiertos pero poco a poco todo se volvió negro.

***

La caravana de coches se detuvo lentamente y, poco a poco, fueron vaciando los vehículos.

—Haremos noche aquí. Levantemos el campamento —ordenó Minerva.

Vera descendió del coche. Todo estaba oscuro por lo que apenas veía a su alrededor, sin embargo, un sinfín de aromas florales que no conocía llegó a su nariz. Inhaló, intentando memorizarlos y separarlos, pero le resultaba imposible. Cuando se dio cuenta de que había cerrado los ojos, los abrió.

Minerva estaba frente a ella, sonriendo.

—¿Qué olores son esos? –preguntó Vera acercándose a ella.

La Capitana, por toda respuesta, dio orden de encender las luces, apareciendo ante ellas flores y plantas de todos los tamaños, formas y colores.

Vera se acercó a ellas. Acarició sus pétalos con suavidad e intentó identificar cada aroma que había olido con su respectiva flor.

—La comida de los sectores se cultiva en Tierra Vacía, cada cierto tiempo la tierra queda yerma y hay que dejarla descansar hasta que vuelve a recuperarse. Estamos en uno de los cultivos que se abandonó para el barbecho.

Vera observaba maravillada todas las plantas y flores, consiguiendo identificar casi todos los aromas, exceptuando uno que se le resistía. Parecía estar en todas partes pero, al acercarse a las plantas, no lograba averiguar a cual pertenecía.

Se giró y vio a Calem y Kleiff que habían comenzado a montar la tienda, por lo que se acercó a ellos para ayudarlos.

—¿Por qué estamos colocando las tiendas bajo estas rocas? —preguntó Calem, mientras se peleaba con su lado de la tienda—. Apenas hay espacio para moverse.

Una serie de truenos rompieron el silencio en el ambiente y el cielo se iluminó por completo durante los segundos que los rayos lo surcaron.

El olor que seguía produciéndole curiosidad a Vera se intensificó y comenzaron a caer gotas del cielo. Al principio de forma tímida, hasta que solo pudieron ver una cortina de agua por el borde de la roca.

—Los riegos de los cultivos simulan la antigua lluvia, todavía funcionan y casi todas las noches se activan para que las plantas y flores crezcan.

—Por eso hemos puesto las tiendas aquí abajo —musitó Calem y Minerva le dio un par de golpecitos en el hombro a modo de respuesta y él se echó a reír.

Terminaron de montar las tiendas y algunos soldados comenzaron a preparar la cena.

Vera se acercó a la cortina de agua y se sentó en el suelo. Olfateó y se dio cuenta de que ese olor tan agradable y misterioso provenía de la tierra húmeda. Sonrió sin poderlo evitar y sacó una mano fuera de la cornisa de la roca, que comenzó a mojarse con las pequeñas gotitas que caían del cielo. La lluvia, como la había llamado Minerva.

Calem y Kleiff se sentaron uno a cada lado de ella y sintió sus feromonas entremezclándose con el aroma a tierra mojada. Comenzaron a hablar de algo que a ella no le importó y el susurro de sus voces le hizo cerrar los ojos.

Sintió la necesidad de correr hacia el agua, de salir a la intemperie y sentir esas pequeñas gotitas refrescar la piel de su rostro.

Su cuerpo se levantó de forma automática, dejándose llevar por aquel impulso, y abrió los ojos un segundo antes de cruzar la cortina de agua y salir al exterior de la roca.

Sintió las gotas de lluvia caer sobre su cara, la piel de sus brazos y las manos. Extendió los brazos y miró al cielo sonriendo.

Se dio cuenta de que Kleiff y Calem la llamaban desde el cobijo de la roca y ella se acercó.

—¿Qué haces? —dijo Kleiff en tono de preocupación.

—¡Vamos, venid conmigo! —los animó la chica, emocionada.

Kleiff negó con la cabeza y Calem la miraba dubitativo. Se decantó por tirar de la mano del mutado, sabiendo que si le convencía a él, Kleiff cedería.

Calem la siguió y se le escapó una carcajada cuando sintió por primera vez el impacto de las gotitas de agua en el cuerpo. Vera sonrió satisfecha, observando el reflejo de los rayos en sus ojos. Con Calem convencido, se volvió hacia

Kleiff que, sabiéndose acorralado, dio un paso atrás y negó con la cabeza.

Vera tiró de él, sacándolo a regañadientes al exterior.

Alguien puso música desde uno de los coches y las gemelas salieron a mojarse bajo la lluvia, bailando y riendo. Se acercaron a Vera, que bailó con ellas y, poco a poco, otros soldados se fueron animando a sentir la lluvia.

El sonido de las risas se mezclaba con el de la música. Vera miró a Calem y a Kleiff, que reían mirando al cielo mientras se susurraban palabras al oído. Era la primera vez que se les veía tan juntos delante de los demás, y sintió un agradable cosquilleo en el estómago.

Miró a su alrededor, le hizo ilusión ver a la mayoría de soldados disfrutando de ese pequeño momento de liberación. Permitiéndose un respiro. Vio a las gemelas tirando de Minerva para que se mojara y a Nolan sentado en una roca, resguardado bajo la cornisa. Se acercó a él que sonrió al verla.

—Menuda habéis montado —dijo con voz amable.

—Estamos todos muy tensos, el viaje, los nervios... Esto nos vendrá bien —respondió Vera sentándose a su lado.

Se le hacía raro verlo con el pelo rapado y afeitado. Parecía mucho más joven pero a la vez más serio. Quería pensar que lo había hecho para sentirse mejor y recuperar la normalidad. Al menos era la imagen que había intentado mostrar, pero Vera notaba que había algo más.

Nolan no estaba bien y le preocupaba que el único motivo que tuviera para seguir adelante fuera el odio y la venganza

—Me parece que se os acabó la fiesta —dijo Nolan y Vera observó como Minerva se dirigía de nuevo a las cuevas seguida de los demás. Habían apagado la música pero todavía se escuchaban risas.

—¿Seguro que estás bien, Nolan? —preguntó Vera.

—No te sientas mal por mí, Vera —respondió levantándose—. Estoy todo lo bien que voy a poder llegar a estar.

Le tendió la mano para ayudarla a levantarse y ella la aceptó, uniéndose al grupo de gente que llegaba empapada pero feliz.

Minerva la miró, la riñó con los ojos por la que había montado pero a la vez sonrió, dándole a entender que tampoco les había venido mal. Tal y como Vera pensaba.

—Bueno, después de este momento de diversión ha llegado la hora de descansar, mañana nos espera el último tramo de viaje. Aseguraos de que las tiendas están bien montadas, comed algo, si no lo habéis hecho y a dormir. Hasta mañana a todos.

Un coro de "hasta mañana" resonó por la cueva y el grupo se fue dispersando.

Vera se dirigió a su tienda, que Kleiff y Calem ya estaban revisando como había dicho Minerva.

—Está bien anclada, puedes ir entrando si quieres —dijo Kleiff y Vera entró en el interior.

Sintió frío con la ropa empapada y se agachó para abrir su bolsa en busca de ropa seca.

Escuchó las cortinas de la tienda abrirse y, casi al instante, el olor de la esencia de Calem y sus manos agarrándola por la cintura, apretándole la piel.

—Estás tan sexy así, mojadita... —susurró en su oído mientras comenzaba a besarle el cuello.

Vera sintió un escalofrío y un cosquilleo en el estómago. Su centro comenzó a palpitar y se giró para besar sus labios con ansia. Buscó su lengua con la suya, y subió las manos hasta su pelo rubio, tirando suavemente de él.

Sintió la excitación de Kleiff a través del vínculo y su esencia antes de que entrara en la tienda.

El susurro suave de las cortinas al abrirse y luego la cremallera al cerrarse hicieron que Calem y ella se separaran unos segundos. Los ojos de Kleiff se habían oscurecido y su excitación se dejaba ver a través del pantalón.

Se acercó a ellos. Calem soltó a Vera y Kleiff hizo un intento de besarla pero ella lo esquivó con una sonrisa pícara. Negó con la cabeza y se quitó de en medio. Agarró la camiseta de Calem con una mano y la de Kleiff con la otra y tiró de ellas para que se juntaran.

—Bésalo —le ordenó a Kleiff.

Él siguió su mandato con premura y complacencia, y Calem sonrió mientras Kleiff se acercaba y besaba sus labios, devorándolos con ganas, como si llevara horas esperando ese momento.

Vera se deleitó de aquella visión, de sus bocas jugando y lamiendo. De las manos oscuras de Kleiff enredadas en el pelo rubio de Calem, y de sus cuerpos, fuertes y húmedos tocándose.

Se acercó a los dos chicos, completamente excitada y ansiosa y se agachó entre ellos.

Los sonidos de sus bocas besándose se mezclaron con el de su ropa cayendo al suelo y Vera se humedeció los labios al ver la erección de ambos. Eran suyas, solo para ella, y no tardó en lamerlas y chuparlas, succionando y provocando sus gemidos.

Tras unos minutos sintió que se separaban, la levantaban y la desnudaban. Los labios de Kleiff buscaron los suyos, que mordieron y chuparon sin piedad. Mientras tanto, sentía la lengua de Calem recorriendo el camino de su espalda, terminando en sus nalgas, que azotó con fuerza.

Vera gimió. La llevaron en volandas hasta la cama improvisada y Kleiff se arrodilló, soltándola despacio. Vera se arrodilló a su vez y descendió con un reguero de besos hasta su erección, comenzando a besarla y lamerla de nuevo.

Notó que le levantaban las piernas, colocándola a cuatro patas pero permitiéndole seguir jugando con lo que tenía entre los labios. De pronto, la lengua de Calem irrumpió entre sus piernas, tocando su clítoris con suaves caricias, distrayéndola durante unos segundos y haciéndola gemir sobre la piel de Kleiff, que seguía de rodillas frente a ella.

Su sexo y su corazón palpitaban desbocadamente y sentía su excitación y la de Kleiff a través del vínculo. Tenía la vista borrosa, abrumada por las sensaciones, y las feromonas de ambos chicos lo envolvían todo.

Gritó de placer cuando Calem la penetró, y agarró las sábanas con fuerza mientras acompañaba sus movimientos. Kleiff besó sus labios y se levantó, desapareciendo de su campo de visión. Escuchó besos sobre labios y besos sobre piel. Vera quería verlos, por lo que dejó de moverse para cambiar de posición y Calem salió de ella el tiempo necesario para que pudiera tumbarse bocarriba.

Cuando Vera se dio la vuelta, Kleiff recorría el cuello del mutado con sus labios, besándolo hasta llegar a sus labios a la vez que Calem entró en ella de nuevo.

Gimió al sentirlo dentro y también por lo que veían sus ojos. Los labios de ellos besándose y mordiéndose y luego Kleiff entrando en Calem.

El mutado gimió con fuerza y apretó las caderas de Vera, profundizando en ella, haciéndolo gritar.

Vera solo tardó un par de embestidas en llegar al orgasmo de forma intensa, abrumada por tantas sensaciones y por la visión de las dos personas a las que amaba dándose placer, y dándole placer a ella.

El siguiente fue Calem que terminó dentro de Vera con un fuerte gemido, siendo el detonante de que Kleiff también culminara.

Se tumbaron sobre las sábanas, todavía mojados por la lluvia y temblorosos. Calem a un lado y Kleiff al otro. Vera permanecía con los ojos cerrados disfrutando de lo que todavía sentía en su cuerpo y el vínculo.

El tacto de la sábana cayendo sobre ella hizo que abriera los ojos unos segundos antes de verse comprimida por los cuerpos de Calem y Kleiff, abrazándola, protegiéndola y cuidándola.

***

Rick observó la sala de reuniones medio vacía, nada que ver con la última reunión de la Cúpula a la que había asistido.

Los test de pureza habían demostrado que ser rubio y tener los ojos claros no significaba mayor porcentaje de pureza, y muchos de los mutados que formaban parte de la Cúpula habían sido enviados al H, o se habían ido por voluntad propia para no separarse de sus familiares con menor porcentaje de pureza.

También existía el caso contrario. Aquellos que por seguir manteniendo su estatus habían mandado a sus familias a su suerte al H, quedándose solos en el M.

Había sido muy duro ver cómo se vaciaban las calles poco a poco y como aquellos que eran más puros discriminaban o ignoraban a los de menor porcentaje.

Daba igual que hasta el día anterior hubieran sido mejores amigos, familiares, compañeros de trabajo o amantes. Ver en el cartel colgado del pecho esos porcentajes les hacía juzgarlos por las cifras. Incluso los mestizos que habían probado más de un 70% se estaban planteando irse, al ver las posibilidades que les quedaban en el M.

Con todos los mestizos de menor pureza fuera del sector, les iban a ordenar realizar todas las tareas y desempeñar los puestos de trabajo que ellos ocupaban hasta el momento.

Rick miró su chapita, grabada con el 99% y vislumbró a los demás mirándolo de reojo. Ninguno de sus porcentajes llegaba a tanto, la mayoría rondaba el 95%.

La puerta se abrió y entró el Presidente. Su chapita marcaba 100% y Rick tuvo que reprimir una carcajada. No existían los mutados cien por cien puros. Después de siglos de coexistencia con humanos era inevitable mezclarse, incluso él, que su familia se había reproducido únicamente con mutados, no llegaba a ese porcentaje.

Había falsificado el resultado. Lo más probable era que ni siquiera llegara al 95% necesario para formar parte de la Cúpula.

El Presidente observo las caras de incredulidad de todos pero nadie hizo ningún comentario.

—Bienvenidos a la reunión de control. Para actualizar la situación, indicaros que hoy ha salido el último Intersectorial con los mestizos de menos del 70%. Habrá una reestructuración de puestos de trabajo y viviendas, para adaptarse a la nueva situación.

Nadie comentó que faltaban más de la mitad de los mutados de esa sala, y que no solo habían echado a mestizos del sector.

—Respecto a los traidores, seguimos sin noticias de ellos, por lo que prevemos un nuevo ataque y estamos preparando nuestras armas.

Pulsó un botón que mostró a un chico humano peleando contra un saco de boxeo. Rick lo conocía, era Kev Soren, el humano al que había torturado el Capitán Wellan y que no se había vuelto a saber nada más de él. Estaba vivo y un murmullo comenzó a llenar la sala.

—¿Humanos? ¿Vamos a confiar nuestra seguridad a los humanos? —preguntó uno de los mutados.

—El Capitán Wellan, junto a un equipo de expertos está preparando una variante del suero Mementium que nos permitirá, no solo conocer sus recuerdos, sino modificarlos...

Todos escucharon con atención el plan del Presidente, asintiendo con convicción, mostrando su acuerdo y su emoción. Rick hizo lo propio, pero le parecía una barbaridad, aunque tampoco le extrañaba si el psicópata de Wellan era el que se estaba encargando de ello.

Cuando la reunión parecía haber finalizado un grupo de guardias entraron en la sala, quedándose al final.

—Antes de terminar. Rick, no hace falta que continúes fingiendo.

Neil se abrió paso entre los guardias y sonrió a su padre con sorna.

Rick trató de sorprenderse pero no pudo. Sabía que tarde o temprano iba a pasar. Sus contactos más cercanos que vigilaban a Neil habían tenido que marcharse y no había encontrado a nadie en quien confiara suficiente como para pedírselo.

—Compañeros. Rick Delan es un traidor. Un espía del Proyecto Sol que les ha estado filtrando toda la información que se hablaba en estas reuniones. Se ha aprovechado de su pureza para ello.

Mientras hablaba, los guardias se acercaron a Rick y lo apresaron con las manos a la espalda.

Tras unos segundos de incredulidad, los mutados de la sala comenzaron a gritar y a abuchearlo.

—Disfruta de esta fantasía que te estás montando, Theo, Porque no queda mucho tiempo para el final del cuento. Y tú... —dijo Rick dirigiéndose a su hijo— eres tan idiota... ¿Qué crees que van a hacer contigo? Después de matarme a mí, te matarán a ti.

Neil mostró una sonrisa socarrona pero vio tanta seriedad en los ojos de su padre que se le quebró al final.

—Lleváoslo —sentenció el Presidente.

Rick abandonó la sala empujado por los guardias con un coro de abucheos e improperios a su espalda. No estaba seguro de lo que iban a hacer con él pero sabía que su muerte no iba a ser rápida.

VIII

Kev estaba sentado en su cama. Todavía sentía el calor del cuerpo de Rala en sus manos. La suavidad de su piel. Sin embargo, en sus retinas, la veía tumbada en el suelo convulsionando. Cerró los ojos pero fue peor.

Recordó ponerla de lado y levantarse para pedir ayuda. Correr hasta el pasillo y gritar hasta que un par de enfermeras y guardias entraron dentro. Trataron de estabilizarla pero estaba tan grave que tuvieron que llevársela, dejándolo solo.

Se había quedado en el salón de entrenamientos sin saber a dónde ir, hasta que una de las enfermeras volvió para decirle que habían conseguido estabilizarla pero que seguía en peligro.

Tras aquello, los guardias entraron en la sala de entrenamientos y lo acompañaron hasta su habitación, donde se encontraba en ese momento.

La enfermedad de Rala había avanzado más de lo que ella le había dicho. Estaba mucho peor de lo que él pensaba y se sintió culpable por no haberse dado cuenta.

Se miró las manos, callosas de los entrenamientos y un mal presentimiento se asentó en su estómago. Algo le decía que no iba a volver a ver a Rala.

La puerta se abrió sin previo aviso y cuatro guardias la cruzaron, quedándose a los lados y abriendo paso a un mutado alto y delgado, muy rubio, al que reconoció en cuanto se acercó a él.

Era Theo Offen, el Presidente, el padre de Rala. El parecido con ella era palpable pero tenía una expresión de desagrado que nunca había visto en el rostro de su hija. Miraba a su alrededor con disgusto y, al posar sus ojos en él, vio claramente el asco que sentía. Un escalofrío le recorrió la espalda al recordarle al capitán Wellan.

Su cuerpo se tensó y sintió la necesidad de salir de allí pero, en lugar de eso, se levantó y se apartó todo lo que pudo de la puerta, pegando la espalda a la pared.

—No consigo entender qué ha podido ver mi hija en un humano como tú. —Escupió la palabra humano y se acercó un poco más a Kev—. Debe estar muy enferma realmente...

Lo escuchó hablar y pensó en responder pero Kev sentía el odio de aquel mutado de una forma tan profunda que le asustaba. Nada que pudiera decir cambiaría la forma que tenía de mirarlo.

Por mucho que le asegurara que realmente sentía algo por su hija y que estaba preocupado por ella, seguiría mirándolo como quien ve una bolsa de basura.

—Pero no importa —continuó hablando—, esto termina aquí y ahora.

Dio una señal y los guardias cayeron sobre él, agarrándolo de brazos y piernas para echarlo a la cama e inmovilizarlo por las muñecas y los tobillos con correas.

Intentó resistirse al principio pero asumió que no tenía ninguna posibilidad y se quedó quieto mientras lo ataban.

—Vaya... ¿No te resistes?

—Llevo esperando la muerte desde que llegué aquí. Lo único que lamento es no poder despedirme de Rala.

Sus palabras hicieron reír al Presidente que se acercó a la cama.

—Llegué a pensar en matarte por poner tus sucias manos humanas sobre mi hija pero me serás más útil de otra forma...

Una vez inmovilizado entraron los médicos, que comenzaron a colocarle vías, cables y tubos.

Kev observó en silencio la bolsa de líquido gris que colocaron en el soporte y engancharon a la vía.

El Mementium comenzó a entrar en su organismo y se le nubló la vista. Las caras se movían sin coordinación y los sonidos comenzaban a distorsionarse en sus oídos. Comenzó a sentir un dolor punzante en la base del cráneo que se extendió al resto de la cabeza impidiéndole pensar.

Gritó el nombre de Rala y sintió las manos del Presidente mutado en su mandíbula, obligándolo a centrar la escasa conciencia que le quedaba en él.

—No volverás a decir su nombre. En unas horas ni siquiera la recordarás.

Kev gritó de nuevo al sentir otra punzada de dolor unos segundos antes de perder la consciencia.

***

Rala despertó en una camilla. Llevaba una mascarilla que la ayudaba a respirar y algo entraba por la vía de su brazo. Trató de moverse pero tenía el cuerpo entumecido y dolorido. Miró a su alrededor.

Estaba en una sala de recuperación de la Sede, similar a la que había estado Kev ingresado tiempo atrás. Seguramente el colapso fue tal que no había dado tiempo a trasladarla al hospital.

Giró la cabeza como pudo hasta el ventanal de la puerta para ver a su padre, que sostenía el teléfono en la mano pegado a la oreja y gesticulaba sin parar.

Rala sabía lo que iba a suceder. Sabía las palabras que iban a salir de la boca de su padre al saber de su relación con Kev.

Cerró los ojos y una lágrima descendió por su mejilla. Ese era el fin y su deseo había sido pasar sus últimos momentos con Kev.

Hacía tiempo que había dejado de importarle el estatus de raza, la Sede y los traidores. Solo quería ser feliz y con Kev lo estaba consiguiendo. Pero todo aquello había terminado. Su padre no iba a permitirle volver a verlo.

Escuchó la puerta abrirse y abrió los ojos para encontrarse a su padre junto a la cama. Su expresión era indescriptible y apretaba el teléfono con tanta fuerza que tenía los nudillos blancos.

—Cómo has podido hacerme esto Rala... Con un humano —dijo con rabia y odio—. Serás trasladada a la Villa mañana y estarás allí hasta que...

—Tranquilo, no debe quedarme mucho tiempo —carraspeó ella con un hilo de voz.

Su padre la miró en silencio.

—Diremos que lo hiciste consumida por la enfermedad. Y, cuando mueras, podrás ser recordada con los honores que merece nuestro apellido.

Un sollozo se escapó de la garganta de Rala y las lágrimas volvieron a rodar por sus mejillas.

Volvió a sonar el teléfono de su padre y se retiró para contestar. Eso era todo lo que le importaba: su estatus y lo que pensaran los demás.

En el fondo, ella lo había sabido siempre pero le había resultado más fácil pasarlo por alto. Había aprendido qué partes de su vida esconderle y qué partes contar. A estar callada cuando era mejor que no conociera su opinión.

Se preguntaba si en algún momento había creído en lo que estaba haciendo. Si de verdad esas ideas de su padre habían llegado a calar en ella.

Escuchaba la conversación de su padre a lo lejos, dando órdenes.

Por su cabeza no pasaba intentar negociar o dar su brazo a torcer con los humanos sublevados. Si eran traidores solo tenían un destino.

Rala nunca se había planteado si los humanos realmente eran inferiores hasta que había conocido a Kev, esa era la idea con la que había crecido. Tampoco en si la sociedad en la que vivía era justa, hasta que había visto las imágenes de esos humanos siendo llevados por la fuerza a la Sede, dejando atrás a sus familias, o a los mestizos subiendo al Intersectorial para su destierro en el H.

Todo bajo la premisa de mantener aquella pantomima del orden establecido, de que todo siga siendo como hasta ahora: Separados pero iguales.

Sin embargo, hubo un momento en que los humanos fueron iguales que los mutados, con sus mismos derechos y su mismo estatus, hasta que alguien decidió que dejara de ser así. Ni los humanos se habían vuelto débiles ni los mutados más fuertes. Simplemente alguien tomó esa decisión.

Ahora ese grupo de humanos y mestizos habían tomado la decisión de no querer seguir pareciendo los débiles, y Rala se alegraba de que fuera así.

El ataque de tos volvió de forma repentina y su padre dejó el teléfono para acercarse a ella. No la ayudó ni llamó a las enfermeras, esperó a que se le pasara y volviera a echarse sobre la almohada.

—Le han inyectado el suero a H54. Por la mañana ya no se acordará de ti.

Un sollozo volvió a escaparse de la garganta de Rala.

—Déjame despedirme al menos —rogó con la voz rota.

Su padre chascó la lengua y negó con la cabeza. La miró durante un momento, incrédulo, como si no la conociera.

—Es una alegría saber que pronto dejarás de decepcionarme...

Rala no supo cómo reaccionar a las palabras de su padre. Se escuchó gritar, se sintió llorar. Lo vio salir por la puerta sin mirar atrás y luego llegaron las enfermeras, a las que reconoció de haber curado a Kev tras las torturas del Capitán Wellan.

Trataron de calmarla pero no podía parar de llorar, temblar y gritar. ¿Cómo se supone que un hijo asimila que su padre lo prefiere muerto? Sintió un pinchazo en el cuello y luego todo se volvió oscuro.

Rala despertó sobresaltada, con un nudo en el estómago y un mal presentimiento. Miró el reloj. Todavía era medianoche.

Tenía algo importante que hacer, algo que no podía esperar pero no recordaba qué era.

Miró a su alrededor reconociendo el lugar. ¿Por qué estaba en una sala de recuperación de la Sede?

Recordó haberse hecho esa pregunta unas horas atrás. Suspiró y se obligó a recordar qué había pasado.

En los estadios más avanzados de Tulorea empezaban las pérdidas de memoria. Eso lo recordaba, y ella estaba en un estadio muy avanzado. Tan avanzado que se había desmayado mientras...

Kev.

La conversación con su padre y todos los recuerdos vividos unas horas antes volvieron a su mente como un torrente.

Tenía que despedirse de Kev, le iban a modificar los recuerdos y su padre seguramente aprovechara para eliminarla a ella de ellos.

Se incorporó poco a poco, tanteando el estado de su cuerpo. Estaba mareada pero podía levantarse y se quitó con cuidado los sensores y las vías. Una vez liberada, se levantó de la cama y salió de la sala.

Sentía las piernas flojas y tenía que apoyarse en la pared para caminar. Observó las cámaras que la seguían por el pasillo y se paró, mirándolas fijamente.

Si tenía suerte estaría de guardia alguna de las enfermeras que la conocían y, con más suerte aún, la dejarían llegar hasta la habitación de Kev, dos pisos más abajo. Si no la conocía…

Observó las cámaras durante unos segundos, esperando, hasta que el objetivo se movió hacia el otro lado del pasillo, siendo la señal que esperaba.

Continuó avanzando apoyándose en la pared. El camino hasta el ascensor se le hizo una eternidad. Pudo coger aliento en la cabina mientras bajaba, sabiendo el largo pasillo que la esperaba al salir en la planta donde se encontraba Kev.

Llegó a la puerta de la habitación del humano a duras penas, resoplando y sintiendo la falta de aire en los pulmones.

Se apoyó en el pomo e hizo fuerza para abrirlo pero perdió pie y cayó de bruces dentro de la habitación.

Vio a Kev correr hacia ella pero todo estaba borroso. Lo escuchaba hablar pero no entendía sus palabras.

Respiró hondo y, poco a poco, su voz se volvió clara.

—Señorita, ¿está usted bien?

Kev estaba tumbado en la cama cuando aquella mutada cayó de bruces en su habitación. Desde hacía unas horas tenía una sensación extraña en el cuerpo, como si quisiera recordar algo pero no pudiera.

La chica le resultaba familiar pero no era posible, no había visto nunca una mutada en su sector y apenas llevaba unas horas en el M.

Se acercó a ella rápidamente. Aquellos ojos...

—Señorita, ¿está usted bien?

Como no reaccionaba, repitió sus palabras, que hicieron que los ojos de la chica se abrieran de par en par y comenzara a llorar. Susurró su nombre entre sollozos y él la abrazó. No supo por qué, su cuerpo lo hizo por sí mismo.

La mutada lloraba en su hombro hasta que su cuerpo se tensó y comenzó a tener pequeños espasmos.

Kev la apartó de sí y observó asustado cómo intentaba inhalar aire pero su cuerpo no respondía.

Gritó pidiendo ayuda mientras la incorporaba, intentando ayudarla a respirar, pero no servía de nada. Esa chica estaba enferma, muy enferma.

Volvió a gritar y aparecieron las enfermeras rápidamente. Llamaban a la chica por su nombre: Rala.

Conocía ese nombre.

Ella le miraba mientras boqueaba. Esperando algo, pero Kev no sabía el qué.

Cuando pareció darse por vencida, una última lágrima se escapó de sus ojos y dejó de tratar de coger aire. Su cuerpo se relajó y se quedó quieto.

Las enfermeras trajeron un inhalador y comenzaron a reanimarla mientras la subían a una camilla y se la llevaban. Kev la miró por última vez al salir por la puerta y doblar la esquina.

A los pocos segundos todo se quedó en silencio. Sintió un nudo en la garganta y las lágrimas afloraron de sus ojos. La posible muerte de aquella chica le producía un dolor inmenso e incomprensible.

***

Las gemelas, Kleiff y Calem cantaban a gritos sentados en los asientos de atrás mientras Minerva conducía y Vera trataba de ubicarse en el mapa. La pantalla mostraba un camino marcado que, cuando miraba a través del cristal del salpicadero, no existía, solo veía rocas.

—Es que yo no sé porque me habéis puesto a mí de copiloto. Yo coso heridas, no leo mapas —dijo Vera nerviosa mientras giraba la pantalla de un lado a otro.

Minerva se echó a reír y le explicó paso a paso hacia dónde debía marcar la flecha. Según sus indicaciones, iban bien por esa ruta y les quedaban treinta escasos minutos para llegar al destino.

Vera estaba agotada, habían tenido que recoger la tienda muy temprano y le había tocado conducir durante unas horas. No lo había hecho nunca, y tener que estar alerta con todos los sentidos puestos en la conducción había sido agotador.

Minerva había sido una profesora excelente, a pesar de que ella no era tan buena alumna. Lo mismo le había pasado al cambiar a copiloto con el mapa, aunque finalmente había conseguido ubicarse.

Habían estado hablando durante todo el viaje. De tonterías y de cosas importantes. Sin embargo, durante la última hora estaba más nerviosa por su inminente encuentro con su madre, y había estado más callada.

—¿Cuanto hace que no ves a tu madre? —preguntó Minerva, sacando a Vera de sus pensamientos.

Vera tuvo que hacer memoria.

—Unos tres meses... Más o menos. No es mucho tiempo...

—Pero han pasado muchas cosas, ¿no? —interrumpió Minerva y Vera asintió.

La Vera que había dejado el H no se parecía a la que volvía y tenía miedo de la reacción de su madre. Aunque ya había hablado con ella por teléfono, no era lo mismo que verse en persona.

—Yo he tenido que dejar a mi madre en La Guarida —dijo Minerva—. Está tan enferma que no nos reconoce. La mantienen sedada porque cuando está despierta reacciona de forma violenta. Lleva años así.

—¿Años? —preguntó Vera— las Tuloreas son mucho más rápidas.

Minerva asintió.

—Pensábamos que lo iba a ser pero no ha sido así. Si mi madre me recordara, no vería a la misma Minerva que era antes de su enfermedad. Ni mejor ni peor, solo diferente. Porque somos cómo somos por nuestras vivencias y experiencias. La Vera que vuelve no es peor que la que se marchó, ha vivido muchas cosas que la han hecho cambiar.

Las palabras de Minerva consiguieron tranquilizarla y los nervios que sentía en el estómago disminuyeron y se transformaron en emoción.

El GPS pitó y Vera miró la pantalla. Con un giro a la derecha deberían encontrarse con el muro del H tras unas rocas.

—En cien metros a la derecha —indicó Vera y Minerva siguió las indicaciones girando el volante.

Tras unas montañas apareció el enorme muro de hormigón de veinte metros de altura.

—El del M es más bajo —dijo la voz de Diana en el asiento trasero.

—Porque saben que los mutados no van a intentar huir —explicó Kleiff.

Se colocaron en paralelo al muro y aminoraron la marcha. Según el GPS la puerta del garaje se encontraba justo delante pero solo se abriría cuando estuvieran lo suficientemente cerca.

Tras recorrer unos metros un botón verde apareció en la pantalla y Vera lo pulsó. Un poco más adelante, el suelo comenzó a hundirse, dejando a la vista una rampa que daba a un pasillo iluminado.

Minerva condujo el coche hasta allí, pasando de la oscuridad del exterior al interior iluminado. Avanzaron por el enorme pasillo y cruzaron varias puertas que se abrían a su paso, ya controladas por los humanos del Refugio.

La última puerta se abrió, mostrando una sala enorme, con techos altos: El hangar, donde estaban aparcados camiones y coches.

Minerva aparcó el coche en uno de los sitios disponibles y lo apagó. Todo se quedó en silencio y Vera la miró, una sonrisa amable cruzó su rostro mientras se quitaba el cinturón.

—Recordad que estamos en el H, preparaos para el cambio de atmósfera —dijo Minerva.

Se escuchó como todos exhalaban, vaciando completamente sus pulmones.

Vera abrió la puerta del coche y salió al exterior. Se aseguró de que no le quedaba nada del aire de la atmósfera neutra de Tierra Vacía y comenzó a inhalar lentamente, llenando sus pulmones poco a poco del aire de la atmósfera humana.

Escuchó el resto de puertas abriéndose y sintió una mano sobre su hombro. Se giró y se encontró con los ojos azules de Calem y su sonrisa cálida.

—¿Estás bien, nena? —preguntó con voz entrecortada.

—Si —respondió Vera con una sonrisa al darse cuenta de que había realizado el cambio de atmósfera correctamente, al contrario de lo que le había sucedido en su llegada al M.

Minerva había sacado las bolsas del maletero y estaba reuniendo a todos junto a una puerta.

Calem le pasó su bolsa a Vera y se unieron a los integrantes de la caravana, que movían los brazos y piernas, el cuello y los hombros, tratando de desentumecerlos del largo viaje.

Minerva iba enumerando los nombres de todos para comprobar que no habían perdido ningún coche por el camino, cuando unas puertas de metal se abrieron y entraron Duncan con una delegación de humanos, entre los que se encontraba Carli.

—¡Mamá! —gritó Vera, que tiró la bolsa al suelo y echó a correr hacia su madre. Carli, a su vez, se abrió paso a su vez entre los humanos para unirse a ella.

Cuando la abrazó no pudo contener las lágrimas. Olía a chocolate y menta, siempre había olido así pero era la primera vez que distinguía la esencia de su madre.

—Vera, estas aquí... —susurraba Carli entre sollozos, mientras la apretaba con los brazos.

Se separó de ella y su madre la miró de arriba abajo, para luego limpiarle las lágrimas con los dedos y sonreírle emocionada.

—Por el Sol... Estás tan distinta. Tan mayor...

Vera rió y volvió a abrazarla.

—Solo han pasado unos meses mamá...

—Pero has vivido tanto en estos tres meses... —respondió su madre.

Duncan apareció tras ella con una sonrisa en los labios y Vera se separó de su madre poco a poco.

—Siempre saltándote el protocolo, no has cambiado tanto.

Vera recordó que había sido él quien le había impedido conocer a su padre y aquel comentario que antaño le hubiera sacado una sonrisa, le hizo torcer el gesto y tuvo que forzar una mueca agradable. No hizo amago de abrazarla lo cual ella agradeció, la imagen que tenía de él había cambiado y le costaba reconocer al Duncan que conocía desde niña.

—Nolan, Capitana Harris —dijo la voz de Duncan y Vera se separó para dejar paso a Minerva y a Nolan, que se acercaban con una sonrisa a ellos.

—Representante Duncan —dijo Nolan tendiéndole la mano—. Por fin hemos llegado.

—Sí, ¿ha ido bien el viaje?

La Capitana, Nolan y Duncan siguieron su charla mientras entraban por la puerta de metal seguidos del resto de integrantes de la caravana.

Vera miró a su madre. Observaba a todos los mestizos con los ojos abiertos como platos, hasta que casi se le salieron de las orbitas y la chica supuso que acababa de ver a Calem. Vera se giró y lo vio acercándose junto a Kleiff cargando con su bolsa y la de ella.

—Mamá... Estos son Calem y Kleiff —les presentó Vera una vez estuvieron junto a ellas.

Carli los saludó sonriendo, dándoles la mano.

—Gracias por cuidar de Vera —dijo Carli y Calem se echó a reír.

—Si no llega a ser por Vera estaría muerto. La que nos ha cuidado es ella, señora Ebben —dijo Calem tendiéndole a Vera su bolsa.

Los ojos de Carli brillaron de orgullo y agarró a Vera del brazo.

—Vamos, os enseñaré dónde os vais a quedar.

***

Había pasado una semana desde la primera visita de los soldados. Desde entonces, habían ido dos veces más, repitiendo el mismo procedimiento. Entraban por parejas a todas las casas removiendo y tirándolo todo, y llevándose a los hombres que querían.

El ambiente en la calle era muy tenso, especialmente hacia Liss e Iria, a las que culpaban de todo lo que estaba sucediendo.

Al principio habían intentado hablar con los vecinos pero, tras cerrarles la puerta en la cara en varias ocasiones, habían desistido.

También habían renunciado a hablar con los soldados, dejaban la puerta abierta para que entraran sin tener que llamar y golpearla. Esperaban junto a la entrada a que descolocaran todo y se marcharan.

Ese día no esperaban que fuera diferente. Según se acercaba la hora, Iria salió a la entrada para comprobar que el camión se acercaba. Cuando lo vio, entró en la casa, dejando la puerta abierta, y se sentó en el sofá junto a Liss.

Escucharon el ruido del camión al pararse en mitad de la calle y las botas de los soldados al bajar.

Unos minutos más tarde entraron en la casa de Iria y Liss, golpeando la puerta, dando patadas a lo que estuviera por medio y descolocando la escasa decoración que habían dejado en las estanterías, ya cansadas de tener que colocarlo todo cada vez que se marchaban.

En cuanto terminaron salieron de la casa y Liss se levantó para cerrar la puerta cuando escucho gritos y golpes en la casa de al lado.

Salió rápidamente al jardín para ver como se llevaban al marido de la vecina. Al padre de Nailah.

El hombre gemía de dolor sujetándose con fuerza la pierna que llevaba escayolada, mientras tiraban de él hasta el camión.

—¡Por favor! ¡Está enfermo! —gritaba la madre mientras agarraba a los soldados de los brazos, suplicándoles que no se lo llevaran.

Uno de ellos le dio un bofetón con tanta fuerza que la mujer se tambaleó y cayó al suelo.

Nailah, que lloraba en el porche, corrió hacia su madre y se puso entre ella y el soldado, que la cogió de la mano y la levantó zarandeándola.

Liss no pudo contenerse más. Saltó la valla que separaba ambas casas y golpeó al soldado con fuerza con ambas manos.

—¡Suéltala! —gritó mientras le arrebataba a Nailah y la colocaba a su espalda, protegiéndola con su cuerpo.

El soldado se volvió a ella levantando el arma y sintió la presencia de Iria a su lado.

—¿¡Qué!? —chilló Liss—. ¡Hazlo! ¡Dispara! ¿Este es el trabajo que os han mandado hacer? ¿Matar civiles?

Liss se había acercado cada vez más al soldado, hasta que tuvo acceso al cañón de la metralleta, lo cogió con la mano y lo colocó justo sobre su pecho.

El soldado retrocedió, alejándose de ella y mirándola con asombro y miedo, y el resto de soldados subieron rápidamente al camión. Se marcharon sin siquiera hacer sonar la alarma y todo se quedó en silencio.

Se dio la vuelta y se encontró a la madre de Nailah, llorando desconsolada en el suelo mientras abrazaba a su hija.

Iria estaba junto a ellas, agachada y tendiéndole un pañuelo para limpiarse la sangre que le salía del labio. Liss se acercó también y la mujer la miró.

Esperaba el mismo rechazo que con la humana del primer día pero, en lugar de eso, la madre de Nailah se levantó tambaleante y la abrazó.

—Gracias, gracias, gracias... —susurraba sin parar mientras sollozaba.

Sintió también los bracitos de Nailah alrededor de su cintura, abrazándola y Liss se quedó parada durante unos segundos sin saber qué hacer. No se esperaba esa reacción pero enseguida se recuperó y trató de consolarlas. Iria se acercó a ella, mirando sorprendida al otro lado de la calle.

El resto de vecinos habían salido a sus jardines y las observaban en silencio, con la mano izquierda sobre el pecho.

Sus rostros habían cambiado, ya no sentían rechazo. Ninguno se atrevía a felicitarla por lo que acababa de hacer pero esa era su manera de hacerle saber que le estaban agradecidos.

* * *

Vera había colocado su ropa en el armario y se encontraba en el baño, vaciando el neceser, mientras charlaba con su madre.

—Entonces, ¿estáis los tres juntos? —preguntaba Carli.

Desde que llegó habían hablado durante horas. Primero de Enna, Enol y Owen, luego de cómo era el M, y los mutados y, pasados todos esos temas triviales, su madre le había hecho las preguntas que llevaba tanto tiempo esperando sobre Calem y Kleiff.

Le había comentado más a fondo el tema del vínculo y sobre su relación con Calem pero para ella era difícil de entender la relación que mantenían. Era complicado para Vera, por lo que no le extrañaba su reacción.

—Bueno, realmente con quien paso más tiempo es con Calem. Con Kleiff la relación es diferente, él es más independiente, no es tan afectivo como nosotros. Pero si, estamos los tres juntos.

Vera salió del baño, su madre se había sentado en la cama y tenía el ceño fruncido.

—Me cuesta un poco entenderlo pero tampoco me he encontrado en una situación así.

—Confía en mi mamá, nada de esto va a afectar a mi implicación con el Proyecto —dijo Vera sentándose junto a ella.

Carli negó con la cabeza.

—No lo he pensado en ningún momento, ya me has demostrado que las prioridades adecuadas son aquellas que te motivan a dar lo mejor de ti. Da igual cuales sean.

Vera sintió deseos de llorar, sintiéndose comprendida por su madre después de tanto tiempo. Toda su preocupación se esfumó y se sintió liberada. Su madre sonrió pero Vera se dio cuenta de las profundas ojeras que rodeaban sus ojos.

—¿Tú qué tal, mamá? Se te ve cansada.

Carli suspiró.

—Las cosas no van bien. En el H con los secuestros, aquí no conseguimos avanzar con Libélula. Está siendo agotador.

Vera agarró las manos de su madre y sonrió.

—Laboratorio a Carli —dijo una voz a través del walki de su madre. Carli lo sacó del bolsillo y se lo colocó frente a la boca.

—Aquí Carli —respondió.

—Está todo listo, pueden venir los visitantes.

—Perfecto. Corto —contestó Carli antes de guardar el walki—. Venga, os vamos a enseñar a Libélula.

Vera se levantó emocionada y siguió a su madre hasta la puerta, una vez en el pasillo se dirigió a las habitaciones de Calem y Kleiff. Tocó ambas puertas pero los dos salieron del cuarto de Kleiff.

—Nos van a enseñar al bicho —dijo Vera y ambos salieron del cuarto, visiblemente emocionados.

Caminaron por el pasillo y, al pasar por la habitación de Minerva, Vera se paró para avisarla pero Carli la detuvo antes de llamar a la puerta.

—La Capitana está con Duncan. Se unirán a nosotros en el Laboratorio —aclaró Carli.

Continuaron caminando por varios pasillos que Vera desistió de memorizar. Durante el tiempo que había vivido en el Refugio sus paseos se habían limitado a su cuarto, el comedor y la sala de esparcimiento.

Las salas, pasillos y zonas que pisaban en ese momento eran de acceso restringido. Le parecía increíble no haberse dado cuenta de la inmensidad de aquellas instalaciones durante el tiempo que vivió allí y no haber sentido la necesidad de explorarlas.

Llegaron hasta unos ascensores, los tomaron y bajaron dos pisos más abajo. Las puertas se abrieron, dando paso a un pasillo ancho. Había una puerta al final del mismo junto a una especie de ventana de cristal que permitía ver el interior de la siguiente sala.

Carli marcó unos números, la puerta se abrió y entraron a la antesala del Laboratorio cuyas paredes estaban forradas con taquillas.

Se dirigieron a la puerta directamente e introdujo otro código. La puerta se abrió con un click, dejando a la vista las instalaciones del Laboratorio.

A la derecha había una especie de celdas de cristal y a la izquierda, múltiples maquinas y ordenadores con pantallas inmensas.

Carli se movía con soltura y confianza, se notaba que pasaba allí muchas horas e iba saludando a todos a su paso.

Escucharon la voz de Minerva y Nolan hablando con Duncan y los encontraron junto a una cápsula enorme, llena de cables pantallas y teclados.

—Bienvenidos al Laboratorio, chicos —dijo Duncan cuando se aproximaron—: Os presentamos a Libélula.

Señaló la enorme cápsula y los tres se acercaron para verla mejor.

—Con los planos que enviasteis hemos hecho grandes avances y esperamos poder probarla pronto —explicó Duncan y Vera miró a su madre confundida. Carli le había dicho todo lo contrario hacía apenas unos minutos y ella le devolvió la mirada negando con la cabeza. Vera se dio cuenta de que Duncan estaba mintiendo para quedar bien delante de Nolan y Minerva.

—¿Quieren enviar a alguien? —preguntó Kleiff mientras observaba la máquina.

—Esa es la idea, si...

—Pues buena suerte buscando voluntario —dijo Calem—, dudo mucho que alguien se arriesgue a que le pase lo mismo que a Miah.

Vera miró a Calem y le reprendió con la mirada, no es que no tuviera razón pero tenía que guardar las formas y la jerarquía.

—La máquina es más segura que entonces. Si algo saliera mal tenemos diferentes alternativas para poder liberar al voluntario —explicó Duncan, algo ofendido por la forma que había tenido Calem de dirigirse a él.

—Estaremos encantados de verla en funcionamiento —dijo Nolan—, si me disculpáis voy a terminar de instalarme. Os veo en la cena.

Se despidió de Duncan estrechándole la mano y de los demás con un movimiento de cabeza antes de salir del Laboratorio.

—Lo ha pasado bastante mal por el fallecimiento de nuestros compañeros —aclaró Vera al ver la preocupación en los ojos de Carli y Duncan.

La Capitana no añadió más información sobre todo por lo que había pasado Nolan y Vera tampoco lo hizo.

Estaban allí, preparados para lo que fuera necesario. Lo que hubiera pasado en Tierra Vacía iba a dejar de tener importancia.

Atención, atención.

Este es un comunicado del Presidente Mutado para toda la Burbuja.

El grupo terrorista autor del robo es el autoproclamado Proyecto Sol, activo desde los tiempos oscuros del humano Kilian.

El objetivo de este grupo es la construcción de una máquina del tiempo que les permita volver al pasado e impedir que nuestro mundo llegue a existir.

Buscan nuestra destrucción, sin importar los deseos del resto de habitantes de la Burbuja, que lo único que queremos es seguir viviendo en paz, como hemos hecho hasta ahora. Humanos, mestizos y mutados, separados pero iguales.

Para que seáis conscientes de hasta dónde están dispuestos a llegar, se han recuperado las terribles imágenes del robo en los Archivos de la Sede.

En ellas podéis ver a los seis participantes del crimen, huyendo con los planos de la máquina del tiempo. Como veis, no dudan en disparar y lanzar granadas contra los guardias que se ven obligados a defenderse.

Llegan incluso a inmolarse y dejar abandonados a sus compañeros caídos con tal de conseguir escapar.

Anunciamos que, gracias a la colaboración ciudadana fue posible capturar a los tres criminales fugados, Vera Yeren/Ebben, Kleiff Yeren y Calem Delan.

Debido a su extrema peligrosidad y violencia al ser capturados tuvieron que ser ejecutados sin posibilidad de ser juzgados por sus crímenes.

Seguimos pidiendo la colaboración de todos los habitantes para dar con el resto de miembros del Proyecto Sol antes de que logren llevar a cabo su objetivo. Nos dirigimos especialmente los humanos, contamos con vosotros.

XIX

—Qué vergüenza, ¿han dicho separados pero iguales?

Iria asintió mientras recogía la mesa y Liss apagó la televisión indignada. El mensaje del Presidente había empezando mientras terminaban de cenar y Liss sentía que se le había revuelto el estómago al escuchar aquellas palabras.

—Pobres chicos... Tenía la esperanza de que lograran huir —dijo Iria desde la cocina.

Liss también lo sentía por ellos, pero había muchísimas más cosas que le habían llamado la atención de aquel comunicado.

Sonó el timbre de la puerta rompiendo el silencio de la noche y Liss se acercó. Al mirar por la mirilla vio a Nailah y a Kiara con sus pijamas. Últimamente pasaban casi más tiempo en casa de Iria y Liss que en la suya y dormían allí casi todas las noches.

—¿Habéis visto el mensaje? —preguntó Kiara mientras entraba con Nailah al interior.

—Sí, están perdiendo el juicio... ¡Qué colaboración esperan con lo que nos están haciendo! —respondió Liss cerrando la puerta, cada vez más enfadada.

Se sentó en el sofá junto a Nailah y la ayudó a montar el puzle que había traído. En cierto modo envidiaba su inocencia infantil, acababan de escuchar unas palabras horribles y esa niña seguía tranquila, colocando las piezas.

Kiara e Iria salieron de la cocina con tazas de chocolate caliente sobre una bandeja.

—Eran miembros del Proyecto Sol... ¿Sabes lo que es eso? —preguntó Liss.

Kiara asintió mientras daba un sorbo a su chocolate.

—Era el Proyecto que crearon el Presidente Humano Kilian y su hija Miah para la construcción de la máquina del tiempo. Siempre se ha rumoreado que seguía activo en la clandestinidad, ayudando a humanos y continuando la construcción de la máquina pero era solo eso, rumores. De los pocos que conocíamos su existencia, la mayoría pensábamos que eran mentiras creadas por nuestros antepasados para no perder la esperanza.

Liss se quedó pensativa durante unos minutos. Llevaba días dándole vueltas a lo mismo pero hasta ese momento no creía que pudiera convertirse en realidad. Era muy arriesgado, pero más estaban arriesgando sin hacer nada.

—Tú crees que si hacemos algo… Si actuamos contra los soldados, es probable que… ¿vengan a ayudarnos? —preguntó Liss a Kiara.

Iria miró a su compañera interrogante y preocupada.

—No estarás pensando en que nos rebelemos, ¿no?

Los ojos de Liss brillaban de emoción.

—Tenemos que hacer algo, no podemos dejar que sigan llevándose gente. Se han llevado a casi todos los hombres y solo han pasado unos días, ¿para qué se los están llevando? ¿Qué harán después?

—Cuenta conmigo Liss, yo estoy dispuesta –dijo Kiara e Iria suspiró negando con la cabeza. Sabía que Kiara apoyaría a Liss sin dudarlo. Sentía tanto odio por el secuestro de su marido que cualquier chispa hubiera hecho que saltara la llama, pero Iria no estaba tan convencida de que aquello fuera una buena idea.

—¿Y si nadie nos ayuda? ¿Y si no vienen los del Proyecto ese?

—¡Pues lo haremos nosotras solas! Resistiremos como podamos. Una vez nos vean el resto de vecinos se unirán. Todos están hartos, odian a los mutados, solo necesitan un empujón, Iria…

—¿Y cuál es tu plan? —preguntó resoplando.

Nailah se quedó dormida en el sofá, mientras las tres mujeres maquinaban el plan durante toda la noche. Contemplando lo que podría salir mal, buscando soluciones y alternativas, todo lo que se les ocurría que podía pasar.

Liss tenía la esperanza de que el resto de vecinos se unirían cuando las vieran enfrentarse a los soldados, y que los miembros del Proyecto Sol acudirían a mostrar su apoyo.

Kiara estaba tan enfadada que creía sin reservas en el plan y en Liss, y estaba dispuesta a todo con tal de vengarse.

Iria deseaba que su compañera tuviera razón ya que, de lo contrario, estarían perdidas.

***

—Ayer fuimos testigos de la desesperación del Gobierno mutado. Han decidido que destapar nuestra identidad y fingir la captura y ejecución de Kleiff, Calem y Vera era la mejor opción para combatirnos, sin pensar si quiera en el apoyo que tiene el Proyecto en el H y la esperanza que va a dar a los habitantes que han creído en él en algún momento.

»Es nuestro momento de pasar a la acción. Vamos a prepararnos y esperar a cualquier indicio de revuelta o disconformidad de cualquier Zona para hacernos ver. Daremos apoyo a los insurrectos y lo enseñaremos en todas las pantallas del H para que el resto de Zonas lo vean.

Que sepan que si se rebelan contra los que los están oprimiendo, contarán con nuestro apoyo. Que hemos estado y estaremos ahí para ayudarlos.

El enorme comedor del Refugio se llenó de vítores de todos los soldados y familias ante las palabras de Duncan. Él, Minerva y Nolan se encontraban en el centro de la sala, con todos los habitantes del Refugio observándolos y escuchando sus palabras.

Tras el mensaje de la noche anterior del Presidente Mutado, Duncan había hablado por megafonía, convocando a todos los habitantes del Refugio al gran comedor a primera hora de la mañana, para presentar a los nuevos habitantes y comentar el futuro del Proyecto Sol.

Nolan dio un paso al frente pidiendo la palabra y se hizo el silencio al instante.

—Me llamo Nolan, todos me conocéis, soy el descendiente directo de Kilian, Miah y Luah. Llevo liderando este Proyecto desde los quince años, escuchando las historias del resto de líderes que me han precedido, siempre con las mismas palabras: hay que permanecer en la clandestinidad, no hacer ruido, ser más racionales, ser más listos... Pero estas ideas han quedado obsoletas.

»Estamos más cerca de acabar con los mutados de lo que hemos estado nunca, ¡ha llegado el momento de atacar y acabar con ellos! Mostraremos la misma piedad que ellos están mostrando con nuestros heridos y la misma moral que con nuestros prisioneros. No vamos a dejarnos amedrentar nunca más. Si recibimos conmiseración, recibirán nuestro odio. ¡No somos inferiores y ha llegado el momento de demostrarlo!

La sala rugió con gritos de apoyo a las palabras de Nolan y Vera, sentada en una de las mesas, miró a Minerva. Sus ojos mostraban preocupación y Vera negó con la cabeza.

Se imaginaba lo que iba a suceder pero no había pensado que las palabras de Duncan y Nolan serían tan incendiarias.

Sabía que Minerva no estaba de acuerdo con lo que estaban diciendo pero no les contradeciría delante de todos.

Duncan se acercó a la mesa en la que Vera estaba sentada junto a Calem y Kleiff.

—Venid, vamos a presentaros oficialmente.

Vera estuvo tentada a negarse. Los iban a usar para caldear el ambiente y crispar los ánimos, iban a convertirlos en mártires y héroes.

La chica miró a Kleiff y Calem, a su lado. Kleiff fue el primero en levantarse y seguir a Duncan, seguido de Calem, que le tendió la mano a Vera. Ella lo miró. Sus ojos azules le decían claramente que no estaba de acuerdo con eso y Vera respiró aliviada de no ser la única. Aceptó su mano y se levantó del banco.

Los bramidos de los presentes fueron apagándose conforme los veían pasar, hasta que llegaron al centro y solo se escucharon susurros.

Minerva y Duncan dieron un paso al frente y la sala volvió a quedarse en silencio.

—Esta es Minerva Harris, la Capitana del asentamiento de Tierra Vacía. Ella y su grupo de soldados han venido desde Tierra Vacía para participar en las batallas que están a punto de librarse. Con ellos han venido nuestros tres héroes de la Misión: Kleiff, Calem y Vera.

Los aplausos resonaron por toda la sala y Vera se sintió tremendamente incómoda. Buscó la mirada de su madre, que aplaudía emocionada de pie en un lateral.

De pronto se apagaron las luces y las fotos de Enna, Enol y Owen aparecieron proyectadas en las paredes.

—No nos olvidamos de nuestros soldados caídos: Enna, Enol y Owen, que dieron su vida por el Proyecto Sol. Guardemos un minuto de silencio en su honor.

Vera sintió la ira creciendo en su interior y apretó con fuerza la mano de Calem. Él la miró de reojo y vio el mismo sentimiento en sus ojos.

No podía creerse lo que estaba viviendo. Lo poco que le importaba a Duncan la integridad o la ética. Todo era una fachada, una mentira para alentar y manipular a toda esa gente.

Miró a su madre de nuevo y se alegró de ver la duda en su rostro, sin embargo, con el resto de humanos y mestizos habían conseguido su objetivo.

Cuando se encendieron las luces sus rostros brillaban de emoción e indignación.

—Os pedimos que estéis preparados. Vamos a necesitaros en cualquier momento y queremos que seáis tan valientes como ellos, que no temáis poder perder vuestra vida por el Proyecto.

La última tanda de aplausos hizo temblar el suelo hasta que, poco a poco, comenzaron a extinguirse. Cuando se hizo el silencio, la sala empezó a vaciarse mientras todos volvían a sus tareas.

Vera se giró hacia Duncan, completamente enfurecida, pero él estaba satisfecho y sonriente.

—¡Borra esa estúpida sonrisa! ¡De qué coño vas!

Calem tiró de su mano impidiéndola avanzar y Kleiff se interpuso entre ambos.

—Aquí no, Vera —ordenó.

—¿Por qué? ¿Os da miedo que la gente pueda cambiar de opinión? —gritó, tratando de soltarse de Calem y de mirar a Duncan a través de Kleiff—. ¡Soltadme!

La mano de Calem se relajó y Kleiff se apartó de ella un paso pero sin retirarse.

—No puedo creer que hayas consentido que usen la muerte de Enna para esto... —dijo dirigiéndose a Nolan—, Enna no quería morir, Enol se suicidó porque no soportaba vivir en un mundo sin Owen. Y nosotros... No merecemos estar aquí más que ellos.

Las lágrimas comenzaron a surcar sus mejillas y volvió a mirar a Duncan.

—Eres igual de repugnante y manipulador que los mutados a los que tanto criticas.

—Y tú deberías recordar mantener tus prioridades adecuadas, Vera. Tantas feromonas están haciendo que pierdas el objetivo de por qué estamos aquí y qué es lo más importante. Todo vale...

El puñetazo de Calem impactó sobre la mandíbula de Duncan, interrumpiendo sus palabras y haciéndolo retroceder.

Nolan y Carli corrieron a ayudarlo y Minerva y Kleiff sujetaron a Calem.

—Métete tus prioridades por el culo, ¡cabrón! ¡Vera ha hecho más por el Proyecto en un mes que tú en tu puta vida! —gritaba enfurecido.

Vera lo agarraba del brazo tratando de tranquilizarlo pero completamente agradecida por sus palabras.

Duncan se llevó la mano a la mandíbula y la movió para colocarla nuevamente en su sitio.

—Delan... Iba a hablar contigo en privado pero ya que estamos aquí... Tu padre ha desaparecido. No contesta a las llamadas ni ha aparecido por su casa. Es posible que lo hayan secuestrado —dijo Duncan. Calem dejó de forcejear y se quedó paralizado con el rostro pálido—. Aunque también es posible que haya hecho honor a su raza y nos haya traicionado... De un mutado puedes esperar cualquier cosa.

—¡Duncan! ¡Ya basta! —gritó Carli colocándose frente a él—: ¿Qué estás diciendo? Sabes perfectamente el compromiso de Rick con el Proyecto y que se ha negado a ser evacuado.

—Pues precisamente por eso no me fío... —respondió Duncan mientras se alejaba y salía de la sala seguido por Nolan.

Vera lo observó alejarse y miró a Calem que tenía la mirada fija en el suelo.

—Calem, tu padre no es un traidor, todos lo sabemos.

—Ojalá lo fuera —dijo Calem—, si lo fuera no lo matarían como van a hacer... Suponiendo que no esté muerto ya.

Se separó de todos y se marchó cabizbajo. Vera trató de ir tras él pero Kleiff la agarró de la mano.

—Déjale solo un rato... Iremos más tarde —susurró.

—Lo siento mucho... —decía Carli a Minerva—: no sé que le está pasando a Duncan...

—Siempre ha sido así, mamá, lo que pasa es que hasta ahora no tenía el suficiente poder como para atreverse a mostrar su verdadera cara —respondió Vera sin dejar de mirar el lugar por el que había pasado Calem

***

Llevaba esposado de pies y manos a una silla desde que lo llevaron a aquella celda. Al despertarse la había reconocido inmediatamente. Era la sala de torturas en la que Kev había sido torturado por el capitán Wellan, por lo que Rick asumió que ese iba a ser su destino.

Se preparó mentalmente para el dolor que iba a padecer y, cuando el Capitán Wellan entró en la sala acompañado de sus dos secuaces, supo que daría igual si confesaba o no. Wellan no buscaba información, quería redimirse por todo el tiempo que llevaba apartado de los casos por las imágenes que Rala había denunciado, y ensañarse con él por traidor.

Habían comenzado el mismo día que fue apresado, dándole una paliza que le rompió varias costillas. El Presidente le había pedido a Wellan que no le hicieran nada en la cara, que tenía que ser reconocible, lo que le hizo suponer que tenía planes para él antes de matarlo o, incluso, que su ejecución fuera pública.

Tras la paliza le habían echado un cubo de agua helada con sal y se habían marchado.

Las heridas le habían escocido durante horas pero había conseguido dormirse.

Al día siguiente comenzaron el interrogatorio y cada vez que Rick se negaba a responder le marcaban la piel con un hierro candente.

Las preguntas eran las que esperaba, dónde estaban escondidos los fugados, qué tenían previsto hacer con los planos, quiénes formaban parte del Proyecto, que más mutados estaban implicados.

Rick guardó silencio en todo momento y consiguió aguantar el dolor estoicamente. Al irse, volvieron a bañarle en agua con sal.

Durante los siguientes días había sido más o menos lo mismo. No sabía si porque el no poder tocarle la cara los limitaba o porque el Presidente había dado más instrucciones que él desconocía.

Tras terminar con los hierros candentes comenzaron a amputarle los dedos de los pies a fuerza de mano, con la sierra.

Recordaba las torturas que había visto en las imágenes de Kev y estaban siguiendo más o menos el mismo patrón pero, con él, era mucho más lento.

Por eso sus planes se descuadraron cuando aparecieron con médicos.

—El Presidente nos ha pedido que no te dañemos el cuerpo, quiere que estés presentable. No me gusta este rollo psicológico pero, según él, es como más daño te haremos...

Miró a los doctores, que le colocaron una vía y comenzaron a inyectarle un líquido gris que supuso sería el Mementium.

Tomó una bocanada de aire cuando se dio cuenta de lo que estaba a punto de experimentar. Cerró los ojos mientras sentía la aguja clavarse en la piel y el espeso líquido recorrer sus venas.

Poco a poco, sintió que no podía controlar su cerebro ni las imágenes que veía en él. Era como si tuviera una pantalla dentro de su cabeza y alguien ajeno a él tuviera un mando para avanzar, rebobinar y pausar a su antojo.

Escuchaba las voces de Wellan y los secuaces lejanas e incomprensibles, ya que las imágenes y sonidos de su cerebro, centraba la atención de todos sus sentidos.

Pasaron rápidamente por el momento de su detención y los días que había estado en casa sin salir, la discusión que había tenido con Neil por su porcentaje de pureza, ya que él había obtenido un 97% en lugar de su 99% y, obviamente le culpaba a él.

Tras rebobinar un poco más, llegaron a la llamada que había mantenido con Calem. Abrió los ojos y su mente se colapsó durante unos segundos al tener doble estímulo visual.

En la llamada habló con Nolan, la Capitana Harris y su hijo. Por suerte no habían dicho en ningún momento donde estaban, solo que habían llegado a salvo.

Rick recordó la sensación agradable de esa conversación con Calem después de tantos años. Alguno de los médicos que se encontraban tomando notas lo miraron con comprensión.

No habían sabido por dónde empezar, ninguno sabía qué decirse, por lo que Rick preguntó por Kleiff y Vera. Fue al nombrar a Vera cuando su hijo pareció sonreír y comenzó a hablar mejor con él. Después de eso habían hablado de todo y se habían pedido perdón. Calem le había dicho que se reuniera con él, ya nada le ataba al M, pero Rick había sido firme, esa era su Misión y debía llevarla a cabo.

Tras esa conversación, sintió como Wellan lo escupió, pero no podía moverse para quejarse o devolverle el escupitajo.

Continuaron rebobinando toda la tarde. Escucharon sus conversaciones con Nolan y con todos los miembros activos del Proyecto Sol en el M, de los que tomaron nota rápidamente. Sería complicado que dieran con ellos ya que les llamaban con nombres clave y la mayoría de ellos habían sido trasladados, pero era posible que lo intentaran si registraban su ordenador.

Cuando Rick ya estaba agotado de escuchar su voz y la de los miembros del Proyecto, escuchó una voz muy familiar. Keya.

Hasta ese momento había observado sin interés los recuerdos que iban apareciendo. Creyeron que reaccionaría al ver las imágenes de Calem confesándole que se había acostado con Keya, pero fue precisamente al escuchar su voz cuando su cerebro volvió a colapsar.

La veía sonriente junto a él, le daba la mano con timidez y caminaban despacio por el parque que había junto a su casa.

Era de las primeras citas que tuvo con ella tras morir su primera mujer, Tatiana. Los dos tenían ganas de formalizar el vínculo, pero todavía no se sentían preparados, sobretodo él, por todo lo que acababa de pasar.

Vio sus rasgos. Era rubia con ojos marrones. Esos ojos profundos y vivos que poco a poco se marchitaron.

Ya no estaban en el parque sino en la habitación de la Villa. La Tulorea había sido muy rápida en ella y en un mes ya no era capaz de caminar ni respirar por sí misma. Se fijó en pequeños detalles de la habitación, en su reloj y las flores secas de la mesilla. Se prometió traerle frescas al día siguiente pero no hubo más días.

Keya murió en sus brazos. Derramó sentado en esa asquerosa silla de la sala de interrogatorios, las mismas lágrimas que derramó en aquella cama de hospital.

Cambiaron las imágenes, esta vez estaba acariciando la barriga embarazada de su mujer Tatiana. La miró, su pelo blanco y sus ojos grises sonreían aunque se vislumbraba el cansancio en ellos. No era nada normal concebir gemelos y, mucho menos llevar el embarazo a término, pero Tatiana lo estaba haciendo y se sentía muy orgulloso de ella.

Besó sus labios suavemente y, poco a poco, la barriga desapareció y sus ojos grises que hasta ese momento mostraban alegría, se transformaron en la locura de los últimos meses de su enfermedad.

Le gritaba pero no distinguía sus palabras, se desgarró su pijama de la Villa e intentó ahogarse con una de las mangas. Corrió hacia ella pero los celadores llegaron primero y consiguieron tumbarla y atarla a la cama.

Un dolor inmenso se instaló en su pecho y volvió a llorar por ella.

Abrió los ojos para encontrarse al Capitán Wellan sonriendo con desfachatez. Sabiendo que había cumplido su propósito.

—Hay gente a la que le duele más que les rompan la mente que una pierna... —dijo antes de dar la orden de volver a empezar.

Volvió a aparecer en su cerebro la misma imagen de Keya de nuevo, primero alegre, luego enferma, para después pasar a Tatiana embarazada, Tatiana muriéndose. Así una, y otra vez.

Los sollozos y gritos de dolor de Rick se mezclaron con los de júbilo y risas de Wellan en esa oscura celda durante horas hasta que Rick quedó inconsciente.

***

Vera y Kleiff tocaron la puerta de la habitación de Calem pero nadie contestó. Esperaron unos segundos y abrieron la puerta. Vacía.

—¿Donde estará? —susurró Vera más para sí misma que hacia Kleiff.

—Vamos a dar un rodeo por el gimnasio y terminamos en la sala de entretenimientos —dijo Kleiff y ambos se encaminaron hacia allí.

Tras la discusión del comedor, Vera había estado hablando con su madre, intentando que comprendiera lo incorrecta que había sido toda la situación pero le costaba mucho ver la realidad.

Todavía estaba demasiado cegada por sus sentimientos al Proyecto y la confianza ciega que tenía en Duncan.

Luego había estado charlando con Minerva y Kleiff. Kleiff estaba muy enfadado, no solo con Duncan sino con ella por saltarse la jerarquía y hablarles así, tanto a Nolan como al

Representante Humano. No estaba de acuerdo con lo que habían hecho pero creía que se lo tendríamos que haber comunicado de otra forma.

Tal vez fuera cierto, pero Vera no lo sentía así y Minerva, aunque más o menos le dio la razón a Kleiff, tampoco se la quitó a Vera.

Vera estaba molesta con Kleiff, no comprendía cómo había podido callarse y no reaccionar. Ya no solo ante lo que Duncan habían hecho con Enna, Enol y Owen, sino con lo que le había dicho a ella. Calem no había dudado un segundo en defenderla y Vera tenía claro que también le defendería a él si alguien pusiera en duda su implicación. Le daba igual quién fuera.

Se sentía confusa y cabreada y lo único de lo que estaba segura era de que no quería estar allí. Estaba deseando que hubiera otra misión o destino al que los pudieran enviar. No quería saber nada de Nolan ni de Duncan.

De Duncan se lo esperaba pero, igual que también estaba enfadada con Kleiff también lo estaba con Nolan. Era el que más la había decepcionado esa mañana. No comprendía cómo había consentido que usaran a Enna de esa forma.

Llegaron al gimnasio pero no había rastro de Calem por lo que se dirigieron al salón.

—Se que estás enfadada conmigo —dijo Kleiff pero Vera no contestó.

—Vera... —insistió, agarrándola de la mano para que parara de caminar—: Estoy de acuerdo contigo. Sé que nos están utilizando, a nosotros y a los demás.

—Entonces, ¿por qué no has dicho nada? ¿Por qué has consentido que pusiera en duda mi implicación? ¿Por qué me estás regañando por decir las cosas como son?

—Hay que respetar la jerarquía Vera, a ti te dará igual pero a ellos no. Llevan rigiéndose por ella durante demasiado tiempo, si no dices las cosas como ellos quieren no te van a escuchar.

—Me tenéis harta con vuestras jerarquías. El fin no justifica los medios, me da igual si te lo digo gritando o susurrando, postrada de rodillas o de pie. Eso es así. Han hecho las cosas mal, nos están utilizando y Duncan se ha portado como un gilipollas con Calem y conmigo. No lo voy a decir con mejores palabras para que sus egos de jefecillos no se ofendan.

Kleiff suspiró y la soltó.

—Vale... Como quieras. Yo solo intento que entiendas cómo se tienen que hacer las cosas...

—Pues no me lo digas más, oye... encima no te rías de mí, lo que me faltaba...

—No me río de ti, mira —dijo señalando al salón entre risas y Vera no pudo evitar echarse a reír también.

Calem estaba rodeado de niños, jugando a una especie de juego que Vera reconoció de cuando era pequeña.

Se acercaron y escucharon lo que decían:

—... *A la cuenta de tres, todos retrocederán.*

Calem comenzó a caminar hacia atrás y el niño que cantaba se dio la vuelta antes de que se parara, quedando eliminado.

Los niños le ordenaron que se sentara y esperara al siguiente turno y Kleiff y Vera se acercaron y se sentaron a su lado en el sofá. Él los miró con ojos tristes.

—¿Cuántas rondas has durado? — preguntó Vera y Calem sonrió.

—Dos... Y porque la primera ha sido de prueba. Son muy rápidos. ¿Sabías que la canción habla de la máquina del tiempo?

Vera se quedó pensativa, dándose cuenta del significado de las palabras que cantaban los niños. Había jugado durante años a aquel juego, sobre todo durante su estancia en el Refugio, pero era la primera vez que se daba cuenta de la realidad que había tras esas palabras.

—*Libélula fue el principio, libélula será el final, a la cuenta de tres, todos retrocederán* —cantó Vera a la vez que los niños.

—¿Qué tal estás? —le preguntó Kleiff a Calem.

—Mal. Estoy preocupado y no puedo hacer nada, lo que hace que esté aun peor. Pero bueno... No quiero pensar más en ello, no voy a conseguir nada.

Continuaron observando el juego de los niños en silencio.

—Gracias por defenderme antes —dijo Vera.

Calem agarró a Vera de la mano y le dio un beso en el dorso antes de susurrar:

—Siempre.

Vera le sonrió y ambos volvieron a mirar el juego.

—Y a ti ya te vale no decir nada, que es tu vinculada, no la mía —le dijo Calem a Kleiff.

—Otro igual, que las cosas no se pueden hacer así. Una pegando voces y otro pegando puñetazos. Hay que seguir los protocolos...

—Mira Kleiff, no sé qué cojones le pasa a Nolan, pero si hubiera estado en sus cabales no hubiera consentido nada de esto. Y tú lo sabes. El Duncan ese lleva encerrado en este Refugio toda su vida. No tiene ni puta idea de lo que es jugarse la vida por esto, nosotros sí. Así que me da exactamente igual de quién sea Representante, nos tendría que tener un mínimo de respeto.

Kleiff no respondió pero Vera sintió sus emociones a través del vínculo. Estaba avergonzado y enfadado consigo mismo.

—Kleiff, sabemos que tienes razón y que nos hemos saltado el protocolo. Que no lo hemos pensado, pero sabes que tenemos razón.

—Si ya lo sé, Vera. Lo sé... Siento no haber dicho nada.

Calem pasó su brazo por el hombro y la apretó contra él.

—Eres demasiado educado K, siempre correcto y respetuoso. Por algo te hicieron jefe a ti y no a mí.

El último participante fue pillado por el que cantaba y los niños eliminados volvieron a colocarse para jugar.

Un par de ellos se acercaron al sofá donde estaban sentados.

—¡Eh mutado! Te toca ligar, a ver si se te da mejor —dijo el niño y Calem se levantó—. Vosotros podéis jugar también.

Vera y Kleiff se levantaron sonriendo y se colocaron en las posiciones dispuestos a darse un respiro, jugando a aquel juego inocente que escondía mucho más de lo que parecía

***

Mery estaba colocando las tazas de café en la mesa rectangular del despacho del Presidente. Estaba tan nerviosa que le temblaba el pulso y la porcelana de las tazas tintineaba al chocar con la cuchara.

No podía dejar de pensar en Rala y en lo que su padre había hecho con ella. Solo había ido una vez a la Villa a visitar a la madre de Rala y recordaba aquello con terror. Se imaginaba a Rala como a su madre, maniatada en una camilla, completamente drogada o sufriendo terribles dolores cuando se pasaba el efecto del calmante.

Estaba claro que la enfermedad de Rala había empeorado, pero ella misma se había ofrecido a cuidarla en su casa. Su padre, sin embargo, se había negado en rotundo a esa opción. Estaba terriblemente decepcionado con ella por lo que había pasado con ese chico humano.

Mery se sorprendió al enterarse de que Rala estuviera con él, no se lo esperaba de ella pero tampoco le pareció mal. Uno no decide de quién se enamora su corazón y el de Rala había tomado la opción más difícil.

El sonido de las puertas al abrirse de golpe asustó a Mery, que derramó sin querer el contenido de una de las tazas sobre la mesa.

—¿Qué te pasa últimamente Mery? Estás más torpe que de costumbre.

—Lo siento, señor.

En otros tiempos Theo nunca la hubiera hablado así y, si lo hubiera hecho, Mery no se lo habría consentido. Sin embargo, en ese mutado apenas quedaba nada del Theo de hacía unos meses. Era el Presidente y debía hablarle con el máximo respeto.

Mery se estaba empezando a plantear si ese hombre había sido siempre así y solo estaba esperando el momento adecuado para mostrarse tal cual era, o si habían sido los últimos acontecimientos los que lo habían convertido en ese ser sin corazón.

Terminó de limpiar lo que había ensuciado justo cuando entraron los últimos miembros de la Cúpula. Ella se apartó de la mesa y se alejó para salir de la sala, pero el Presidente la llamó.

—Quédate por si alguien necesita ser servido —ordenó.

Ella asintió y se quedó a un lado, apartada de ellos.

—Os he reunido para comentaros los avances con los Soldados Mementium. De momento, los resultados están siendo excelentes y esperamos poder realizar la primera prueba pronto.

Hubo un murmullo satisfactorio en la sala y uno de los mutados se levantó para preguntar.

—¿Cuántos hay ahora mismo?

—Tenemos en nuestro poder más de mil humanos. Se les ha inyectado el suero a unos cincuenta, queremos probarlo primero antes de seguir suministrándolo, por si hubiera que hacer algún ajuste.

De nuevo se escucharon comentarios de satisfacción que le revolvieron el estómago a Mery.

Nunca había sentido odio hacia los humanos, tampoco aprecio, simplemente no pensaba en ellos. Ella tenía su vida y ellos la suya. Pero saber que estaban secuestrando humanos para borrarles la mente y convertirlos en armas le parecía terrible.

—¿Qué va a pasar con Rick Delan? —preguntó uno de los mutados.

—Rick… Para él tengo un plan muy especial, pero no puedo comentároslo todavía. Lo veréis pronto.

X

Desde la última redada Nailah y Kiara se habían ido a vivir con Liss e Iria para planificarlo todo y perfeccionar el plan. Habían dejado pasar varias redadas sin actuar para tomar notas de todos los detalles y apuntar todo lo que pudiera ser relevante de cara a preparar su plan.

Las redadas se sucedían cada dos días y se habían dado cuenta de que siempre eran los mismos soldados. Los habían estudiado a conciencia, fijándose en las actitudes y movimientos de todos. Las armas que llevaban y dónde, y habían decidido que actuarían en la redada de ese día.

Eran seis soldados en total, dos se quedaban siempre en el camión mientras que los otros cuatro eran los que iban entrando a las casas. Al principio entraban de dos en dos pero desde que se habían llevado a casi todos los hombres, entraban de uno en uno para terminar de registrar las casas más rápido.

No se lo habían dicho a nadie, tenían miedo de que las delataran antes de poder intentarlo, pero Liss seguía convencida de que alguien se pondría de su lado y las ayudaría. El Proyecto Sol, sus vecinos, o ambos. No lo sabía, pero no perdía la esperanza.

Escucharon el camión al principio de la calle y las tres mujeres se pusieron en movimiento. Iria cogió a Nailah y se marcharon a la casa de al lado, esperando a los soldados en el jardín, con la puerta abierta, mientras Kiara y Liss se quedaban en la casa de las vinculadas.

Liss miró a Kiara, oculta a la izquierda de la puerta que se encontraba abierta, agarrando con fuerza el palo de madera que habían fabricado con las patas de una silla.

Escuchó a lo lejos la voz de Nailah, saludando al soldado y a Iria mandándola callar. Era la señal, la siguiente era su casa.

Liss se colocó en su posición, escondida detrás de la puerta y sintió un cosquilleó en el estómago cuando escuchó los pasos del soldado por las baldosas del jardín.

En cuanto cruzó el umbral de la puerta, Kiara le asestó un fuerte golpe en la nuca, entre el chaleco y el casco. Liss cerró la puerta de un golpe mientras el soldado caía de rodillas.

Kiara le quitó el casco mientras Liss le apuntaba con un cuchillo al cuello y le arrebataba el fusil.

La cara del soldado era puro terror. Hizo amago de arrebatarle el cuchillo a la mestiza, pero Liss lo esquivó y le apuntó con el arma en la cabeza.

Entre Kiara y ella, le quitaron el resto de armas, que se colocaron alrededor de la cintura. Le hicieron desnudarse y lo maniataron.

Liss le pasó el fusil a Kiara mientras ella volvía a apuntarle con el cuchillo y, juntas, salieron con el soldado a la calle, que sudaba y sollozaba con la punta del cuchillo junto a la nuez y la del arma en el costado.

Los vecinos se dieron cuenta de lo que pasaba antes que los soldados y se escuchó un coro de susurros antes de que los soldados se fijaran en ellas y las apuntaran con las armas mirándose entre sí, indecisos.

Nailah se escondió detrás de su madre e Iria se acercó a los setos, donde habían ocultado una botella llena de alcohol y sacó un mechero.

—¡Bajad las armas! —gritó Liss—: Bajadlas o le mato a él primero y después a vosotros.

Uno de los soldados temblaba y Liss le reconoció, se habían fijado en que era el más joven e inseguro de los seis. Siempre se quedaba en el camión y se notaba que no estaba acostumbrado a manejar las armas. Le miró a él directamente, mientras cortaba superficialmente la garganta del rehén.

—¡Bajad las armas! —repitió.

El soldado tembloroso fue el primero en tirar el fusil al suelo, mirando a su alrededor aterrorizado.

Escucharon susurros entre los vecinos y unas mujeres se acercaron a recoger las armas que había tirado, para apuntarlos junto a Liss.

Los vecinos de enfrente sacaron otra botella y prendieron la tela, arrojándola junto al camión.

La explosión resonó por toda la calle y el resto de vecinos comenzaron a acercarse.

Los soldados lanzaron las armas al jardín y se metieron rápidamente en el camión para huir pero, cuando escucharon el botón de la radio activarse, Iria lanzó su botella prendida por la ventanilla.

El fuego comenzó a devorar el interior del camión y los gritos de los soldados al arder se unieron a los de júbilo del resto de vecinos.

Liss golpeó la cabeza del soldado maniatado, que cayó al suelo inconsciente.

Los vecinos, la mayoría mujeres se abrazaban unos a otros y aplaudían a Liss, que besó a Irina y se reunieron con Nailah y Kiara.

—Tenías razón, sabías que se unirían —le dijo Iria a Liss, que sonreía alegre y emocionada.

Liss le devolvió la sonrisa, sin embargo, no podían perder el tiempo, esto solo era el principio.

Habían conseguido lo más importante, armas y un vehículo pero tenían que terminar de bloquear la calle y prepararse para la llegada de los refuerzos.

No sabían qué iba pasar a partir de entonces, pero no estaban dispuestas a tolerarlo más.

***

—¡Revuelta en la Zona 2! —exclamó uno de los soldados corriendo hacia Duncan, que lo siguió rápidamente hasta las mesas donde se encontraban las pantallas que grababan las Zonas.

En una de las calles residenciales se veía la imagen de un camión ardiendo. Había cuerpos por el suelo y vecinos agitando los brazos alrededor de una chica, que hablaba y gesticulaba.

—Pincha el micro —ordenó Duncan.

Al momento se escucharon por los altavoces la voz de la chica.

—... Tenemos que permanecer unidos. Ya nos han quitado bastante... ¡No dejaremos que nos arrebaten a nadie más!

La multitud gritó afirmativamente.

—Tenemos armas pero no es suficiente. Necesitamos traer todo lo posible… Trazar un plan...

Tras un gesto de Duncan, el operador de la mesa desconectó el sonido.

—Es el momento —afirmó Duncan dirigiéndose a todos—. Mandad soldados a esa calle y armas. Ayudadles a resistir. Hay que hacer correr la voz de esto, pincha en todas las pantallas del H lo que ha pasado en esa calle y que todos los miembros del Proyecto desplegados empiecen a buscar aliados.

Duncan se quedó mirando la pantalla durante unos segundos, observando hipnotizado las llamas que abrasaban el camión.

—Hay que extenderlo como sea.

Tras sus palabras todos se pusieron en marcha para cumplir las tareas indicadas por el Representante.

***

Vera se encontraba en el gimnasio con Calem cuando se empezó a ver un revuelo de gente caminando por los pasillos de un lado a otro y los soldados pasaban por la puerta hacia el comedor, primero andando y luego corriendo.

Calem se bajó de la cinta de correr y se quitó los cascos.

—Pasa algo —dijo.

Vera dejó de pedalear en la bicicleta estática, se limpió el sudor con la toalla y se bajó.

Las piernas le temblaban por interrumpir el ejercicio de forma repentina, pero se acercó hasta la puerta justo para ver a Kleiff, corriendo por el pasillo hacia ellos.

—Hay una revuelta —explicó jadeando—, están convocando a todos los soldados para ir a dar apoyo a las zonas.

—¿Nosotros también? —preguntó Vera y Kleiff asintió. Vera miró a Calem y sonrió. Salieron del gimnasio en dirección al comedor pero Kleiff la agarró de la mano, tirando de ella en sentido contrario.

—Laboratorio —dijo escuetamente y los tres comenzaron a correr por el pasillo.

Sentía mariposas en el estómago de la emoción de salir de allí por fin. Los últimos días habían sido horribles.

Duncan y Nolan daban discursos incendiarios dos veces al día, contando mentiras, manipulando y dando su propia versión de la realidad. Vera había pedido no asistir, se le revolvía el estómago cada vez que escuchaba pronunciar el nombre de Enna, Enol y Owen de los labios de Duncan. Sin embargo, acudir era obligatorio para todos.

Apenas había hablado con su madre por eso mismo y se pasaba el día con Calem, Kleiff y Minerva. Sobre todo con Minerva, que estaba preocupada por cómo estaban calando los discursos de Duncan y Nolan en sus hermanas.

Estaban irreconocibles. En un par de días su forma de pensar, tan alegre y optimista, había cambiado completamente.

Se habían convertido en soldados enfadadas y resentidas, llenas de odio y deseo de venganza por compañeros a los que no habían llegado a conocer.

Minerva había intentado hacerlas entrar en razón pero no había sido posible, la habían llamado blanda y ahora iban siempre detrás de Nolan, siguiéndolo a cada paso que daba.

El Refugio se estaba convirtiendo en un pozo de odio y resentimiento y Vera estaba deseando salir de él, aunque fuera para acudir a la guerra. Al menos fuera de esos muros verían la realidad.

Llegaron al Laboratorio y vieron en las pantallas gigantes lo que estaba sucediendo en la Zona 2.

Un grupo de vecinos estaban organizándose, preparándose para atacar junto a un camión ardiendo. Por lo que parecía, habían asaltado el convoy que hacía las redadas.

Duncan sonreía y daba órdenes a voz en grito y su sonrisa se amplió aún más cuando los vio llegar.

—¡Aquí están mis héroes! Haced las maletas, os vais a la Zona 1. La revuelta ha comenzado en la Zona 2 pero se está extendiendo rápidamente. Grabaremos vuestra entrada y la pondremos en todas las pantallas, que todos vean que estáis vivos y luchando junto a ellos.

—¿Si la revuelta ha empezado en la 2 por qué vamos a la 1? —preguntó Calem.

Duncan se giró para mirar el mapa del Sector H y señaló la ubicación del Refugio, bajo la superficie de la Zona 1.

—Os quiero cerca, es posible que os necesite aquí y no quiero tener que esperar demasiado si ordeno que volváis.

Minerva llegó corriendo y se situó junto a ellos.

—Los soldados de Tierra Vacía estarán listos en media hora —explicó.

—Perfecto, Capitana. Iréis los cuatro a la Zona 1 con un grupo de cincuenta, de momento será suficiente —dijo Duncan sin darse la vuelta para mirarla.

—Solicito que vengan también mis hermanas —pidió Minerva, todavía con la voz entrecortada por la carrera.

Duncan se dio la vuelta y la miró.

—Tus hermanas han solicitado ser la escolta personal de Nolan y se les ha concedido. Irán donde vaya él, y él de momento, se va a quedar aquí.

Minerva frunció el ceño pero asintió, cumpliendo las órdenes sin discutir.

—Preparaos, os marcháis en media hora —sentenció Duncan.

Los cuatro se dieron la vuelta y se encaminaron a la puerta del Laboratorio, que en ese momento cruzaban Nolan y las gemelas. Las dos chicas abrazaron a Minerva al verla y Nolan se paró a esperarlas. Al ver el cariño que se profesaban las hermanas, Vera creyó verle un brillo en los ojos que le recordó del antiguo Nolan y se acercó a él.

—Tened cuidado, Vera —dijo cuando estuvo junto a él y la chica se sorprendió. Hacía días que no cruzaban palabra.

Él sonrió ante su sorpresa, aunque no le llegó del todo a los ojos, que permanecían tristes y opacos.

—No he cambiado tanto como os pensáis. Quiero que paguen por lo que les hicieron, quiero destruirlos a ellos y a este mundo que han hecho para sentirse fuertes y poderosos...

Vera lo entendía y, en cierto modo, estaba de acuerdo con él, pero no compartía lo que habían estado haciendo para manipular a los soldados.

Como si estuviera leyéndole el pensamiento, Nolan sonrió.

—Yo tampoco estoy orgulloso de ello, Vera. Cada vez que escucho a Duncan hablar de Enna, Enol y Owen me pongo enfermo, pero hay que hacerlo. La gente tiene que rebelarse y la mejor forma de mover a las masas es creando en ellos sentimientos poderosos. El amor y el odio lo son. Debemos crearles amor y admiración por vosotros para que el odio a los mutados surja solo.

Vera negó con la cabeza por lo que estaba escuchando pero Nolan la abrazó. Al principio Vera se quedó parada sin saber qué hacer y Nolan se separó un poco.

—Vera, tienes que entenderme. Yo la amaba, con todo mi ser —explicó—. Tuve que perderla para darme cuenta, tenemos que volver al pasado, si no puedo estar con ella en esta vida lo estaré en otra, pero estaré, y haré cualquier cosa para conseguir que esa máquina funcione.

Vera lo miró, comprendiendo su desesperación y rezó al Sol para que realmente consiguieran hacer funcionar a Libélula. Lo abrazó con fuerza, sintiendo su tristeza y su angustia con claridad y supo que, igual que ella había cambiado, también lo había hecho él. El Nolan que la había ayudado meses atrás en su trayecto en el Intersectorial seguía estando ahí, solo que no había gestionado los sentimientos que le había producido la muerte de Enna de la misma forma que Vera.

Se preguntó qué sentiría ella si Calem o Kleiff murieran y supo que buscaría la forma de volver a estar con ellos, fuera como fuera.

Se separó de él y pudo ver los ojos de aquel Nolan. El que estaba ilusionado y el que creía en lo que estaban haciendo. El que tenía esperanza. Tenían que volver al pasado.

—Conseguiremos volver —dijo Vera y Nolan asintió.

—Siento mucho como me he comportado estas semanas y todo lo que está pasando… Sé que te lo he hecho pasar mal.

Volvieron a abrazarse y Vera sintió que se quitaba un peso de encima al marcharse habiendo arreglado las cosas con Nolan.

Se separó de él y se dio cuenta de que los demás estaban junto a ellos.

Nolan abrazó a Calem y Kleiff, y Vera se despidió también de las gemelas, que lloraban junto a Minerva. En el fondo no eran más que unas niñas buscando un referente. Habían encontrado a Nolan como figura a la que seguir y Vera se alegraba de que lo hubieran elegido a él en lugar de a Duncan, ya que sabía que Nolan era bueno pero no podía decir lo mismo del Representante Humano.

—Tened cuidado —repitió Nolan y ellos asintieron.

—Vosotros también —respondió Minerva.

Se separaron y cada grupo siguió su camino. Nolan y las gemelas al interior del Laboratorio y los demás al pasillo, en dirección a los dormitorios dispuestos a preparar su partida.

* * *

Vera estaba guardando su ropa en la mochila cuando escuchó un par de toques en la puerta.

—Adelante —respondió y la puerta se abrió, apareciendo Carli en el umbral.

La chica dejó lo que tenía en las manos y se acercó a su madre para abrazarla. Llevaban días sin apenas hablar, ya que Vera no entendía por qué su madre defendía a Duncan y lo que estaba haciendo y se había cansado de tratar de hacerla comprender.

—Ten cuidado, hija —dijo su madre con voz preocupada.

—Y tú mamá, se que te cuesta pero, por favor, ten cuidado con Duncan. He hablado con Nolan y he llegado a entenderlo pero Duncan... No me fio de él mamá, mintió a

Nolan sobre los avances de la máquina y os está mintiendo a todos.

—No te preocupes por eso Vera, ya lo sé.

Vera asintió y se sentó en la cama, invitando a su madre a sentarse a su lado. Entendía perfectamente que le costara dejar de confiar en la persona que la había ayudado toda su vida y que había sido su referente.

—Para mí no ha sido fácil, son muchos años siguiéndole ciegamente... pero esto...

Vera la abrazó con fuerza, aprovechando ese momento juntas. Carli se separó y la miró con cariño, le acarició la mejilla y luego se levantó.

—Te ayudo a preparar tus cosas —dijo mientras se acercaba al montón de ropa que faltaba por guardar en la bolsa.

Terminaron de prepararlo todo juntas y, cuando estuvo lista, salieron de la habitación.

Al otro lado del pasillo, Minerva salía de su dormitorio con la mochila al hombro cuando se encontró con Kleiff.

—¿Preparado? —preguntó ella y el asintió.

—¿Estás más tranquila después de haber hablado un poco con ellas?

Minerva asintió, había estado muy preocupada por sus hermanas. Sin embargo, por suerte, Nolan parecía haber recuperado el juicio y volvía a ser como el de antes, o al menos no como el Nolan que estaba siendo hasta ese momento.

Había hablado con ellas para pedirles que se marcharan con ella a la Zona 1 pero, al ver que estaban decididas a quedarse para proteger a Nolan, les había pedido que fueran inteligentes y críticas y que no siguieran las palabras de Duncan.

Ellas habían aceptado y Minerva, en el fondo, prefería que se quedaran en el Refugio. Se quedaba más tranquila sabiendo que no iba a tener que preocuparse por ellas en el exterior.

Sonrió a Kleiff, que la observaba con preocupación y comprensión, y caminaron juntos por el pasillo en dirección al hangar, donde habían quedado con los demás.

Kleiff caminaba con decisión a su lado, transmitiendo esa confianza tan característica en él.

No habían tenido ningún acercamiento más desde el que tuvieron en Tierra Vacía, no porque no quisieran, sino porque no habían tenido tiempo de estar a solas.

Desde que llegaron al Refugio se había pasado casi todo el día reunida con Duncan y Nolan, preparando planes y estrategias e intentando suavizar las posturas que estaban adoptando, sin demasiado éxito. Aparte de ellos había estrechado su relación con Vera, sintiéndose cómoda al hablar con ella y contarle sus preocupaciones. Casi no había visto a Kleiff y echaba de menos los momentos que pasaban juntos.

Un soldado pasó junto a ellos y Minerva tuvo que pegarse a Kleiff para que pudiera pasar, lo que hizo que sus manos se rozaran.

La Capitana sintió algo parecido a electricidad estática y se giró hacia Kleiff, que la miró a su vez. Acarició el dorso de su mano y entrelazó los dedos con los de ella.

—No hemos elegido buen momento para intentar tener algo juntos... —dijo él. Minerva soltó una carcajada y se acercó más a él. Subió la mano hasta su cuello y acarició con suavidad su mejilla y su mandíbula.

Acercó sus labios y besó los de Kleiff que, enseguida, le devolvieron el beso con intensidad y apremio.

Minerva se separó de él con esfuerzo, aunque mantuvo sus manos unidas.

—Se supone que si la máquina funciona nada de esto habrá pasado. Puede que nos encontremos de nuevo en el pasado.

Esta vez fue Kleiff el que soltó una carcajada.

—Lo dejamos para otro tiempo entonces.

Minerva sonrió y separó los dedos de los suyos.

—Sí, lo intentaremos en otro tiempo.

—¡Vamos que nos vamos, chicos! —gritó la voz de Calem tras ellos.

Cuando llego a su lado los abrazó a cada uno con un brazo y percibió el olor de sus feromonas.

—Uy... He interrumpido algo... Lo siento —susurró mientras ponía cara de circunstancias y se alejaba un poco, pidiéndoles disculpas con la mirada.

—¿Qué hacéis aquí en medio parados? —dijo la voz de Vera y Kleiff y Minerva se miraron. Sonrieron por lo absurdo de la situación y se prometieron con la mirada que lo intentarían de verdad si volvían a encontrarse, en el pasado, en otra vida o cuando fuera.

Minerva y Kleiff volvieron a moverse y empezaron a caminar por el pasillo de nuevo. Calem miró a Vera y le hizo un gesto señalándolos a ambos. Vera abrió mucho los ojos, comprendiendo que había pasado algo entre Minerva y Kleiff y que Calem, con su increíble sentido de la oportunidad, había interrumpido.

—¿Qué pasa? —preguntó su madre junto a ella sin comprender los gestos de Calem.

—Nada —dijo Vera sonriendo por las muecas de Calem.

Llegaron finalmente a las puertas del hangar, donde todos los soldados de Tierra Vacía y gran parte del Refugio estaban reunidos.

Uno de ellos se acercó a Minerva y le entregó unas hojas que ella ojeó.

La Capitana se colocó frente a la puerta y comenzó a distribuir a los soldados en furgones.

Cuando sonaron sus nombres se dirigieron al furgón destinado a la Zona 1 junto al resto de soldados, el primero de ellos abrió la puerta del vehículo de un tirón y comenzaron a subir.

Vera se dio la vuelta y se fijó en su madre. No recordaba que fuera tan bajita ni las arrugas que estaban comenzando a formársele alrededor de los ojos. Sintió mucho miedo por ella y por su seguridad, algo que nunca había sentido. Su madre le había parecido fuerte e indestructible y, aunque sabía que seguía manteniendo aquella fortaleza, Vera había pasado por tantas cosas que conocía el peligro real de lo que estaban haciendo. Ante eso nadie era inmune.

La abrazó con fuerza y su madre le devolvió el abrazo.

—Recuerda lo que te he dicho —susurró Vera en su oído y su madre asintió.

Se separaron y Vera subió al furgón, sentándose junto a Calem y Kleiff, y se despidió de su madre con la mano antes de que se cerraran las puertas.

El sonido del motor de todos los furgones al arrancar retumbó en la sala y, poco a poco, comenzaron a moverse, saliendo al exterior.

Carli se quedó en el hangar hasta que todos los furgones y camiones de marcharon con destino a cada zona del H, dejándolo todo casi vacío y en silencio.

Salió del hangar y se dirigió al Laboratorio. Duncan le había prometido a Nolan que intentarían enviar algo a través de la máquina, para demostrarle que estaba a punto de ser terminada.

Carli no entendía el comportamiento de Duncan y, por mucho que le doliera pensarlo, creía que la había engañado. Cada vez estaba más convencida de que Vera tenía razón. Siempre había sido así pero había enmascarado su personalidad.

Al llegar al Laboratorio, Nolan, las gemelas y Duncan charlaban junto a los controles de la máquina.

—Ya se han marchado —dijo Carli al acercarse.

—Bien, que monitoricen su llegada. Quiero que aparezcan en todas las pantallas del H cuando bajen del furgón.

Carli asintió y transmitió la orden al técnico.

—¿Crees que es seguro probar la máquina Duncan? —preguntaba Nolan mientras observaba a los ingenieros dar los últimos ajustes.

—Por supuesto, ¿verdad Carli? —preguntó Duncan, ordenando con la mirada la respuesta que debía dar.

Ella se acercó a ellos y miró a Nolan dudando. No quería contradecir a Duncan pero la realidad era que la máquina estaba lejos de ser funcional, menos aun para probarla con una persona.

—¿Qué pasa Carli? —preguntó Nolan.

Hablaba con un tono amable que no le había conocido hasta ese momento y le dio la confianza suficiente para contar la verdad.

—Hemos seguido los planos que recuperaron de forma detallada, pero... No creo que vaya a funcionar —explicó.

Duncan bufó a su lado.

—Tu creencia es eso, una su posición. Están dando los últimos retoques para que la máquina quede exactamente igual a como Kilian planificó antes de ser ejecutado. Me dan igual tus corazonadas.

Carli agachó la cabeza, dando por terminada la conversación. No pensaba decirlo otra vez pero tenía la certeza de que algo iba a salir mal.

—Últimos ajustes terminados, señor —dijeron los ingenieros tras cerrar el panel de control de la máquina.

—Perfecto. Vamos a probarla...

Duncan miró a su alrededor, cogió un libro y lo colocó en el interior de la cápsula. Miró a Carli, que se acercó al panel con inseguridad. Marcó la fecha y el lugar y pulsó el botón de inicio.

La máquina comenzó a vibrar y, tras un haz de luz brillante, el libro desapareció.

—¡Funciona! —gritó Duncan y todos comenzaron a abrazarse.

Carli no festejaba, al igual que Nolan, que sonreía visiblemente incómodo, sin fiarse demasiado. Se acercó a la cápsula y la abrió. En el suelo había unas hojas calcinadas, las recogió y se deshicieron en sus manos.

—¡Un voluntario, rápido! —pidió Duncan a gritos.

Los vítores cesaron al instante y se hizo el silencio.

—Espera Duncan, sería mejor probar con más objetos... —dijo Nolan al ver salir a Carli de la cápsula con las cenizas en las manos.

—De eso nada, ya hemos esperado suficiente. ¡Tú! —bramó dirigiéndose a uno de los ingenieros—: voluntario para entrar.

El muchacho negaba con la cabeza y temblaba completamente aterrorizado pero Duncan, mucho más grande y fuerte que él, lo arrastraba agarrándolo de los brazos.

—¿Te has vuelto loco? ¡No va a salir bien! —dijo Carli mientras se colocaba delante de la puerta de la cápsula intentando impedirle el paso.

—¡Duncan, para! —gritó Nolan a su espalda pero Duncan no se detuvo.

Apartó a Carli de un puñetazo y metió al muchacho en la cápsula empujándolo contra el cristal.

Carli se incorporó como pudo pero estaba mareada y todo le daba vueltas. Vio a Duncan cerrar la puerta con un golpe y pulsar el botón de inicio.

Las gemelas se acercaron a Carli para ayudarla a incorporarse mientras la máquina temblaba.

El haz de luz volvió a aparecer pero los gritos desgarradores del ingeniero rompieron el silencio.

—¡Para eso Duncan! ¡Lo vas a matar! —gritó Nolan.

Al ver que Duncan no se movía, Carli corrió hacia la máquina para pulsar el botón de parada de emergencia pero Duncan se interpuso en su camino.

Las armas de las gemelas le apuntaron en la sien y la nuca y se quedó quieto. Levantó los brazos y se apartó, permitiendo que Carli accediera al panel de control y pulsara el botón de parada.

La máquina dejó de moverse y el haz de luz desapareció, dejando ver al ingeniero tirado en el suelo de la cápsula, con el cuerpo completamente abrasado.

—¡Está herido, rápido! —gritó Carli abriendo la puerta.

El humano chillaba por el dolor y lo sacaron entre varios soldados para llevarlo rápidamente a la enfermería.

Fue al ver el cuerpo calcinado pasar por su lado cuando el rostro de Duncan cambió.

—¡Te lo dije! —gritó Carli dándole un empujón—: ¡te dije que sin las anotaciones de Kilian la máquina no iba a funcionar!

Duncan estaba conmocionado. Tenía los ojos abiertos como platos y miraban el lugar por el que había pasado el humano abrasado.

Nolan se acercó a Carli.

—¿Qué anotaciones?

Carli se dio la vuelta con el rostro desencajado y surcado de lágrimas. Nolan trató de tranquilizarla llevándola de la mano hasta los planos.

La humana se limpió las lágrimas y respiró hondo. Señalo unos párrafos escritos con letra ininteligible y unas ecuaciones.

—Son las últimas anotaciones. Creemos que modifican por completo la función de la máquina, pero no hemos conseguido comprenderlas —dijo entre sollozos mientras se secaba las lágrimas.

—Pues vamos a descifrarlas entonces —sentenció Nolan, acercando una silla y agarrando una lupa enorme que había en la mesa.

Carli se giró para mirar a Duncan, al que habían sentado en una silla y custodiaban las gemelas con sus rifles. Tenía la cabeza enterrada entre las manos y se mecía de adelante y atrás.

Esperaba que todo el remordimiento que sentía le sirviera como castigo.

***

Vera iba sentada junto a Kleiff, agarrando su mano. Las calles de la Zona 1 estaban llenas de gente que observaba en las pantallas lo que había sucedido en la Zona 2. Todos armados con lo que habían podido conseguir, pero dejaban pasar al furgón que llevaba pintado un sol como insignia.

Una vez llegaron al campamento base, donde se encontraban los miembros del Proyecto encargados de esa calle, Vera sonrió al ver un rostro conocido, era la dueña de la tienda de vestidos de su zona, que no parecía la misma uniformada y armada de pies a cabeza.

Cuando se paró el furgón todo se quedó en silencio. Vera se giró hacia Kleiff, que sintió su nerviosismo a través del vínculo y la besó para tratar de relajarla. Le dio un nuevo apretón a sus manos y se levantaron para salir del vehículo.

Todos los soldados humanos fueron bajando entre los murmullos de los vecinos, pero cuando le tocó el turno a Calem se hizo un silencio sepulcral. Todos lo miraban boquiabiertos, seguramente era la primera vez que veían a un mutado.

Vera salió detrás de él y se colocó a su lado, captando la atención de todos.

—¡Es Vera Ebben! —gritó una niña.

—¡Son ellos! ¡Los que han recuperado los planos! ¡No están muertos!

Los murmullos volvieron a inundar la calle y estallaron en vítores al ver a Kleiff.

—Esto es rarísimo —dijo Calem al oído de Vera antes de ponerse a saludar con la mano a la multitud.

Vera iba a bajarle la mano pero la niña que había gritado su nombre corrió hacia ella para abrazarla.

—¿Vais a hacer que vuelva mi papá?

El resto de niños siguieron su ejemplo y corrieron hacia ellos.

—¿Eres un mutado de verdad? —le dijo un niño a Calem y él se echó a reír.

—Sí.

—Pero eres bueno, ¿no?

Vera miró a Calem y al niño. Lo entendía. Desde pequeños se les enseñaba que los mutados estaban en otro sector porque no querían estar con los humanos, que eran malos y que lo mejor era que no les conocieran nunca.

Era normal que ese niño solo hubiera escuchado cosas malas de ellos y le preguntara aquello. Por fin Calem entendía la desconfianza que ella misma había sentido cuando lo conoció.

Calem miró primero a Vera, comprendiendo muchas cosas de su actitud, y luego se agachó hasta estar a la altura del pequeño.

—Sí, soy bueno. Y hay muchos más mutados buenos. Vamos a ayudaros.

El niño pareció quedar convencido con la respuesta y volvió junto a su madre, que miraba a Calem con curiosidad.

Doris, la vendedora de vestidos y encargada de esa calle, se acercó a ellos y dispersó a la multitud. Tenían mucho que preparar.

* * *

Liss observaba emocionada los camiones del Proyecto Sol llegando a su calle y a las aledañas.

Mientras organizaban los siguientes pasos a seguir con los vecinos, las pantallas de las calles se habían encendido mostrando un vídeo de su hazaña, con música épica y un mensaje del Proyecto Sol al final, animando al resto de zonas a rebelarse y asegurando que acudirían en su ayuda.

Durante las siguientes horas escucharon explosiones y disparos en las calles aledañas hasta que un nuevo camión se paró al principio de la calle. Todos se colocaron en sus posiciones, preparados para atacarlo, hasta que los vigías avisaron de que el camión era del Proyecto Sol.

Tras ese camión entraron varios más, con armas, munición y alimentos.

Mientras Liss ayudaba a descargar, las pantallas de la calle cambiaron de imagen para mostrar una calle de la Zona 1 y la llegada de más camiones del Proyecto.

De uno de ellos bajó un mutado enorme y Liss lo reconoció al instante, era uno de esos chicos que se había infiltrado en la Sede para robar los planos. Seguido de él apareció la chica, Vera, y al momento el otro chico mestizo, Kleiff.

Liss miró a su alrededor. Todos miraban emocionados las pantallas y los niños comenzaron a aplaudir, reconociendo a sus héroes.

La emoción la embargó, sintiendo unas repentinas ganas de llorar que contuvo a duras penas. Habían planeado todo dispuestas a hacer el mayor daño posible pero asumiendo su suerte. Siempre con la esperanza de que vinieran a ayudarlas pero sin llegar a asumirlo, y siendo conscientes de que podían no ser apoyadas por nadie y terminar apresadas, en el mejor de los casos.

Con la llegada de todos esos soldados armados, que estaban planificando la defensa y los ataques, respiró aliviada.

Estaba tan contenta y emocionada que sentía un cosquilleo en el estómago y un hormigueo en las manos y la nuca.

Iria pasó por su lado para entrar a la casa. Sonreía radiante y feliz y Liss no pudo evitar seguirla al interior.

La encontró en la cocina, agachada, cogiendo telas para hacer más cócteles. Las mallas deportivas que llevaba le realzaban el trasero y Liss le dio un azote que rompió el silencio de la casa, seguido de la risa coqueta y vergonzosa de Iria.

—¿Qué haces? —susurró mientras se erguía.

Liss le arrebató el cesto con las telas y lo tiró sobre la encimera. Devoró con los ojos a su compañera, excitándose por momentos.

—Eres increíble —dijo con la voz ronca por el deseo, un segundo antes de lanzarse sobre su boca en un beso ardiente y sensual.

Se separó los segundos suficientes para darle la vuelta y acarició sus pechos con vehemencia mientras besaba y chupaba la piel suave de su cuello.

Iria gimió de forma tímida y Liss comenzó a descender por su abdomen hasta llegar a la cinturilla del pantalón, introdujo la mano y comenzó a acariciar el interior de sus muslos, en movimientos circulares, suaves y rítmicos.

Con la otra mano atrapó uno de sus pechos mientras su lengua descendía por el cuello hasta la clavícula para besar su hombro.

Sitió cómo las piernas de Iria empezaban a temblar y aumentó el ritmo, haciéndola gemir. Cuando llegó al orgasmo noto como su cuerpo se contraía y la apretó contra la encimera, sujetándola para que no se cayera.

Continuó las caricias de forma suave y superficial, acompañando las oleadas de placer que sentía todavía y, cuando su respiración comenzó a relajarse, retiró la mano despacio, volvió a darle la vuelta con cuidado y se abrazó a ella.

—Te quiero —susurró Liss al sentir la respiración de Iria todavía agitada contra su cuello.

—Yo sí que te quiero —respondió Iria antes de separarse de ella para besarla.

***

Kev subió al camión junto al grupo de soldados humanos. Sentía que algo no estaba bien pero no podía decir el qué, y trataba de recordar qué podía ser mientras los demás charlaban animados

Notaba algo extraño en su cabeza, tenía esa sensación de saber que se estaba olvidando de algo pero no poder recordar el qué.

El camión los dejó a todos en la estación del Tren Intersectorial. Los soldados bajaron en orden y se mantuvieron de pie, esperando, hasta que un mutado puro vestido de militar apareció en el andén, seguido de otros dos soldados.

Kev sintió un escalofrío recorrerle el cuerpo y el estómago se le encogió de terror, sin embargo, no conocía de nada a ese mutado.

—Soy el Capitán Wellan y estoy al mando de su comando. Van a viajar al sector H, donde se encuentra el enemigo. Acuden directamente al frente de guerra, no duden en disparar a matar porque ellos no lo van a hacer.

Sus ojos recorrían los rostros de los humanos hasta que se encontró con el de Kev. El humano sintió de nuevo otro escalofrío, que vino seguido de una náusea cuando el Capitán Wellan sonrió enseñando los dientes.

—Kev Soren —escupió—, acércate.

Dos soldados mutados lo escoltaron hasta donde se encontraba y el Capitán le tendió una radio y unos pinganillos.

—Quedas al mando del escuadrón en mi ausencia. Allí, en el H, recibirás mis órdenes a través de la radio.

Kev asintió, cogiendo lo que le tendía sin mirarlo, deseando alejarse de él.

—Notaréis que podéis respirar perfectamente. Hemos hecho unos ajustes a la atmosfera de la estación y del tren, para que podáis respirar mientras estáis aquí y durante el trayecto. Además, hemos mejorado el tren para que podáis estar allí en unas horas. Podéis subir.

Los soldados humanos comenzaron a subir al tren y Kev tuvo una especie de visión en la que aparecía el rostro de Wellan muy cerca de él, sonriendo como había hecho hacía unos minutos pero en un lugar oscuro y húmedo.

Un punzante dolor de cabeza eliminó la visión y cuando la sensación de malestar de su cuerpo desapareció, guardó los cascos y la radio en el bolsillo para subir al tren con el resto de sus compañeros.

XI

Una vez instalado el campamento y las telecomunicaciones no tenían mucho que hacer.

Calem estaba limpiando su arma, sentado en un taburete junto a una mesa, observando a Vera y Kleiff que jugaban con unos niños. Sonrió pensativo. Le parecía increíble hasta donde habían llegado y que lo hubieran hecho los tres juntos, y se sentía muy afortunado de tenerlos a su lado

No pudo evitar pensar en Enna, Enol y Owen. En esos días, sobre todo desde la desaparición de su padre, había pensado mucho más en ellos. Los echaba de menos, le gustaba imaginarse qué estarían haciendo si estuvieran allí. Sin embargo, su recuerdo no le entristecía, sabía que los volvería a ver. No sabía cómo ni por qué, pero tenía ese presentimiento.

Le había preguntado a Minerva si necesitaba ayuda pero al decirle que no, había comenzado a limpiar las armas. Volvió a fijarse en Vera y Kleiff, que ahora sostenía un bebé en brazos. Se echó a reír por la cara de susto que tenía, al igual que hacía Vera.

La noche cayó a la vez que las pantallas de la calle, que hasta ese momento estaban apagadas, se encendieron mostrando al Presidente Mutado, de pie tras un atril.

Lucía su chapita identificativa que mostraba su pureza mutada del 100%. Y una sonrisa despiadada en el rostro.

—Queridos habitantes de la Burbuja —comenzó—, humanos, mestizos y mutados. Me dirijo personalmente a vosotros para haceros llegar la gravedad de la situación ante la que nos encontramos.

»Nuestra civilización es una maquinaria con engranajes perfectos, pero para que esa máquina funcione es necesario que cada uno ocupe el lugar que le corresponde. Hay personas destinadas a dirigir y otras a ser dirigidas. Debe ser así, de lo contrario lo único que nos espera es el caos, y eso es lo que están intentando conseguir los miembros del Proyecto Sol.

»Unos humanos traidores y egoístas que no solo están actuando contra las demás razas sino que, además, ponen en mal lugar a los humanos buenos y serviciales que han aceptado su lugar para hacer funcionar correctamente esta enorme maquinaria.

»Están siendo tiempos duros pero hoy es un día especialmente triste para mí. Es duro ser traicionado pero lo es aún más cuando esa traición es perpetrada por alguien de los tuyos, alguien en quien confiabas.

La cámara que grababa abrió el plano, mostrando a Rick Delan de rodillas, con las manos atadas a la espalda. Calem se levantó del taburete en el que estaba sentado cuando se dio cuenta de que el prisionero maniatado era su padre.

Tenía algunos moratones pero no parecían graves, había adelgazado bastante desde la última vez que lo había visto pero, aparte de eso, y las profundas ojeras que hundían sus ojos, no parecían haberse ensañado con él, seguramente lo habían planeado así sabiendo que tendrían que mostrarlo ante las cámaras.

Calem se percató de que, junto a él, se encontraba su hermano, de pie, con esa mirada altiva y orgullosa.

—Este es Rick Delan —continuó el Presidente mutado—, uno de los mutados con linaje más puro y, aun así, nos ha traicionado, a su propia raza y al resto de habitantes de la Burbuja fieles a nuestro Gobierno. Mientras se hacía pasar por un alto cargo afín a nosotros, formaba parte del Proyecto Sol, siendo uno de sus miembros más valiosos, espiándonos y pasando información altamente secreta del M. Es uno de los organizadores del asalto a los Archivos de la Sede y padre de Calem Delan, uno de los terroristas que participó en el robo.

Rick mantenía la mirada gacha. El Presidente dio la vuelta al atril para colocarse junto a él y levantarle la cabeza tirándolo del pelo.

—Su propio hijo lo ha delatado y, tras ser juzgado, ha sido condenado a la pena máxima, ¿últimas palabras?

El Presidente le soltó, mirándolo con desdén y Rick miró a la cámara que lo grababa. Sus últimas palabras fueron apenas un susurro pero sus labios formularon con total claridad:

—Que el Sol os guarde y os guíe.

En el H, Calem escuchó un coro de "el Sol te guarde y te guíe", proveniente de todos los humanos y mestizos que miraban atónitos las pantallas, todavía recelosos a creer lo que estaban viendo y lo que sabían que estaba a punto de pasar.

Un soldado se situó junto a Rick, que miró al cielo por última vez, antes de que le pusieran la punta del arma en la sien y apretaran el gatillo.

Vera se tapó la boca con las manos y empezó a llorar.

A su alrededor las madres tapaban los ojos de los niños mientras lloraban y buscó a Calem con la mirada. Lo encontró de pie, apoyado en la mesa junto al arma que estaba limpiando. Miraba la televisión completamente paralizado, con los ojos abiertos como platos, vidriosos y enrojecidos.

Todo lo contrario que su hermano, que permanecía junto al cuerpo de su padre impasible, riendo incluso, mientras unos mutados lo arrastraban, desapareciendo de la pantalla.

Una vez se llevaron a Rick, agarraron a Neil por ambos brazos y lo obligaron a arrodillarse. El chico miró aterrorizado al Presidente, y comenzó a gritar y retorcerse, sabiendo lo que le esperaba antes incluso de que las armas lo apuntaran a él.

—En el M valoramos la lealtad por encima de todo, si has traicionado a tu propio padre, que no nos harás a nosotros —dijo escuetamente el Presidente Mutado.

Sin últimas palabras ni tiempo a reaccionar, el mismo soldado que acababa de disparar a Rick, llevó nuevamente la pistola a la sien de Neil y disparó.

La televisión se apagó y todo se quedó en silencio, hasta que un grito desgarrador lo rompió e hizo que todos se dieran la vuelta.

Calem gritaba desconsoladamente, apoyado en la mesa. Vera corrió hasta él y lo abrazó, tratando de calmarlo pero no podía parar de gritar. El silencio a su alrededor era tal, que parecía retumbar con el llanto desgarrador de Calem.

Vera lloraba mientras le acariciaba los hombros, susurrándole palabras que no podían consolarle y sintiéndose impotente.

Kleiff y Minerva llegaron junto a ellos y, entre los tres metieron a Calem en una de las casas en las que tenían montado el campamento.

Los gritos se convirtieron en sollozos, hasta que empezó a llorar y cayó de rodillas.

Vera se arrodilló a su lado, poniéndose delante de él, intentando captar su atención.

—Calem... —dijo sollozando.

Su garganta había dejado de producir sonidos, sus ojos seguían llorando pero estaban completamente vacíos. Lo agarró por los hombros y lo zarandeo con fuerza, llamándolo por su nombre nuevamente pero sin obtener respuesta.

Kleiff se acercó también y Vera lo miró con terror con los ojos anegados en lágrimas.

—No reacciona —susurró a su vinculado con la voz rota.

Kleiff se arrodilló a su vez, junto a ella. Llamó a Calem pero, al ver que no reaccionaba, lo abrazó. Lo abrazó con fuerza y comenzó a susurrar palabras en su oído.

Al principio pareció no surtir efecto pero, poco a poco, tras unos minutos, Calem parpadeó. Le devolvió el abrazo a Kleiff y comenzó a llorar en su hombro.

Minerva, que se había quedado al margen, se acercó a Vera y la abrazó también..

Acababan de presenciar la ejecución de dos personas. Los mutados nunca habían hecho nada semejante desde la ejecución en directo del Presidente Kilian. Habían justificado aquella acción diciendo que había sido una acción necesaria debido a los tiempos de guerra. Siempre habían hecho hincapié en que ya eran mejores, más compasivos y justos, y que buscaban lo mejor para todos los habitantes de la Burbuja.

Sin embargo, al parecer, los tiempos habían vuelto a cambiar. Volvían a estar en guerra y el Presidente estaba dispuesto a hacer cualquier cosa para lograr su objetivo.

Se habían tenido que dar cuenta de la peor forma pero ellos también iban a estar dispuestos a todo.

—¡Camiones! —gritaron desde fuera de la casa. Minerva y Vera se separaron y se miraron, primero entre ellas, para luego mirar a Kleiff y Calem. Calem seguía llorando, completamente destrozado y Kleiff lo abrazaba.

Les hizo una seña para que salieran ellas y ambas se encaminaron a la puerta.

Las miradas de todos pasaron de los camiones que comenzaban a aparcar al final de la calle, tras la barricada, a ellas. Muchos lloraban y otros las miraban con terror.

Minerva miró a Vera para que fuera ella la que hablara. Vera observó los ojos de todos y se sintió insegura, era Kleiff el que se encargaba de esas cosas, el que sabía qué decir y cómo dirigirse a la gente. Sin embargo, Kleiff no estaba en ese momento, tenía que ayudar a Calem, por lo que Vera se dirigió a los vecinos que se agolpaban a su alrededor.

—Lo que acabáis de ver ha sido el asesinato de dos personas inocentes. Lo han retransmitido en directo porque sabían que todos íbamos a verlo y nos íbamos a asustar. Estaréis pensando "Si han sido capaces de hacer eso con uno de los suyos que no harán con nosotros". —La mirada de todos le dio la razón pero Vera siguió hablando—. Estáis equivocados. Ese hombre no era de los suyos, Rick Delan era de los nuestros. Se ha mantenido firme hasta el final y ha dado su vida por el Proyecto Sol y por nosotros. Le propusimos que huyera del M, que se uniera a nosotros aquí en el H, pero no quiso. Prefirió quedarse allí, siguiendo con su misión y gracias a él sabemos todo lo que han planeado. Vamos a agradecérselo luchando. No somos nosotros los que tenemos que estar asustados sino ellos. Somos muchos, muchísimos más. Y lo más importante, tenemos razón. Luchamos por algo justo. ¡Luchamos contra los que nos oprimen, nos torturan y nos matan!

El grito de respuesta de todos se sintió en toda la calle. Vera lloraba emocionada y se giró para ver salir a Calem con los ojos enrojecidos, caminando junto a Kleiff.

La gente comenzó a susurrar palabras de ánimo cuando pasaba por su lado y un aplauso resonó por toda la calle. Vera abrazó a Calem, que agachaba el cabeza, avergonzado ante aquella muestra de apoyo espontánea. Sintiéndose más incluido entre todos aquellos humanos que con los mutados de su propio sector.

El aviso de los vigías resonó de nuevo y los aplausos cesaron.

—¡Preparad las armas! —gritó Minerva y todos cogieron las pistolas, fusiles y metralletas con las que habían sido armados.

Minerva comenzó a organizar la defensa y el ataque. Daba órdenes con una facilidad envidiable y se notaba que sabía lo que hacía.

Vera miró a su alrededor. A todas aquellas mujeres que se habían quedado solas y a las que les tocaba defender a sus familias. Todas con miradas feroces y luchadoras. Se había sorprendido de su actitud desde el momento que habían llegado, sin un atisbo de miedo, solo determinación. Supuso que se debía a su instinto de proteger a sus hijos por encima de todo, pero empezaba a sospechar que también lo hacían por ellas mismas.

No podía ser que todas esas mujeres hubieran aceptado la posición en la que estaban así como así. Tal vez fuera posible que alguna estuviera bien y cómoda, pero Vera estaba segura de que la mayoría estaban viviendo esto como su forma de liberación frente a la sociedad que las oprimía.

Puede que hasta ese momento no se hubieran atrevido a rebelarse por miedo, o porque no se habían dado cuenta de tenían otra opción. Sin embargo, ya lo sabían y allí estaban, empuñando sus armas dispuestas a luchar y atacar.

Los camiones mutados se habían parado al final de la calle pero no había habido más movimiento, hasta que el portón trasero se abrió y comenzaron a salir soldados.

Minerva dio una orden y todos se colocaron en posiciones, listos para lo que fuera necesario.

Vera miró a Calem, que sujetaba su arma colocado en su posición aunque tenía la mirada perdida. Le chistó y él la miró. Sus ojos azules estaban enrojecidos y brillantes y Vera se asustó. Jamás había visto odio en los ojos de Calem. Nunca. Pero, en ese momento, casi pudo sentir la rabia que emanaba su cuerpo.

Un rumor comenzó a escucharse en el principio de la calle hasta que se convirtió en gritos y Vera se irguió para ver qué pasaba.

—¡Tristan!

Las mujeres comenzaron a gritar los nombres de sus maridos, al identificarlos al otro lado de la calle, vestidos con los uniformes mutados.

—¡Quietas! ¡No os acerquéis, tiene que ser una trampa! —gritó Minerva saliendo de su posición para avanzar al principio de la calle.

Vera la siguió, viendo como cambiaban las expresiones de las mujeres según avanzaba hacia la primera línea de fuego.

Les repetía las palabras de Minerva mientras la seguía hasta que llegó junto a ella, al inicio de la calle. Observaron a los soldados, que se miraban entre ellos, sin reconocer los gritos de las mujeres que los llamaban. Sorprendidos de que conocieran sus nombres. Entonces bajó el último soldado del camión.

Con semblante serio y sosteniendo un arma estaba Kev. Reconoció su rostro pero nada más. Estaba muy cambiado, mucho más corpulento y fuerte. Lo habían entrenado y, al parecer, ocupaba una posición importante porque se llevaba una mano a la oreja como si estuvieran comunicándose con él de alguna forma. Comenzó a ordenar las posiciones al resto de soldados, que comenzaron a colocarse.

—Le conozco, es Kev Soren. El humano al que raptaron hace meses —le dijo a Minerva.

—Esto no me da buena espina...

—¡TRISTAN!

El grito de la mujer resonó en medio de la calle, mientras lanzaba el arma al suelo y comenzaba a correr hasta la línea enemiga.

El que parecía ser Tristan frunció el ceño, pero no dudó un instante en levantar el arma y apuntarla. Les habían hecho algo. No eran ellos, al menos no por dentro.

La mujer lloraba sin hacer caso a los gritos de las demás, que también comenzaban a emocionarse, pero parecían darse cuenta de lo que estaba pasando, o al menos, no se fiaban de lo que sus ojos veían.

Vera vislumbró a Kev llevarse la mano al oído de nuevo y el resto de soldados levantaron sus armas para apuntar a la mujer también.

—¡No! —gritó Vera mientras salía de su posición y corría hasta la humana.

Los disparos sonaron como un trueno y Vera se tiró sobre la mujer, empujándola hasta la acera de enfrente y escondiéndose tras unas jardineras de piedra.

Durante unos segundos solo escuchó disparos, gritos y órdenes, tanto de un bando como de otro.

Se incorporó dolorida y miró el cuerpo de la mujer, boca abajo e inmóvil junto a ella. La tocó en el hombro y, al ver que no respondía, le dio la vuelta para ver el orificio de bala limpio en medio de la frente. Le cerró los ojos, que todavía derramaban lágrimas y se incorporó ligeramente.

Buscó a Minerva con la mirada y esta le hizo gestos, llevándose la mano a la oreja. Vera rebusco en sus bolsillos y se colocó el pinganillo.

—¡Vera! ¡En que estabas pensando! ¿Estás bien? —gritó la voz de Minerva en su oído.

Se dio cuenta de que le dolía un hombro y se abrió la chaqueta para descubrir una bala de cruz clavada y abierta en el chaleco antibalas.

—Están usando las mismas armas que con nosotros en los túneles —dijo Vera, cerrándose la chaqueta y mirando a Minerva.

—Esto va a ser una carnicería. ¡Granadas! —gritó.

Una lluvia de bolitas negras cayeron sobre los soldados mutados y Vera se incorporó tratando de ver algo más. Vio a muchos siendo derrumbados por las bombas y a Kev escondiéndose junto unos cuantos tras otras jardineras.

Eran todos humanos. Por eso ni siquiera les habían dado bombas ni ningún otro tipo de arma, solo los fusiles con las municiones especiales. A los mutados les daba igual si terminaban con ellos.

Como si se diera cuenta de que estaba siendo observado, Kev giró su rostro hacia Vera y sus ojos se encontraron. Su mirada brilló con reconocimiento pero sus brazos levantaron su arma y disparó.

Vera se agachó a tiempo de esquivar la bala mientras otra lluvia de granadas caía sobre el resto de los soldados, que no pudieron más que esconderse tras el camión.

Vera se incorporó rápidamente y disparó las ruedas del vehículo, reventándolas para que no pudieran huir.

—Son todos humanos, no les importa si los matamos o no. No les han dado armas —habló al pinganillo.

—Avanzad y capturad rehenes —dijo la voz de Calem.

Minerva y Vera, una a cada lado de la calzada, se miraron con preocupación.

No estaban seguras de si era buena idea. No sabían si estaban siendo el señuelo de los verdaderos soldados que estaban por venir o cuáles eran las intenciones de los mutados al enviarlos en esas condiciones.

—Coged rehenes —insistió Kleiff.

Minerva negó con la cabeza pero dio una señal con un silbido y los vecinos humanos y los soldados que se encontraban en primera línea empezaron a avanzar hacia el camión.

Todo estaba en silencio. Solo se escuchaban los quejidos de los heridos y las botas al pisar por los escombros. Vera avanzaba a su vez desde su posición hasta que se unieron a los demás en el inicio de la calle. Kev había desaparecido detrás del camión y el suelo estaba lleno de cuerpos destrozados por las explosiones de las granadas.

—Tirad las armas a los lados del camión. Estáis rodeados —dijo Minerva y Vera se situó junto a ella.

Tras unos segundos las armas aparecieron por ambos lados del camión y los soldados las cogieron rápidamente. Muchas mujeres lloraban al reconocer los cuerpos de sus maridos en el suelo pero mantenían su arma firme, preparadas para disparar.

—Ahora salid muy despacio y con las manos sobre la cabeza.

Poco a poco, los soldados fueron saliendo de detrás del camión. Las mujeres los maniataron con esposas y bridas y los colocaron de rodillas junto al vehículo, hasta que llegó el turno de Kev.

Fue Vera la que se acercó a él, que mantenía los brazos sobre la cabeza.

—Vera Ebben—dijo él.

Durante una fracción de segundo pareció reconocerla pero enseguida su rostro volvió a cambiar.

Vera se acercó a él, le bajó las manos y se las ató a la espalda.

—¿De qué me conoces? —preguntó ella.

Él sonrió.

—Eres una traidora. Saliste en un video robando en la Sede.

—¿Eso es todo? —insistió.

—¿Qué más iba a haber?

Vera miró a Minerva con preocupación y le hizo un gesto.

—Llevadlos a la casa base—dijo, y los soldados del Proyecto los levantaron y comenzaron a avanzar por la calle con los soldados del M. Las mujeres de los que quedaban vivos se acercaban a ellos, los abrazaban e intentaban besar pero ellos se apartaban, asqueados y asustados.

Al llegar al final de la calle, los metieron en una de las casas. Comprobaron las ataduras nuevamente y los encerraron en una habitación.

Kleiff y Calem se unieron a ellas.

—Les han borrado la memoria o algo así, hace apenas una semana estaban aquí, con ellas... —dijo Minerva.

—Hay que registrarlos por si llevaran cámaras o micrófonos y luego interrogarlos —dijo Calem.

Los tres asintieron.

—Hay que hablar con Duncan para que nos digan qué quieren que hagamos con ellos —respondió a su vez Kleiff.

Con esos objetivos, Minerva dividió las tareas rápidamente. Calem y ella se encargarían de los rehenes. Vera hablaría con Duncan y Kleiff se encargaría de comprobar las bajas y los heridos que ya estaban siendo atendidos. Indicadas las órdenes, Vera se acercó a la carpa donde tenían montadas las comunicaciones con el Laboratorio, marcó los dígitos de seguridad en el panel y entró en su interior.

Se sentó en la silla y pulsó los botones del transmisor. Mientras esperaba señal, se fijó de nuevo en la bala en cruz incrustada en su chaleco y tiró de ella para sacarla.

—Al habla Carli. ¿Qué ha pasado? No oíamos nada con los disparos.

—¿Mamá? ¿Dónde está Duncan? —preguntó Vera extrañada.

—No está disponible ahora mismo…

Vera notó la inseguridad en la voz de su madre pero tampoco quiso insistir.

—Han traído a los humanos que habían ido secuestrando estas semanas. Les han lavado el cerebro, les han dado armas y los han soltado aquí a ver qué pasaba.

—¿No han atacado? —preguntó Carli.

—Han disparado primero pero apenas llevaban armas y no eran demasiados... No estaban interesados en hacer una ofensiva o recuperar la calle... Tiene que haber algo más.

—Seguramente... Estad atentos ante cualquier movimiento extraño.

—De acuerdo —respondió Vera— Mamá, uno de ellos era Kev Soren.

El silencio se prolongó tanto que Vera pensó que se había cortado la comunicación, hasta que escucho de nuevo la voz de su madre.

—¿Lo tenéis? —preguntó.

—Sí, no me conocía, al menos no como su antigua amiga. ¿Podríais intentar revertir lo que sea que les hayan hecho?

—Podríamos intentarlo... Mandádnoslos aquí.

Vera dudó un momento. No estaba segura de si era buena idea llevar a los rehenes al Laboratorio, tan cerca del Libélula.

—¿Estás segura? Todo esto me da muy mala espina.

Su madre pareció consultarlo con alguien lejos del auricular y a Vera le pareció distinguir la voz de Nolan antes de volver a coger el aparato.

—Tranquila Vera. No pasará nada. Tenemos que ver a qué nos enfrentamos. Si los han modificado de alguna forma es posible que ellos sean los primeros y los hayan enviado como prueba, vendrán más, tenemos que estar preparados.

Vera aceptó aun sin estar convencida del todo.

—De acuerdo. Cuídate, mamá.

—Y tú, Vera. Adiós, hija.

—Adiós —respondió antes de cortar la comunicación y salir de la carpa.

Mientras hablaba con su madre, la noche había caído. Los vecinos, sentados alrededor de pequeñas fogatas, se estaban preparando para cenar.

Vera buscó a Kleiff, que ayudaba a una mujer herida a sentarse y se acercó a él, que miró el enorme boquete de la bala en su chaleco.

—¿Estás bien? —preguntó preocupado.

Ella se miró el pecho y asintió sin darle más importancia.

—Duncan no estaba, ha debido pasar algo porque he hablado con mi madre. Ha dicho que los mandemos al Laboratorio. Quieren estudiarlos. —Kleiff frunció el ceño pero ella lo interrumpió antes—: Lo sé, a mí tampoco me parece buena idea...

$$***$$

Rala estaba sentada en una silla de ruedas, vestida con un camisón de interna y observando el jardín lleno de pacientes terminales al que daba su ventana en La Villa.

Había despertado en esa habitación, desorientada y débil. Apenas recordaba nada de sus primeras horas allí, solo dormir y despertarse brevemente.

Cuando la medicación le permitió estar despierta más tiempo comenzó a hacer preguntas a las enfermeras pero nadie le dirigía la palabra. Permanecían el tiempo justo en la habitación para realizar sus labores y se iban rápidamente.

Pasado un tiempo la levantaron de la cama para sentarla en la silla de ruedas y la dejaban frente a la ventana desde la mañana hasta entrada la tarde, donde se encontraba en ese momento, mirando a través del cristal a los enfermos que estaban postrados en sus sillas en el exterior. Todos terminales, abandonados por sus familias. Como ella.

Su padre no había ido a verla. Ya lo esperaba pero no hacía que fuera menos doloroso que la hubiera abandonado de aquella forma.

Sin embargo, lo que más dolor le producía era pensar en Kev. Saber que no iba a ser capaz de recordarla, ni a ella ni los momentos que habían pasado juntos.

Le angustiaba pensar qué recuerdos le habían borrado de su pasado y cuáles habían manipulado, además de las cosas que le iban a obligar a hacer.

La gente tenía que saber lo que estaba planeando su padre. Los humanos y mestizos del H tenían derecho a saber que sus familiares secuestrados no los recordaban y tenía que abrirles los ojos a los mutados y los mestizos del M, contarles todo lo que el Presidente estaba haciendo para mantener el orden.

Recordó cómo los mestizos habían tomado el control de las pantallas del H y habían puesto sus imágenes. Ella también tenía acceso a lo que se veía en las pantallas, no solo las del H, sino las de toda la Burbuja, incluso de las televisiones de las casas, ya que se había tenido que encargar de la propaganda presidencial muchas veces.

Le había comentado a su padre que la seguridad era muy baja pero no le había preocupado nunca. ¿Quién querría manipular esas pantallas? Decía constantemente entre risas. Sorpresa papá.

Una idea pasó fugazmente por su cabeza. Era una locura pero podría funcionar.

Llamó a la enfermera, que llegó a los pocos minutos, y le dijo que se encontraba muy mal y que quería echarse en la cama.

La enfermera, sin decir una palabra, la fue ayudando hasta incorporarse.

Al levantar el brazo, Rala vislumbró su teléfono en el bolsillo del pantalón. Era su oportunidad.

Fingió perder pie y se agarró a la cintura de la chica, arrebatándole el teléfono aprovechando la caída y escondiéndolo bajo la cama.

La mutada maldijo en voz baja y ayudó a Rala a levantarse y echarse en la cama. Comprobó que la vía estuviera correcta y que el gotero funcionaba, y se marchó rápidamente.

Cuando se cerró la puerta, Rala esperó unos segundos antes de levantarse y se acercó para bloquearla desde dentro con la barra portátil del gotero. Se agachó y recogió el teléfono.

Debía ser el del trabajo porque no estaba bloqueado, y entró en la red principal con sus claves habituales.

Se alegró y sorprendió a la vez de que no la hubieran desautorizado para usarlas, no sabía si porque su padre todavía tuviera la esperanza de que se recuperara, o porque estaba tan ocupado con la guerra, que no recordaba que su hija tenía acceso a las pantallas de toda la Burbuja.

Entró al programa y se aseguró de marcar tanto las del M como las del H, así como el bloqueo de seguridad para impedir que nadie pudiera cortar la conexión.

Pulso el botón de grabar y comenzó a hablar.

***

Calem miraba las pertenencias incautadas a los soldados, colocados sobre la mesa del salón. Identificaciones, pequeñas navajas y el sistema de comunicación de Kev. Nada más.

Vera tenía razón, los habían mandado como si fueran la versión Beta de algo más grande y mejor y quisieran probarlos en el terreno.

Se giró y entró en la habitación en la que habían metido a Kev y donde Minerva estaba hablando con él, o al menos lo intentaba.

—O sea que recuerdas vivir en el H y ser trasladado al M pero no tienes recuerdos ni de tu vida en el H ni de lo que te ha pasado en el M, solo las últimas horas.

Kev miraba al suelo con el ceño fruncido, como si supiera que estuviera olvidándose de algo pero sin recordar el qué.

—Recuerdo una chica rubia. Rala, creo que se llamaba. Vino a verme una noche y... creo que murió.

Minerva miró a Calem y este se acercó a ellos rápidamente.

—Kev, qué le pasó a Rala.

—Llegó a mi cuarto. Le costaba respirar. Me llamó por mi nombre, luego se cayó al suelo y cerró los ojos.

Los ojos de Kev empezaron a llorar sin que el resto del rostro se inmutara lo más mínimo. Estaba claro que, de alguna forma, a aquellos humanos les habían eliminado o manipulado los recuerdos.

Kev y Rala se conocían, habían mantenido algún tipo de relación y, aunque no la recordara su cerebro, el resto de su cuerpo si lo hacía.

—Tulorea seguramente—le dijo Calem a Minerva y ella asintió.

—Gracias por tu colaboración, Kev.

El humano se quedó mirando al vacío sin responder.

Calem y Minerva escucharon la puerta abrirse y las voces de Kleiff y Vera, por lo que salieron de la habitación para reunirse con ellos.

—Rala Offen está muerta, de Tulorea seguramente. Kev y ella tuvieron algún tipo de relación, se conocían bien porque al hablar de ella ha empezado a llorar, aunque decía no recordarla.

Vera sintió lástima por Kev, debía haberlo pasado realmente mal. Primero torturado por los mutados para después eliminarle todos los recuerdos y convertirlo en una marioneta.

—Quieren que los trasladémos al Laboratorio para estudiarlos.

Minerva y Calem pusieron la misma cara y tuvieron la misma reacción de incredulidad que Kleiff y Vera.

—Lo sabemos... Pensamos igual, pero son órdenes.

Los cuatro compañeros se miraron unos a otros hasta que Calem suspiró con resignación

—Pues hagámoslo cuanto antes —dijo—, están limpios en bolsillos pero si los vamos a trasladar allí los cambiaremos de ropa. No me fío de que lleven micros o rastreadores en las prendas o la piel.

Minerva pidió un furgón para trasladarlos, que llegó a los pocos minutos, y los apuntaron con las armas mientras se cambiaban de ropa.

Vera seguía mirando a Kev, en el que no quedaba rastro de su actitud anterior durante el ataque de la calle. Tenía la mirada gacha y los ojos tristes.

Cuando hubieron terminado de cambiarse los escoltaron hasta el furgón. Los rehenes comenzaron a entrar en el interior y las pantallas de la calle, que hasta ese momento estaban apagadas, se encendieron mostrando a una chica.

Llevaba un camisón blanco con la insignia de La Villa. Era muy rubia y con los ojos verdes. Rala Offen, la hija del Presidente Mutado.

Vera se giró hacia sus compañeros para encontrarse con sus miradas de reconocimiento.

La chica miraba nerviosa hacia un lado, como si temiera que pudieran interrumpirla, y comenzó a hablar de forma rápida y entrecortada.

—Mi nombre es Rala Offen. Soy la hija de Theo Offen. El Presidente Mutado. Me han encerrado en contra mi voluntad en La Villa. Estoy enferma pero estoy aquí por haberme enamorado de un humano. Un humano que fue raptado del Sector H, torturado durante días y al que ahora han manipulado la mente y los recuerdos para que no me recuerde, ni a mí, ni a su vida anterior en el H.

Comenzaron a escucharse golpes y la chica se sobresaltó. Sus ojos no lloraban, estaban secos y decididos, como si supiera el destino que le esperaba por desvelar todo aquello y lo hubiera asumido.

—No solo lo han hecho con él, sino con todos los humanos a los que han ido secuestrando estos días, para después mandarlos al H y atacar a sus propias familias. Les han inyectado un suero derivado del Mementium. Aunque vosotros los recordéis ellos no.

Los golpes se sucedieron hasta que se hicieron más intensos, y un grupo de enfermeros entró en la habitación. Ella forcejeó y trató de hablar pero le taparon la boca. Dio patadas y puñetazos, alcanzado a uno de los enfermeros, que cayó al suelo.

Intentaron quitarla el teléfono pero Rala consiguió mantenerlo, para que todos vieran el momento en que le arrebataba un bisturí a uno de los enfermeros.

Cortó la piel de las manos que la impedían hablar y el enfermero se alejó de ella.

—¡Apartaos todos! No quiero haceros daño...

Cogió el teléfono y se enfocó de nuevo correctamente. Lloraba desconsoladamente y tenía manchas de sangre en el cuello y la cara.

—Yo amaba a Kev. Quería pasar mis últimos momentos con él, pero mi padre... —masculló entre sollozos—. Ahora ya nada importa.

Se quedó unos segundos en silencio, tan quieta que parecía que se había congelado la grabación, hasta que se llevó el bisturí al cuello con decisión y cortó la piel profundamente.

El teléfono cayó al suelo y se escucharon gritos y llantos. La sangre comenzó a gotear por las sábanas y todo quedó en silencio.

—Está muerta —sentenció una voz masculina.

Unas manos recogieron el móvil. La cámara enfocó a un enfermero que lloraba, cubierto de sangre. Pulsó la pantalla y la retransmisión finalizó.

***

Vera miró a su alrededor, a los ojos de todos los que seguían mirando la pantalla con incredulidad y lástima. Las madres tapaban los ojos a sus hijos, que lloraban asustados por la tercera muerte que presenciaban en televisión en un mismo día. Vera también lloraba, aquello era demasiado hasta para ella. Se secó las lágrimas y miró a Calem que tenía la mirada gacha y apretaba los puños.

Kleiff se acercó a ellos.

—Mementium. Ya tenemos la respuesta...

Lo que le habían hecho a esos humanos era horrible pero también lo era todo por lo que había pasado esa chica.

Le parecía increíble la actitud del Presidente con su propia hija. Si no le había temblado el pulso para encerrarla en La Villa, ¿hasta dónde estaba dispuesto a llegar con los humanos para mantener su estatus?

—Chicos... —la voz de Minerva los llamó junto a las puertas del furgón, donde encontraron a Kev llorando desconsoladamente arrodillado en el suelo.

—Me duele, me duele mucho... —sollozaba.

Vera se acercó a él y se arrodilló a su lado.

—¿La recuerdas Kev?

—No... No sé... —sollozó. Gritó y cayó al suelo retorciéndose de dolor.

Irguió la cabeza y se encontró con los ojos de Vera.

—¿Vera? ¿Eres tú? ¿Estás bien? —Sus ojos brillaban con reconocimiento y Vera lo miró sorprendida.

—¡Kev! ¿Me reconoces? —preguntó Vera sorprendida.

—Sí, pero no sé por cuánto tiempo... —gritó de dolor nuevamente y cerró los ojos.

Su cuerpo comenzó a convulsionar y Vera se agachó junto a él para sujetarle la cabeza y que no se diera contra el suelo. Tras unos segundos dejó de gritar y de retorcerse. Tenía la frente bañada en sudor y respiraba con dificultad.

—¿Kev? ¿Estás bien?

Abrió poco a poco los ojos y Vera se derrumbó nuevamente al ver la mirada vacía.

—Vera Ebben... Sí, estoy bien —respondió, tratando de levantarse por sí mismo.

Entre Minerva y ella lo ayudaron a incorporarse y lo sentaron dentro del furgón.

Cuando las puertas se cerraron y el furgón se marchó, Vera se giró hacia sus compañeros.

—¿Qué es el Mementium?

***

Carli miró a su alrededor. Algunos técnicos lloraban y otros estaban pálidos por lo que acababan de ver.

Las puertas se abrieron de golpe y entró Nolan seguido de las gemelas, con los ojos abiertos como platos.

—Lo habéis visto, ¿no? —preguntó.

—Si eso se lo hace a su hija nos podemos esperar cualquier cosa... —respondió Diana.

Los tres continuaron hablando, escuchó el nombre de Kev y algo sobre que los soldados humanos manipulados estaban de camino, pero Carli estaba sumida en sus pensamientos.

Era una lástima lo que había pasado con esa chica pero tenía asuntos más importantes, como lo estancados que estaban con los avances de Libélula a pesar de que Nolan hubiera descifrado las anotaciones del margen. No sabían a qué se refería. Los cálculos contradecían todo lo que habían hecho hasta el momento. Debía tratarse de un error, o al menos eso estaba empezando a pensar Nolan, pero Carli sabía que no, que Kilian no lo hubiera anotado ahí si no fuera importante.

Pensó en Rala. Aquella chica había conseguido que se la viera no solo en las pantallas de las calles sino en cualquier pantalla. Quería que todo el mundo conociera la verdad y lo había conseguido.

Carli se acercó a las notas de los planos y todo cobró sentido.

—No iban a enviar a nadie. Querían tomar la red de antenas mundial y mandar un mensaje. Como ha hecho Rala. En todas las pantallas y dispositivos.

Nolan y las gemelas dejaron la conversación que estaban manteniendo y se acercaron a comprobar lo que Carli decía.

Junto con el resto de ingenieros, Nolan comenzó a hacer cálculos en una de las pantallas y a hablar con los técnicos. Tras dar un par de órdenes se giró hacia Carli.

—Tenías razón, buen trabajo —dijo sonriendo.

***

Kev escuchaba charlar a sus compañeros en el furgón blindado sin participar en la conversación. No entendía que había pasado.

Recordaba estar de pie, ver la imagen de aquella chica que había conocido en el M y luego un dolor intenso en el pecho y la cabeza, que le hizo caer al suelo. Después, recordaba haber hablado con Vera Ebben pero no las palabras que había pronunciado. Tras eso, el dolor se había intensificado hasta que, tal y como había llegado, desapareció.

Rala había dicho que les habían inyectado algo llamado Mementium. La palabra le sonaba pero no sabía de qué, ni en qué momento la había escuchado.

Algo no estaba bien. Le habían dicho que iban al campo de batalla a luchar pero habían ido a calles y casas de humanos. Aquello no era un frente de guerra.

Había disparado porque le habían dado la orden y luego había sido una masacre, mujeres y niños armados y luchando contra ellos.

Sospechaba que iban a matarlos cuando los acorralaron tras el camión y también después, cuando los llevaron a la casa, pero no había sido así. Se había equivocado en ambas ocasiones.

De hecho, tanto la que se había hecho llamar así misma Capitana Harris como un mutado rubio enorme llamado Calem, habían sido muy amables con ellos y los habían hablado con comprensión. Sin embargo, si trataba de analizarlo todo más a fondo se repetía el mismo pensamiento.

Son el enemigo, no nos podemos fiar, harían cualquier cosa para destruirnos.

Continuó dándole vueltas durante todo el viaje en furgón que, sin duda, fueron varias horas, hasta que el vehículo se paró.

Las puertas se abrieron y un grupo de personas armadas los ayudó a bajar.

Al salir, se encontraban en una instalación de paredes blancas y sin ventanas, y los guiaron a través de varias puertas y pasillos vacíos hasta llegar a unas celdas de cristal. Los colocaron a todos en la más grande y les soltaron las ataduras.

—Tenéis agua y comida —dijo una de las personas que los había escoltado, señalando una esquina de la celda.

Tras esto se marcharon, dejándolos solos. La celda se encontraba dentro de una sala más grande llena de máquinas que parecían en desuso y, en la celda contigua, había otro humano sentado en un banco con la cabeza gacha.

La puerta por la que habían entrado se abrió y la atravesaron una mujer y un hombre. No sabía quién era él pero sí que la conocía a ella. Era Carli Ebben, madre de la traidora Vera Ebben.

Se pusieron a hablar en el exterior del cristal y Carli lo miró. Sintió durante una décima de segundo que la conocía de algo más, hasta que otra punzada de dolor le atravesó la sien y se la masajeó con fuerza, mientras se daba la vuelta y se alejaba.

Carli se percató de ese movimiento y se acercó al cristal.

—El Mementium no servía para eso. Según nos dijeron nuestras fuentes era para ver los pensamientos, no para eliminar recuerdos...

—Me ha reconocido Nolan —interrumpió Carli—, ahora mismo, ha sido sólo un instante pero me ha mirado como si supiera quién era.

—¿Crees que no les han borrado la memoria?

—Puede ser que no... Que solo estén suprimiendo los recuerdos. No lo sé, tenemos que empezar ya a hacerles las pruebas.

XII

Las correas que lo mantenían atado a la cama le habían rozado la piel de las muñecas y los tobillos, y estaba sensible y enrojecida, lo que le provocaba un dolor lacerante en la zona cada vez que se movía.

Los humanos le habían dicho que hacían todo aquello por su bien, que todo ese dolor era para sacar el veneno que le habían inyectado, y el que provocaba que no recordara las cosas.

Él quería creerlos, eran amables con él y, menos cuando intentaban sacarle el veneno con esas máquinas, no le habían hecho daño.

Había momentos en los que perdía el foco. Llamaba "perder el foco" al momento en que su conciencia se quedaba apartada y sentía que hablaba con los humanos del Proyecto pero sin saber qué palabras salían de su boca.

Le pasaba sobre todo después de las sesiones, pero enseguida volvía a recuperar el control de su cuerpo y volvía a ser él mismo.

Lo mantenían atado por su seguridad, ya que durante las sesiones intentaba autolesionarse. Sentía un dolor desgarrador, como si intentaran arrancarle la piel a tiras, y era tan intenso que intentaba dejar de sentirlo de la forma que fuera, sin importarle hacerse daño a sí mismo.

Esa mujer, Carli, la madre de Vera, acudía a todas las sesiones. Le agarraba de la mano y le decía que fuera fuerte y que aguantara, y esa sesión no parecía que fuera a ser diferente.

Las puertas de la sala se abrieron y entró el equipo con Carli. Todos lo saludaron y se colocaron alrededor de la camilla.

—Hola Kev, ¿cómo te encuentras? —preguntó uno de los médicos, mientras los demás volvían a colocarle las pegatinas para monitorizar su corazón y las bolsas con la sangre para hacer la transfusión a través de la vía.

—Bien —respondió escuetamente. Comenzó a notar el líquido rojo entrar por sus venas. Le producía escalofríos y a la vez sudaba profusamente, y sintió la mano de Carli sobre la suya.

La miró y sus ojos marrones fue lo último que vio antes de comenzar a convulsionar.

Carli soltó la mano de Kev para apartarse y dejar espacio a los médicos.

Habían pasado apenas dos días desde que llegaran los soldados Mementium al Laboratorio, y llevaban estudiando los efectos del suero en su cuerpo desde entonces.

Habían descubierto que el suero, una vez introducido en el sistema, creaba una especie de capa sobre el cerebro. Sus recuerdos no habían desaparecido, solo los habían cubierto, por así decirlo y, mientras el suero permanecía en su cuerpo no podía recordar nada, solo lo que ellos habían introducido.

Estaban intentando elaborar un contrasuero, aunque sin demasiado éxito y, por el momento, lo que mejor resultados les estaba dando eran las transfusiones de sangre.

Las convulsiones comenzaban conforme la sangre limpia comenzaba a circular por el torrente sanguíneo y, cuando Kev despertaba, era capaz de recordarlo todo durante unos minutos antes de que su cuerpo volviera a generar el suero e hiciera desaparecer su conciencia de nuevo.

Carli tenía que concederles a los científicos del M la genialidad de aquella sustancia. Habían conseguido un control total del individuo y, además, que no hubiera forma de eliminarlo del organismo, ya que su cuerpo volvía a generarlo una y otra vez, como si fuera la vitamina A o los glóbulos rojos.

Kev despertó tras convulsionar y los miró a todos desorientado, con los ojos cansados y enrojecidos.

—Kev, ¿estás bien?

El negó con la cabeza.

—Cada vez me cuesta más volver y me dura menos el efecto de la transfusión.

Era cierto, y era algo que estaba preocupando a los médicos. Le habían hecho cuatro transfusiones en ese día y medio, las cuatro veces que habían conseguido hablar con él de forma lúcida y había podido explicarles lo que había vivido en el M.

Hasta ese momento había explicado que el Capitán Wellan, el mismo que le había secuestrado y torturado, ahora estaba al mando de los soldados Mementium y que les hablaba a través de la radio que le habían incautado.

No sabía qué contenía el suero, solo sabía que también le habían inyectado el Mementium original para ver sus pensamientos, siendo así como habían descubierto la identidad de Vera y los demás miembros de la Misión.

Les había hablado de Rala y su relación con ella y se había derrumbado cuando le confirmaron que se había suicidado.

—Kev, qué sabes de los planes de los mutados —preguntó uno de los médicos.

—Se que tienen miles de humanos, he oído que han hecho varias versiones del suero y que nos van a ir mandando para probarlas hasta que decidan cuál les convence más y envíen a todos.

Desde que capturaran a su escuadrón, los mutados habían mandado varios escuadrones diferentes a cada zona, algunos habían dado más problemas que otros pero todos habían sido reducidos, por lo que las suposiciones que tenían de que se avecinaba un ataque mayor eran ciertas.

La máquina que marcaba las constantes de Kev empezó a pitar y Kev volvió a convulsionar.

—Tres minutos menos de lucidez que la anterior sesión —dijo uno de los médicos mientras paraba el cronómetro.

Carli negó con la cabeza y suspiró con frustración mientras observaba cómo Kev volvía a perder la lucidez y sus recuerdos.

—Si hay alguna novedad avisadme —indicó Carli mientras se dirigía a la puerta y se llevaba una mano al walki—: Nolan, aquí Carli, Kev confirma que planean un ataque total. Puede ser que suceda en los próximos días.

—Recibido, avisaré a los capitanes. Baja a la sala de Libélula, tengo novedades.

Carli cambió de rumbo y salió del ala médica para dirigirse al Laboratorio principal. Bajó por las escaleras rápidamente, pasó por las salas introduciendo el código de acceso y saludó a las gemelas Diana y Dafne, que custodiaban el paso.

Al entrar no pudo evitar mirar a Duncan, encerrado en una de las celdas de cristal.

Tenía los ojos hinchados y la piel demacrada. Miraba a un punto fijo, sentado en un sillón, atado de pies y manos.

No había comido ni bebido nada desde el incidente con el ingeniero y de la ejecución pública de Rick Delan. Tampoco había dicho una sola palabra ni había dormido.

Los médicos habían dicho que estaba en shock postraumático, que se sentía tan culpable que era posible que se estuviera dejando morir, por lo que habían decidido inyectarle suero para evitar que se deshidratara, ya que no consentía ser alimentado.

Podía comprender que se sintiera culpable, no solo por lo sucedido con el ingeniero y que, por su culpa, había estado a punto de morir un hombre, sino por haber dudado de la lealtad de Rick ante Calem días atrás.

Imaginaba los terribles pensamientos que estarían cruzando su mente tras su ejecución pública, pero esa no era forma de solucionarlos ni de rendirle homenaje a Rick.

Carli era incapaz de reconocer a ese hombre. No tenía nada que ver con el Duncan que la atraía y que le hacía dudar de sus prioridades. Se sentía engañada, y no sabía cuál de los dos era el real, si el que había estado al frente del H todos esos años, o ese que se encontraba completamente descompuesto en aquella celda.

Desde el momento de la ejecución de Rick y de la incapacidad de Duncan de mantenerse como Representante Humano, Nolan se había hecho cargo del Proyecto Sol en su totalidad.

Había conseguido coordinar a los humanos, mutados y mestizos de ambos sectores y, además, se había volcado con la corazonada de Carli.

Lo encontró con los ingenieros, toqueteando botones y cables. Habían desconectado la cápsula, que se encontraba tumbada y apartada en un lateral, y habían colocado una cámara y un micrófono en la parte superior de los mandos. No parecía la misma máquina.

—Menuda diferencia —dijo Carli y los ingenieros y Nolan se dieron la vuelta, notando al fin su presencia.

Nolan sonrió orgulloso mirando su obra.

—No hace falta y nos estorbaba para movernos alrededor —explicó uno de los ingenieros.

—Ya está casi lista, unos ajustes más y podremos probarla. Tenías razón Carli —dijo Nolan antes de volver a colocarse junto a los ingenieros.

Carli sonrió, se alegraba de que Nolan hubiera confiado en ella y en su idea. Solo quedaba que la máquina funcionase de verdad.

Tras ajustar tornillos, apretar tuercas y pulsar botones, los tres se separaron de la máquina. Comprobaron los planos por última vez y se alejaron mirando a Carli.

—Está lista —sentenció Nolan.

Por primera vez en su vida, Carli sintió que todo aquello por lo que había luchado iba a hacerse realidad. Tuvo el pálpito de que la máquina iba a funcionar y que su mensaje llegaría a la Antigua Tierra.

Los nervios le hacían cosquillas en el estómago y se le puso la piel de gallina cuando Nolan se puso frente a la cámara.

—Allá vamos... —susurró. Pulsó el botón de grabar y comenzó a hablar—: Este es un mensaje para los habitantes de la Antigua Tierra, os hablo...

La luz de todo el Laboratorio se apagó, quedando a oscuras durante los segundos que tardaron en encenderse los generadores de emergencia.

Nolan maldijo mientras se acercaba a la máquina y comprobaba si el apagón había causado daños.

—Parece que está todo bien, solo hay que reiniciarla.

Los ingenieros se acercaron a la máquina y comenzaron a reiniciar todos los comandos.

—Carli, aquí... Médica... Soldados... —El walki de Carli comenzó a sonar con interferencias y la humana se lo acercó a la oreja.

—Aquí Carli, repetid, no se os entiende —dijo al aparato mientras Nolan se acercaba a ella para escuchar con cara de preocupación.

—Hablamos desde la... Médica. Los... Mementium han... Repetimos, los soldados... han escapado.

—¿Cómo han podido escaparse? —gritó Carli al aparato pero no obtuvo respuesta, solo gritos y disparos.

Miró a Nolan asustada, esperando sus órdenes y el mestizo se dirigió al puesto de cámaras, seguido por Carli.

—Busca las cámaras de la zona médica —ordenó y el técnico pulsó un par de botones, apareciendo delante de ellos las habitaciones de los soldados vacías, con las camas deshechas y todo revuelto.

En la celda de Kev había sangre por todas partes y varios cuerpos yacían en el suelo.

Cambiaron de cámara para seguir el reguero de sangre y cadáveres por los pasillos hasta que se fijaron en una de las doctoras que estaba en el suelo y parecía moverse.

—Abre comunicación con ella—dijo Carli. Cuando el técnico indicó que tenían línea, habló—: Aquí Carli desde Laboratorio, te vemos por las cámaras, ¿me recibes?

La doctora miró hacia arriba hasta que encontró la cámara y asintió.

—¿Puedes hablar? ¿Qué ha pasado?

—Los soldados se levantaron todos a la vez, como si no controlaran su cuerpo y algo lo hiciera desde fuera... —dijo con esfuerzo—: El primero en escapar fue Kev, atacó a los médicos y salió corriendo. Luego... Se apagaron las luces y...

Se escucharon pasos por el pasillo y la doctora volvió a tumbarse y cerró los ojos.

Uno de los soldados Mementium apareció por el pasillo vestido con su ropa militar y comenzó a disparar en la cabeza a todos los soldados y médicos.

—El Mementium que les inyectaron a los soldados es un rastreador...—susurró la doctora sin apenas mover los labios, justo cuando llegaba a ella.

El soldado la disparó en la cabeza y, tras buscar mirando hacia arriba, disparó a la cámara.

La imagen se quedó en negro y Nolan se dio la vuelta rápidamente.

—¡Nos han descubierto! ¡Protocolo de bloqueo de emergencia! —gritó.

Todo el personal dejó de hacer lo que estaba haciendo para comenzar a guardar las copias en los ficheros seguros y destruir todos los documentos de mesas y archivadores.

Los ingenieros de Libélula cerraron los cristales de la jaula de cristal y la bloquearon con el Código de Emergencia. Nolan corrió hasta la celda de Duncan y la abrió. Miró a Carli y la indicó que se acercara.

—Habla con él, le necesitamos, es el que mejor conoce las instalaciones, tenemos que defendernos.

Mientras Carli se acercaba a la puerta escuchó a Nolan organizar los efectivos con Diana y Dafne. Observó a Duncan, que seguía mirando a un punto fijo y Carli entró en el interior de la celda. Cerró la puerta tras ella para amortiguar el ruido del exterior, y se acercó a él.

—Duncan, nos han descubierto. Los mutados vienen hacia aquí, suponiendo que no estén dentro de las instalaciones.

Duncan no parecía reaccionar y Carli comenzó a ponerse nerviosa. Se acercó más a él y se agachó mirándolo a los ojos directamente.

—Duncan, por favor. Te necesitamos, necesitamos tu ayuda.

Los ojos de él parecieron enfocarla y parpadeó un par de veces.

—Yo no puedo ayudar a nadie —dijo con voz ronca.

Carli lo miró. Sintió una decepción tan grande que tuvo que reprimir las ganas de golpearlo con la culata de la pistola.

—Deja de hacerte el mártir —replicó—. Fuiste un cabrón, si. Pero ya está hecho y con esta actitud de víctima no vas a solucionar nada...

—¡He atentado contra mis propios compañeros! —gritó Duncan, levantándose—, no puedo ayudaros Carli.

—¡Eres una vergüenza para este Proyecto! —gritó enfurecida, acercándose a él y agarrándolo de la pechera de la camisa— Vas a salir ahí y vas a colaborar con Nolan para asegurar las instalaciones y la máquina, me da exactamente igual lo que hagas después de eso, como si te plantas frente a los mutados con los brazos abiertos para que te maten. No me importa, pero antes de eso vas a ayudarnos.

Le zarandeó con todas sus fuerzas y, al ver que no reaccionaba, le pegó un bofetón.

Duncan volvió a mirarla.

—¿Te ha quedado claro? —dijo ella y Duncan asintió—. Perfecto, vamos.

***

Vera recargaba su arma mientras se resguardaba tras una rueda de camión.

—Quedan dos —dijo a través de la radio.

—No toméis prisioneros —respondió la voz de Minerva.

Calem, que se encontraba tras la otra rueda, le hizo una señal. Se levantaron a la vez y dieron la vuelta al camión.

—Tres, dos... —comenzó a contar Calem y, al llegar al cero, ambos dieron la vuelta completa, disparando a los dos soldados Mementium que quedaban.

—Despejado —afirmó Calem y Minerva les ordenó regresar al campamento.

Aquella ofensiva había sido más intensa, aunque seguían mandando grupos pequeños, estos estaban mejor entrenados. Eran más rápidos y no dudaban. Se notaba que estaban mejorando el suero.

—¿Estás bien? —le preguntó Vera a Calem mientras volvían a la base, caminando entre los escombros de la calle— no hemos tenido tiempo de hablar apenas.

Calem se acercó a ella y le pasó el brazo por los hombros.

—Esto me mantiene entretenido, supongo que cuando paremos y me dé cuenta realmente de lo que ha pasado, me volveré loco... Pero bueno, ya habrá tiempo para eso.

Vera se paró un segundo para besar sus labios.

—No voy a dejar que te vuelvas loco. Me tienes para lo que necesites, ya lo sabes.

Calem sonrió y rozó su nariz con la suya, antes de seguir caminando hacia el campamento.

Siguieron hablando de tonterías, intentando sacar el humor de toda aquella horrible situación y, cuando llegaron a la carpa, notaron la tensión antes de ver a Minerva y a Kleiff.

—Los mando para allá, no os preocupéis, estarán en una hora.

Vera miró a Kleiff, que permanecía de pie con los brazos cruzados y cara de preocupación.

—El Mementium llevaba un rastreador. Los mutados ya saben dónde está el Laboratorio —explicó Minerva.

—Nos estaban distrayendo con todos estos ataques —dijo Calem pero Minerva negó con la cabeza.

—Están preparando una ofensiva total. El Laboratorio y las Zonas. Quieren destruir completamente el H. Han estado enviándonos los Betas de los diferentes sueros y ahora nos van a mandar el ejercito. Tenéis que iros al Laboratorio a dar refuerzo, los soldados Mementium se han escapado y andan sueltos por los pasillos, os mandaré con un grupo grande para que podáis detenerlos.

Vera miró a Calem y comenzaron a prepararse, recargando sus armas, colocándose nuevas en las cartucheras y cogiendo cargadores extra.

—Yo me quedo aquí —le dijo Kleiff a Minerva y Vera los miró un segundo antes de continuar recogiendo sus cosas, fingiendo no escuchar la conversación.

—De eso nada, tú te vas. Sois los mejores y lo importante está allí, tenéis que ayudarlos —dijo Minerva y negó con la cabeza cuando Kleiff intentó responder—: Es una orden, Kleiff.

El mestizo apretó los puños pero asintió mientras continuaba preparando sus cosas.

Cuando estuvieron los tres listos se dirigieron al furgón junto al numeroso grupo de soldados que Minerva había seleccionado.

La Capitana los acompañó hasta los asientos delanteros y los tres se subieron a la cabina, con Kleiff al volante. Se escucharon las puertas de atrás cerrarse y Minerva confirmó que estaban todos los soldados dentro.

—Ten mucho cuidado —dijo Kleiff y ella asintió.

—Echadle un ojo a mis hermanas —respondió ella.

Se alejó y dio un par de golpes en la carrocería del furgón, dando la orden de que se marcharan.

Kleiff aceleró y puso rumbo al Laboratorio. No pudo evitar mirar a Minerva a través del espejo retrovisor, su rostro serio y expresión severa, y en ese momento tuvo la certeza de que no iba a volver a verla. Vera lo sintió a través del vínculo y puso su mano en el muslo.

—¿Qué pasa? —preguntó.

—Tengo un mal presentimiento. Algo no va a ir bien.

***

El Laboratorio tenía dos entradas, una en el piso inferior, directa a las instalaciones principales, y otra superior, la entrada de personal, por la que había que bajar unas escaleras hasta llegar a los vestuarios y, de ahí otra puerta que daba a las instalaciones del Laboratorio.

Se había planificado de esa forma para poder evacuarlo ya que, en el pasado, varios accidentes con gases tóxicos hicieron que el personal tuviera que salir de forma precipitada y se formara un embudo en la puerta que provocó la muerte de muchas personas.

Aquellos incidentes supusieron la renovación del espacio, creando dos puertas de acceso, ambas correderas, y de cristal antibalas. Eran enormes y al abrirse quedaba un gran espacio para que todo el mundo pudiera salir sin problema.

Sin embargo, lo que era una ventaja a la hora de evacuar, era una desventaja a la hora de defenderse ante un ataque. Las dos entradas con sus puertas de cristal hacía del Laboratorio un lugar vulnerable si no tenías forma ni medios de protegerlas, y eso era exactamente lo que estaba sucediendo en aquel momento.

Además, tenían el Refugio. También había que proteger a todas las familias que vivían allí. Los habían evacuado hasta el comedor, el lugar más seguro y preparado como un búnker del que disponían.

Sin embargo, por mucho que echaran cuentas no tenían suficientes soldados para protegerlo todo. Incluso aunque los refuerzos del Proyectos tardaran poco en llegar, los demás soldados Mementium ya estaban allí, disparando y bombardeando. Preparándose para arrasarlo todo.

—Llevadles armas a los adolescentes del Refugio —decía Duncan—, muchos de ellos saben usarlas y los miembros veteranos les enseñaran como hacerlo a los que no sepan, no tenemos suficientes efectivos para proteger el Laboratorio y el comedor.

Carli, Nolan y Duncan se encontraban alrededor de una de las mesas del Laboratorio sobre la que habían abierto un plano de las instalaciones y trataban de dividir a los soldados.

Carli comprendía la negativa de Nolan ante la propuesta de Duncan pero tenía razón, no había gente suficiente y Libélula era lo más importante. Tenían que tener... Las prioridades adecuadas.

Tras unos segundos de silencio Nolan asintió con resignación y Duncan dio la orden por el walki.

—¿Cómo van las barricadas de las puertas?

—Arriba está siendo complicado, no hay nada con lo que bloquear las puertas y perderíamos el tiempo tratando de cargar algo por las escaleras.

—El que diseñó esta mierda de sitio se quedó a gusto... —Se escuchó decir a una de las gemelas, que cargaba con una mesa para colocarla en la barricada de la puerta inferior.

—Terminemos de bloquear esta puerta, luego iremos a defender la superior —ordenó Nolan.

Todos asintieron y se pusieron en marcha ayudando a cargar todo lo que había en la sala y que pudiera servir para bloquear la puerta.

Cuando llevaban la mitad de la altura, las luces se apagaron y las puertas correderas se abrieron de par en par.

—¡Cerradlas! —gritó Nolan.

Carli se abrió paso entre el mobiliario apilado hasta llegar al cuadro de control de la puerta, que estaba desconectado. Duncan y Nolan aparecieron a su lado junto al resto de miembros del Proyecto, que se colocaron en posición con sus armas para cubrirlos.

—Estas puertas tienen su propio generador de emergencia para evitar esto, no deberían haberse abierto al irse la luz —explicó Duncan al ver el panel apagado—, hay que abrirlo para conectarlo.

Trataron de mover las mesas y muebles que bloqueaban el panel de control pero tardarían demasiado y Carli recordó que podían acceder de igual forma desde el exterior.

—No hay tiempo, cubridme, lo haré desde fuera.

Trepó sobre los muebles y se asomó al pasillo, que estaba oscuro y en silencio. Escuchó que alguien más trepaba y se giró para ver a Duncan junto a ella. Le miró a los ojos, que brillaban emocionados.

—Vamos —dijo mientras se bajaba las mesas en las que estaba subido y salía al pasillo. Carli le siguió y, entre los dos, descubrieron el panel de control de la puerta. El circuito de emergencia se había dañado por el tiempo y los apagones recientes, pero podía arreglarse cambiando un par de cables. Carli y Duncan se pusieron manos a la obra y, en unos minutos, consiguieron recuperar el control de la puerta.

—Volvamos al interior —dijo Carli pero Duncan no se movía—. ¿Qué sucede?

—Este es el panel de control de las dos entradas, Carli, si lo dejamos en automático podrán manipularlo desde fuera y abrir las puertas, estas y las superiores.

—¡Viene alguien! ¡Entrad ya! —dijo Nolan desde el interior.

Carli miró a Duncan y comprendió lo que decían sus ojos sin necesidad de que hablara.

—Cuando termines sube y entra por la entrada superior, te cubriremos.

Un grupo de soldados del Proyecto entraron al pasillo corriendo y comenzaron a disparar. Carli se dio la vuelta, esperando encontrar soldados Mementium a sus espaldas pero no había nadie. Estaban disparando contra ellos.

—¡Nos atacan! —gritó Nolan, que sacó su arma junto a los demás para disparar a los soldados tras la barricada— ¡Hay que cerrar las puertas ya!

Duncan empujó a Carli al interior, ayudándola a subir sobre las mesas para que pasara al otro lado y volvió al cuadro de mandos de la puerta.

Carli cogió un arma y comenzó a disparar, tratando de cubrir a Duncan pero los soldados avanzaban cada vez más rápido.

Una bala pasó rozando su cabeza y escuchó un quejido junto a ella. Se giró para ver a Nolan llevarse una mano al estómago, que había empezado a sangrar profusamente.

Las puertas de cristal se cerraron con un chasquido y Duncan se apoyó en el cristal. También sangraba y se dio la vuelta, buscando los ojos de Carli.

—Lo siento mucho —moduló con los labios y Carli negó con la cabeza.

—¡No! —gritó mientras se subía de nuevo a las mesas y golpeaba el cristal con las manos.

Por mucho que hubiera pasado en las últimas horas, ese hombre había sido uno de sus apoyos más importantes, sino el que más. Había formado parte de su vida y de su familia. En cierto modo se querían, al menos todo lo que pueden llegar a quererse dos personas que siguen las normas del Proyecto a rajatabla. Y esa persona estaba desangrándose, al otro lado de un cristal, sin que ella pudiera hacer nada por él.

La sensación de impotencia la golpeó con fuerza, causándole un escalofrío que le erizó los pelos de la nuca. No podía llorar solo podía mirar los ojos de Duncan, que miraban al otro lado del pasillo, desde donde seguían disparándole.

La mesa sobre la que estaba subida tembló antes de escuchar una explosión y, de pronto, el techo del pasillo calló sobre Duncan, seguido de un montón de soldados que seguramente estaban intentando entrar al Laboratorio por el techo y habían fallado al colocar el explosivo.

Durante unos segundos no se vio nada más que polvo gris y Carli soltó el aire que había estado conteniendo sin darse cuenta. Se movió tratando de ver dónde estaba Duncan, hasta que consiguió ver uno de sus brazos, lo único que quedaba fuera del montón de escombros.

—Carli... Nolan está sangrando mucho, no sabemos qué hacer —dijo una de las gemelas junto a ella, haciéndole volver a la realidad.

Carli se dio la vuelta y vio a Nolan sobre el suelo, con un charco de sangre extendiéndose a su alrededor, y a la otra gemela apoyada sobre la herida.

Buscó a los demás miembros del Proyecto, para encontrarlos en el suelo, unos muertos y otros casi. No sabía cómo había sucedido todo en tan poco tiempo, hacía unos minutos todos esos técnicos estaban vivos. Duncan estaba vivo.

Miró por última vez la puerta, completamente sellada por la barricada del interior y los escombros del exterior.

Solo quedaban ellos cuatro y la herida de Nolan no pintaba bien. Las gemelas la miraban, completamente aterradas, sin saber qué hacer. No podía derrumbarse, esas chicas apenas tenían dieciocho años, la necesitaban.

—Subamos arriba, hay que defender la otra entrada. Le curaremos allí.

***

Las puertas metálicas del hangar se abrieron a su paso y Kleiff condujo el furgón por los pasillos de cemento.

—Algo no va bien... —dijo Vera cuando Kleiff apagó el motor—. Están encendidas las luces de emergencia.

—Nolan, aquí Kleiff, estamos en el hangar, indicadnos posición.

La radio no devolvió señal y los tres se miraron con preocupación. Bajaron de la cabina y abrieron la puerta del furgón en el mismo momento en que otro vehículo entraba al hangar: los refuerzos de la Zona 2.

—Nolan, aquí Kleiff, refuerzos de la Zona 1 y 2 en el hangar —repitió Kleiff por la radio.

—Aquí Nolan... Estamos... Laboratorio...

La radio se cortó y Kleiff miró a la encargada de los refuerzos de la Zona 2.

—Asegurad el hangar para que puedan llegar el resto de refuerzos. Te avisaré de a dónde podéis ir enviando a los demás cuando lleguen.

La mestiza asintió y se retiró con sus soldados para asegurar el hangar y la zona de acceso.

Kleiff se giró hacia sus soldados.

—Creo que están en el Laboratorio o cerca de él, no funcionaba bien la radio. Los soldados Mementium están sueltos por el complejo, tenemos que ir juntos.

Vera preparó sus armas y se colocó detrás de Kleiff. Abrieron la puerta de acceso del hangar al complejo y, tras comprobar que era segura, avanzaron por el pasillo.

***

—Señor, han vuelto a llamar de la Villa —dijo Mery desde la puerta del despacho del Presidente—. Señor...

El Presidente suspiró, terminó de teclear y apagó la pantalla del ordenador. Se levantó de su silla y miró a Mery.

—Es por su hija, señor...

Sin embargo, él avanzó hasta la puerta con los ojos opacos, sin mirarla.

—¿Qué hija, Mery? Yo no tengo ninguna hija —susurró al pasar junto a ella de largo, sin pararse ni dirigirle la mirada.

Mery negó con la cabeza y las lágrimas volvieron a inundar sus mejillas. Se dio la vuelta para ver al Presidente entrar en la sala de reuniones, donde los demás mutados puros comentaban las imágenes que retransmitían los soldados Mementium.

El único momento de la tarde en el que habían parado las risas fue durante la retransmisión de Rala.

Al principio, comentaron indignados su osadía al retransmitir aquel mensaje en todas las pantallas pero luego, cuando llamaron de la Villa para pedirle permiso al Presidente para actuar y él dio la orden, se hizo un silencio sepulcral mientras los enfermeros entraban y trataban de pararla. El silencio vino seguido de suspiros de terror cuando Rala se llevó el bisturí al cuello y se cortó la garganta.

Mientras algunos vomitaban, a Mery tuvieron que sacarla de la sala en brazos tras desmayarse. El Presidente miró la pantalla sin mostrar reacción alguna, completamente impasible ante la muerte de su hija.

Cuando Mery recuperó la conciencia, las enfermeras le dieron medicación para la ansiedad y le dijeron que el Presidente la reclamaba de nuevo en la sala de reuniones para servir a los miembros de la Cúpula. Al llegar Mery, todavía temblorosa y llorando, el Presidente observó su aspecto con reprobación y abandonó la sala para ir a su despacho a hablar con el Capitán Wellan del avance del resto de soldados para la ofensiva final.

Actuaba como si no hubiera pasado nada, como si no le importara que su hija acabara de suicidarse por su culpa. Mery se dirigió a la sala de juntas, donde todos reían.

—Acaban de llegar los refuerzos del Proyecto, deberíamos avisarlos para que estén prevenidos —dijo uno de los mutados.

—¿Para qué? Tienen que aprender... No se lo podemos dar todo hecho —respondió el Presidente entre risas.

—Un humano muerto es un humano menos. Da igual de que bando sea —añadió otro más, provocando las carcajadas de los demás, que brindaron en su honor.

Mery los miró a todos, tratando de buscar un ápice de bondad, algún gesto que le dijera que estaban fingiendo solo para contentar al Presidente, pero no lo encontró. Sintió impotencia y asco.

—¡Mery, sirve más mujer! —gritó el Presidente y Mery tuvo que morderse la lengua y acercarse con la bandeja a la mesa.

***

Avanzaban lentamente por los pasillos, asegurando la posición y atentos a cualquier movimiento. Lo que normalmente era un trayecto de unos diez minutos les llevó treinta.

Llegaron a la entrada principal de la zona del Laboratorio sin incidentes, pero se encontraron con que las puertas de entrada estaban bloqueadas con escombros y restos del techo que parecía haberse derrumbado. Entre las piedras y el polvo se veía lo que parecía ser un cuerpo.

Vera sintió un escalofrío y le pidió al Sol que no fuera el de su madre.

Corrieron hasta allí y movieron varias piedras con cuidado, tratando de liberarlo, hasta que consiguieron verle el rostro. Tenía los ojos abiertos y estaba inmóvil.

—¡Duncan! —exclamó Vera mientras trataba de encontrarle el pulso en el cuello y la muñeca sin éxito.

Le cerró los ojos y negó con la cabeza mirando a Kleiff, que intentaba contactar con Nolan sin conseguirlo.

—¿Tiene otra entrada?

—Sí, la superior, la que da a los vestuarios del personal.

Fueron dejando soldados guardando y controlando los pasillos, asegurándose de que iban recuperando poco a poco el control del edificio, pero Vera seguía pensando que todo estaba demasiado tranquilo y en silencio.

¿Dónde estaban los soldados que se habían quedado para proteger el complejo?

No era posible que hubieran sido abatidos todos, y si hubiera sido así, ¿dónde estaban los cuerpos?

Llegaron al pasillo de la entrada superior y vieron a un grupo de soldados con uniforme del Refugio junto a la entrada principal, mirando a ambos lados del pasillo con las armas cargadas.

Kleiff dio un paso para acercarse pero vio a Kev, caminando entre ellos, entregándoles unos auriculares y reculó rápidamente volviendo a su posición.

—¿Qué pasa? —preguntó Calem.

Kleiff pidió que guardaran silencio llevándose un dedo a los labios y asomó la cabeza con cuidado para observar de nuevo.

Los habían convertido en soldados Mementium. De alguna forma, no sabía cómo, aquellos soldados ya no pertenecían al Proyecto Sol sino que estaban bajo las órdenes de Kev.

Kleiff miró a Vera y Calem y su grupo reducido de seis soldados.

Escuchó ruidos al final del pasillo en el que se encontraban y, cuando vio uno de los soldados del Proyecto, levantó el arma para apuntarle. Él hizo lo mismo.

—Kleiff, son de los nuestros, ¿qué haces? —masculló Vera sin entender lo que estaba pasando.

—Les han inyectado Mementium —respondió él y Vera, Calem y el resto de soldados levantaron sus armas para apuntar al soldado, que bajó la suya confundido.

—No a todos nos lo han inyectado —explicó.

Con un movimiento de cabeza llamó al resto de sus compañeros que aparecieron por el pasillo, magullados y heridos.

Vera miró a Kleiff, que seguía observándolos con desconfianza, tratando de decidir si creerlos, hasta que dio una orden para que bajaran las armas y se acercó al grupo de soldados.

—¿Qué ha pasado? —preguntó.

—Les han inyectado su sangre y se han vuelto como ellos. Tienen más o menos a la mitad de los nuestros y he escuchado que están llegando sus refuerzos —explicó el chico con tono asustado.

—También están llegando los nuestros. ¿Dónde está Nolan?

—Él, Carli y algunos más están dentro del Laboratorio. Los Mementium están ahí esperando recibir una bomba o algo así que pueda abrir la puerta, lo han intentado con granadas y explosivos pero no lo han conseguido.

—¿Dónde están los niños? —preguntó Vera a uno de los soldados.

—Están en el comedor atrincherados. De momento están seguros.

Kleiff habló por radio, solicitando reforzar la seguridad en el comedor, después miró a Calem.

—Tenemos que despejar esa entrada. Hay que entrar al Laboratorio como sea.

Los dos grupos se acercaron y comenzaron a trazar el plan. Vera observaba las caras asustadas de los soldados del Proyecto. Al principio no se había dado cuenta pero eran adolescentes, el más mayor no tendría más de dieciséis años.

Los miembros del Proyecto crecían sabiendo dónde estaban y los riesgos que corrían al pertenecer a la organización, sin embargo, en las últimas semanas habían acogido a mestizos y mutados que no tenían nada que ver con el Proyecto pero que habían visto peligrar su vida con el traslado de sector, y el Proyecto había decidido que era mejor que estuvieran con ellos. Esos chicos podían saber lo que hacían o, simplemente, seguir la corriente a los demás por un sentimiento de gratitud o miedo.

Pensó en los ancianos y niños, atrincherados en el comedor. Ellos estaban ahí, a pie de batalla, viendo el peligro y a lo que se enfrentaban, también estaban asustados, pero no sabía si era peor eso o la incertidumbre de no saber qué estaba pasando en el exterior.

Cuando Kleiff y Calem terminaron de planificar la estrategia de ataque todos se colocaron en posición. Un grupo de soldados darían la vuelta y atacarían por el otro lado del pasillo, cuando comenzaran a defenderse los Mementium entrarían el resto, haciendo una maniobra envolvente.

Kleiff comprobó que no había cambios en la posición de los Mementium y dio una señal para que el primer grupo comenzara el ataque.

Tras unos segundos comenzaron a hacer ruido por el pasillo.

—Por la derecha, ¡preparaos! —se escuchó decir a Kev.

Lo siguiente en oírse fueron disparos y gritos. Kleiff observó lo que sucedía y, cuando llegó el momento oportuno salieron al pasillo.

—¡Soltad las armas, estáis rodeados! —gritaba Calem entre los disparos.

Vera miraba a Kev, que no sabía hacia qué lado disparar y no dejaba de contar los soldados que iba perdiendo. Con frustración bajó su arma y dio la orden para que los soldados que le quedaban hicieran lo mismo.

—Las manos detrás de la cabeza y de rodillas, ¡ya! —gritó Calem mientras se acercaba.

Los demás continuaban apuntando con sus armas y Vera vislumbró el rostro de su madre tras las puertas del Laboratorio.

Estaba ensangrentada y despeinada y portaba varias armas.

Vera se acercó a la puerta y su madre la miró con desconfianza. Seguramente no sabía si estaba bajo los efectos del Mementium.

—Mamá, soy yo, soy Vera, estoy bien, no me han inyectado nada.

Los ojos de su madre se clavaron en los suyos y, poco a poco, se volvieron brillantes, su expresión cambió y sonrió, limpiándose las lágrimas.

Miró detrás de ella y Vera se giró para ver cómo ataban a los soldados. Kev miraba un punto fijo como si estuviera en trance y el resto de soldados lo miraban, esperando órdenes.

Kleiff se acercó a ellas y saludó a Carli, que al sentirse segura finalmente desbloqueó la puerta.

—¿Que ha pasado? Duncan... —preguntó Vera mientras abrazaba a su madre.

—Las puertas se abrieron, tuvimos que salir a bloquearlas y Duncan... Le dispararon y tiraron el techo abajo, si no llega a ser por él estaría bajo los escombros. Solo lo hemos conseguimos las gemelas, Nolan y yo.

—¿Estáis todos bien? —preguntó Kleiff.

Carli negó con la cabeza.

—Nolan está herido —paró las manos de Vera, que habían ido rápidamente a su bolsa quirúrgica— no te molestes, le hemos intervenido en el Laboratorio pero hay que hacerle una transfusión, ha perdido demasiada sangre.

Calem se acercó a ellos y confirmó que la zona estaba controlada.

—¿Se le puede trasladar? —preguntó Kleiff tras hablar con Calem, Carli asintió.

—Bien, lo intentaremos. Vera, ve con ellas.

Vera bajó junto a Carli las escaleras de acceso al Laboratorio y vio a Nolan echado sobre el suelo junto a las gemelas, al lado de la puerta que daba al pasillo de la entrada de personal.

Tenía el rostro azulado, temblaba descontroladamente pero sudaba, y la sangre estaba empezando a empapar el vendaje que le habían puesto en el vientre.

—¿Que le ha pasado?

—Le dispararon con una bala de cruz. Tenía perforado el estómago y una hemorragia interna, conseguimos cauterizar las heridas y cerrarle pero está muy débil. Hace unos diez minutos que no responde.

—Tenemos que trasladarle ya mismo.

Al escuchar la voz de Vera, Nolan abrió los ojos.

—¿Vera...? —preguntó con un hilo de voz, ella se acercó aun más a él y le agarró de la mano—. Libélula... Desbloquear...

Comenzó a toser y las gemelas lo levantaron para subirlo a la camilla. Las toses no cesaban y la sangre empapó aun más el vendaje.

—Mensaje... Vera

—Ssshh, tranquilo, no hables —dijo Vera antes de girarse hacia su madre.

—Hay que probar la máquina, creemos que ya está lista para enviar el mensaje.

—¿Un mensaje? ¿Pero no se suponía que teníamos que enviar a alguien al pasado?

Carli negó con la cabeza mientras apuntaba unos números en un papel.

—Kilian diseñó la máquina para entrar en la red de antenas y dispositivos del pasado y enviar un mensaje por video a todos los habitantes de la Antigua Tierra. Toma —Le tendió el papel—: Guárdalo, por si pasara algo. Son los códigos para desbloquear las puertas.

Vera se los guardó en el bolsillo mientras empujaba junto a las gemelas y su madre la camilla. Subieron los escalones que daban a la entrada y Vera comprobó el estado de Nolan antes de continuar. Seguía perdiendo demasiada sangre y respiraba con más dificultad.

Miró a su madre, que comprendió sin necesidad de decir nada.

—Démonos prisa —dijo Carli.

Rápidamente avanzaron por el pasillo hasta que llegaron a las puertas de cristal. Todo parecía tranquilo, Kleiff y Calem se encontraban en el exterior y Carli desbloqueó las puertas.

Kleiff y Calem miraron a Nolan con preocupación.

—Os voy a poner una escolta para que os acompañe.

Mientras Kleiff hablaba con Carli, Vera se dio cuenta de que los soldados Mementium murmuraban entre ellos y, cuando terminaron de sacar la camilla al pasillo, Kev se llevó una mano a la oreja.

Abrió la boca para avisar pero un estallido la dejó sorda y lo cubrió todo de polvo, a la vez que una onda expansiva la golpeó, haciéndola caer al suelo.

Levantó el arma, temblorosa y a tientas, pero no veía nada. Todo era gris y ceniza.

El rostro de su madre apareció de repente sobre ella y la cogió del chaleco. Movía los labios pero no era capaz de escucharla.

—Los códigos —parecía gritar.

Vera asintió y, mientras se incorporaba de forma torpe, los sonidos volvieron a sus oídos poco a poco.

Disparos, gritos y más detonaciones la abrumaron. El ambiente comenzó a despejarse y vio a Kleiff y Calem disparando mientras avanzaban hacia atrás, al interior del Laboratorio, junto unos cuantos soldados más del Proyecto.

Vera se levantó, ayudada por su madre, y corrió hacia ellos.

—¡Hay que mandar el mensaje! —gritó Vera mientras entraba por las puertas de cristal.

Lo último que vio fue la camilla de Nolan sepultada por escombros junto a una de las gemelas, mientras la otra disparaba, con la pierna atrapada por los mismos.

Tenían que acabar con esto.

Las puertas de cristal del Laboratorio se cerraron y Carli respiró hondo. Tenía que darles tiempo. En su cabeza recorrió el camino que tenían que hacer hasta llegar a Libélula. Bajar las escaleras, recorrer el pasillo. Puerta. Vestuario. Puerta. Luego, en el Laboratorio, el último código de desbloqueo y enviar el mensaje.

Podían hacerlo, tenían que hacerlo.

Miró a su alrededor. Todo estaba tranquilo, demasiado tranquilo. Se acercó a Dafne que lloraba desconsolada sujetándose la pierna y mirando a su hermana.

—Dafne, tienes que calmarte. Esto aún no ha terminado, tenemos que ganar tiempo.

—¡Tiempo para qué! —gritó desesperada.

Carli la abrazó durante unos segundos, tratando de calmarla. Luego se separó de ella para mirarla.

—Si consiguen llegar a la máquina y enviar el mensaje, nada de esto habrá pasado. Volverás a verla solo que no aquí...

—En otro tiempo —terminó Dafne mientras sollozaba y Carli asintió.

Dafne se limpió las lágrimas y asintió a su vez. Juntas retiraron la roca que atrapaba su pierna y la ayudó a levantarse y ponerse a salvo tras unos escombros, delante de la puerta.

Había cuerpos por el suelo, pero ni rastro de Kev ni de algunos soldados Mementium. Eso podía significar dos cosas, que habían conseguido entrar por las puertas de cristal antes de que lo hicieran Vera, Kleiff y Calem, o que habían escapado por el pasillo en busca de los refuerzos.

Escucharon voces y pasos por el pasillo, Carli y Dafne se miraron y prepararon.

Vera, Calem y Kleiff, junto con un par de soldados más, bajaron las escaleras despacio, ya que el polvo y el humo apenas dejaban ver nada. Llegaron al primer pasillo, el que daba a las puertas del vestuario, donde un grupo de soldados trataba de manipular la puerta.

Dispararon sin saber si eran Mementium o no y la mayoría cayeron al suelo, heridos o muertos.

Vera no podía pensar en otra cosa, solo en los códigos que llevaba en el bolsillo y en lo que tenía que hacer.

Sintió la presencia de Calem y Kleiff cuando se acercó a la primera puerta. Sacó el papel del bolsillo y lo desdobló con cuidado.

Descubrió el marcador y pulsó los números. Con un clic la puerta se abrió y ella, Calem, Kleiff y la única soldado del Proyecto que quedaba con ellos, entraron a la zona de vestuario del personal.

Comenzaron a escucharse pasos y disparos. La mestiza que los acompañaba cayó al suelo, herida y Vera corrió hasta la siguiente puerta que daba acceso al Laboratorio.

Más disparos, esta vez más cerca. Tan cerca que pasaron rozando su cabeza, pero estaba tan concentrada en lo que estaba marcando que no se dio cuenta de lo que sucedía hasta el último momento.

La puerta por la que acababan de pasar estalló con un estruendo, haciendo que Calem y Kleiff chocaran contra la pared y se quedaran quietos en el suelo. Una figura estaba en el umbral de la puerta y la miraba fijamente. Al reconocerlo el estómago le dio un vuelco.

Kev se encontraba de pie, herido pero empuñando un rifle. Entró en la sala, apartó de una patada las armas que Calem y Kleiff sostenían y los golpeó con la culata del arma en la cabeza.

Vera sabía que Kleiff no estaba muerto, pues todavía sentía el vínculo palpitando en su interior y quería pensar que el pecho de Calem se movía con su respiración débilmente.

Tenía que ganar tiempo de alguna forma, hasta que Calem y Kleiff recuperaran la conciencia o hasta que bajaran refuerzos.

—Suelta esos códigos, Vera —dijo Kev mientras levantaba su arma hacia ella.

Ella negó con la cabeza apuntándolo a su vez con su propio rifle. No le quedaban balas en el cargador pero podía intentar engañarlo.

Su rostro era el mismo que recordaba de su vida en el H, pero nada más. Todo su cuerpo había cambiado por el entrenamiento al que le habían sometido durante su cautiverio y a Vera le parecía increíble que un suero consiguiera modificar sus recuerdos de aquella forma.

Había leído que, cuando una persona pierde la memoria, solían recuperar los recuerdos poco a poco pero había casos en los que una frase, un color o una situación podían conseguir desbloquear todos los recuerdos de golpe. Vislumbró por el rabillo del ojo que Calem se movía y decidió intentarlo.

—¿De verdad no recuerdas nada, Kev? —preguntó sin dejar de apuntarlo—. ¿No recuerdas nuestros momentos juntos en el H?

Kev frunció el ceño y el rifle le tambaleó durante unos segundos, momento que Calem aprovechó para estirarse tratando de coger la pistola. Sin embargo, Kev volvió sujetar el arma con firmeza y Calem tuvo que quedarse quieto.

—Vera Ebben, suelta el arma y dame esos códigos. Los refuerzos no tardarán en llegar.

Vera suspiró, aliviada de que Calem estuviera bien y decidió continuar. Se dio cuenta de que la cabeza de Kev parecía tener un debate interno y supo que iba por buen camino.

—Si voy a morir de todas formas, entonces quiero decirte algo antes. —Bajó el arma y los ojos de Kev se abrieron con sorpresa—: Siento todo lo que te ha pasado por mi culpa Kev, se que estabas fuera de mi casa cuando el Capitan Wellan te secuestró...

El rifle volvió a temblar en las manos de Kev, su rostro resultaba inquietante, con los ojos enrojecidos y brillantes pero la expresión completamente neutra.

—Siento mucho que te torturaran y que te hayan borrado la memoria. —Las lágrimas surcaron las mejillas de Kev y Vera supo que estaba cerca de romper el efecto del suero—. Siento que Rala muriera y que no te acuerdes de ella.

Kev gritó de dolor.

Sus ojos lloraban desconsoladamente pero el arma seguía apuntándola firmemente.

Percibió el movimiento de Calem palpando su cinturón y maldiciendo. No tenía más armas. Tenía que coger el rifle que Kev había pateado. Sintió que Kleiff había despertado también pero todavía no se movía.

Vera comenzó a sudar. Miró a Kev, con el rostro desencajado y completamente desesperado. Sentía tan claramente su dolor que le dio un vuelco el corazón y se le escaparon las lágrimas.

—Lo siento mucho Vera, no puedo controlarlo —dijo Kev con la voz rota.

Vera cerró los ojos. Estaba preparada para recibir el disparo y, cuando escuchó dos detonaciones, se sorprendió al no sentir el impacto de ninguna de ellas pero aun así escuchar un quejido de dolor, un golpe y luego algo cayendo sobre ella.

—¡No! —gritó Calem y ella abrió los ojos para ver los de Kleiff, abiertos de par en par, cayendo sobre ella inerte, la sangre corriendo por la frente y las mejillas hasta llegar al cuello.

Escuchaba a Kev gemir de dolor mientras repetía "lo siento" sin parar, pero lo único en lo que podía pensar era en lo vacía que se sentía.

El vínculo había desaparecido. Kleiff estaba muerto.

Sintió la presencia de Calem a su lado y luego ayudándola a bajar el cuerpo de Kleiff al suelo con cuidado.

Lloraba y susurraba palabras que Vera no alcanzaba a oír hasta que, de pronto, se levantó apuntando a Kev con su arma.

—¡CALLATE! —gritó.

Pero Kev se retorcía en el suelo de dolor, no del producido por el disparo de Calem sino por el propio Mementium.

Vera se levantó y se acercó a él.

—Lo siento, Vera… Por favor… No lo soporto más —sollozó.

El Kev que ella había conocido jamás hubiera hecho algo así, nunca hubiera disparado sobre ella ni sobre nadie, pero ese Kev no iba a volver nunca, se lo habían arrebatado los mutados, como le habían arrebatado la vida de Enna, Enol, Owen, Nolan... Kleiff.

Vera lo apuntó con su arma y Kev cerró los ojos sonriendo, agradeciéndole con ese gesto lo que estaba a punto de hacer. Disparó y los sollozos cesaron al instante, quedando todo en silencio.

Se acercó de nuevo al cuerpo de Kleiff, rodeado por un charco de sangre que se hacía cada vez más grande en el suelo.

Sus ojos color miel estaban perdidos y apagados, sin su brillo característico. Parecía que la miraban pero ya no lo hacían. Nunca volverían a hacerlo. Acercó una mano temblorosa y los cerró lentamente. Besó sus labios, todavía calientes y se separó de él.

El dolor en el pecho era tan intenso que cayó hacia atrás incapaz de sostenerse. Gritó con todas sus fuerzas tratando de calmar el suplicio pero era insoportable, como si le estuvieran tratando de arrancar el corazón.

Los sollozos que la sacudían eran tan profundos y dolorosos que temblaba y sintió los brazos de Calem a su alrededor. Los agarró y los apretó contra su pecho, sintiendo que su calor y su olor eran lo único que impedía que se llevara una pistola a la sien, comprendiendo a la perfección la decisión que tomó Enol en los túneles.

—Vamos... todavía no hemos terminado —dijo Calem, acariciando sus brazos—. Tenemos que hacerlo, para volver a verlo.

Vera cogió aire lentamente, tratando de calmarse, obligándose a creer las palabras de Calem. Obligándose a mantener la esperanza en que, si todo salía bien, podrían volver a encontrarse. Respiró hondo, recomponiéndose y recuperando el control de su cuerpo, que todavía temblaba.

Los gritos al final del pasillo en el que se encontraban les hicieron separarse. Calem la miró un segundo para asegurarse de que estaba bien y ella asintió a aquellos ojos azules, que se habían oscurecido por las lágrimas.

Mientras él sacaba el arma y se colocaba en guardia junto a ella, Vera se levantó temblorosa, cogió el papel con los códigos y se acercó al panel para terminar de introducirlos. Con un chasquido la puerta se abrió.

Calem se aseguró de que Vera entraba y, tras mirar por última vez a Kleiff, salió por la puerta que había estallado.

Los mutados doblaron la esquina y entraron al pasillo, comenzando a disparar contra él. Se agachó esquivando los disparos y se parapetó detrás de la puerta rota.

Sacó del bolsillo la granada, pulsó el botón de explosión y la lanzó hacia el pasillo. Un estruendo hizo que el cristal de la puerta se rompiera y cayera sobre él, pero cambió los gritos de los soldados Mementium por silencio.

Se asomó y vio los estragos de la bomba. Cerca de diez soldados se encontraban inmóviles en el suelo y otros tantos se arrastraban, soltando quejidos, sin embargo, uno de ellos se llevó la mano al walki, llamando a más refuerzos.

No le quedaban más granadas y la mitad del cargador del arma no iba a ser suficiente para contenerlos. El tiempo que tardaran en llegar los refuerzos era lo que les quedaba para cumplir la misión.

Liss tiraba del brazo de Nailah, que lloraba desconsolada, tratando de separarla del cuerpo inerte de su madre para ponerla a salvo mientras gritaba a Iria que se agachara al ver algo brillante caer junto a ellas.

La granada estalló pero no había tiempo, tenían que seguir. Liss se irguió, comprobó que Iria y Nailah estaban bien y observó la calle.

Los soldados Mementium no paraban de llegar, andando, corriendo, en camiones. Los gritos, disparos y explosiones impedían que pudiera pararse un segundo a pensar. El Proyecto Sol no respondía, seguramente había caído. Como caerían todos.

En la Zona 1, Minerva gritaba órdenes a los pocos soldados que quedaban. Hacía rato que nadie respondía a sus llamadas, Kleiff, Nolan... Miró a su alrededor, la calle estaba destruida, los cuerpos de humanos, mestizos y mutados se acumulaban en el suelo.

Por primera vez en su vida no supo qué hacer.

Carli abrió los ojos despacio sin conseguir enfocar la vista. Sintió un vuelco en el estómago al pensar en Dafne para luego recordar que Kev y los demás soldados las habían disparado.

No podía moverse, no le respondía ninguna extremidad, y los sonidos le llegaban lejanos a sus tímpanos, como si estuvieran lejos, muy lejos de ella. Sintió la boca pastosa y se llevó una mano a los labios para encontrar los dedos manchados de sangre.

Dafne había muerto y a ella no le quedaba mucho.

En el M, Mery rellenaba las tazas de café y reponía las pastas que aquellos desgraciados devoraban sin parar mientras reían y comentaban las imágenes que estaban retransmitiendo los soldados con sus cámaras.

Vitoreaban todas las muertes, incluso las de los soldados que ellos mismos habían enviado. Tanto si los humanos conseguían ganar a los soldados Mementium, a esos mutados les daba igual, todos eran humanos a los que añadir a la lista de muertos. Querían extinguirlos y, por el camino que iban, era muy probable que lo consiguieran.

De pronto, todas las cámaras enfocaron en dirección a las pantallas informativas de las calles. La imagen distorsionada de una chica apareció en pantalla y comenzó a hablar.

Dijeron que era imposible que volviera a suceder, que los tiempos habían cambiado y que los problemas internacionales ya no se solucionaban de esa forma. Pero se equivocaron...

Calem se levantó del lugar donde estaba y corrió hacia la puerta del Laboratorio al ver acercarse un nuevo grupo de soldados. Cuando entró, la cerró con fuerza, pulso el código de cierre y echó los cerrojos. Luego se giró hacia Vera, que estaba sentada frente a una cámara con una luz roja parpadeando.

Al acercarse escuchó sus palabras, que sonaban a súplica y despedida.

... gente a la que amaba ha muerto para poder llegar hasta aquí y avisaros. Por eso, os lo ruego... por favor... no permitáis que ocurra. Paradlo antes de que sea demasiado tarde.

Al darse cuenta de que Calem estaba detrás de ella se giró. Tenía los ojos anegados en lágrimas. No sabía qué era lo que les había contado hasta que él había entrado, pero esperaba que fuera suficiente.

Se giró de nuevo hacia la cámara y miró fijamente al objetivo unos segundos más, buscando unas palabras que no llegaron. Al darse cuenta de que no tenía nada más que decir, pulsó un botón y la luz roja de la cámara se apagó.

—¿Ya está? –preguntó Calem.

Por toda respuesta, Vera bajó una palanca, insertó una fecha y pulsó otro botón. La maquina vibró unos segundos y luego se quedó quieta y en silencio.

—Misión Cumplida —sentenció con voz rota.

Al escucharla, Calem se acercó a ella y se sentó a su lado.

Se llevó la mano al interior de su chaleco y sacó las dos únicas fotos que había podido conservar de su antiguo cuarto en el M. Una de Vera y Enna, sonriendo con una mueca y otra de los cuatro chicos brindando en su mesa del BlackSpirit.

Abrazó con fuerza a Vera y le acarició la espalda y el pelo, tratando de hacerle dejar de temblar sin conseguirlo.

Se sentían vacíos. Tras cumplir el objetivo ya no había nada más que hacer, solo esperar, y era una sensación a la que ninguno de los dos estaba acostumbrado.

—¿Crees que será suficiente?

Vera se estremeció y se abrazó más a él.

—Tiene que serlo... No puedo seguir viviendo en un tiempo sin ellos...

Sus palabras fueron seguidas de un enorme estruendo que indicaba que los guardias estaban tratando de tirar la puerta abajo. Por cómo habían sonado los goznes y el cristal, lo conseguirían a la siguiente explosión.

—Ya no tendremos que hacerlo.

Vera entendió perfectamente lo que las palabras de Calem querían decir y sintió su alivio cuando sus fuertes hombros se relajaron.

Si funcionaba la maquina, volverían atrás en el tiempo, por lo que ya no existirían y, si no lo hacía, los soldados tirarían la puerta abajo y los ejecutarían al momento por traidores.

Pensando en ambas opciones, Vera no pudo sentir otra cosa que no fuera alivio. Por fin todo había terminado.

Sintió que todo el peso que había cargado hasta entonces se esfumaba y se acurrucó junto a Calem.

Ya nada dependía de ella, estaba tranquila.

El Presidente mutado gritaba y golpeaba todo a su alrededor mientras el resto de mutados se miraban unos a otros aterrados. Mery sonrió al ver el revuelo que habían causado las palabras de aquella chica y rezó al Sol por que el mensaje llegara a su destino.

En cada zona del H, Liss, Iria, Carli, Minerva y el resto de habitantes de La Burbuja se habían quedado en silencio cuando la voz de Vera había dejado de escucharse y las pantallas se apagaron.

Los soldados habían dejado de disparar al no recibir órdenes y se miraban los unos a los otros sin saber qué hacer, hasta que una luz tan brillante que los cejaba surcó el cielo.

Un resplandor comenzó a iluminar la estancia, obligando a Calem y a Vera a cerrar los ojos. Los sonidos de la segunda explosión y de los gritos de los mutados al entrar al Laboratorio parecieron ser absorbidos por aquella luz y, a los pocos segundos, ni Vera ni Calem parecieron sentir nada ni sentirse a sí mismos. La luz blanca lo cubrió todo, dejando una nada tras ella.

El pasado había cambiado y ellos ya no existían.

XIII

Aún no se ha conseguido explicar quién es La Chica del Futuro, cómo supo lo de la Tercera Guerra Mundial y cómo pudo avisarnos. Es un campo de investigación que aun sigue abierto. Sin embargo, como todos sabéis, tenía razón y conseguimos evitar la guerra a tiempo.

La campana resonó de forma estridente dando por finalizada las clases y el profesor Nolan se despidió de sus alumnos con una sonrisa. Vera se levantó de la silla en la que estaba sentada y salió del aula.

Caminó por los pasillos hasta llegar a la parada de autobús y sacó el teléfono del bolsillo al sentir la vibración.

Vio en el marcador de llamadas que era su madre y descolgó.

—Dime, mamá.

—¡Vera! Dichosos los oídos, es imposible hablar contigo.

Vera sonrió mientras se subía al autobús, pagaba el viaje y se sentaba.

—Acabo de salir de clase, ¿ha pasado algo?

—No, solo quería hablar contigo un rato.

El viaje en autobús hasta el metro se le pasó volando y todavía seguía hablando con su madre mientras cruzaba los tornos.

—¿Vendrás en Navidad?

—Claro que sí, mamá, qué pregunta. En cuanto me den las vacaciones voy.

—Vale... Invitaré a Duncan a pasar Nochebuena y Nochevieja, ¿te parece bien?

Vera suspiró. La relación de su madre y Duncan le producía sentimientos encontrados. En general le parecía bien, pero no se fiaba de él demasiado.

—Sí. Que se venga.

Se despidió de su madre al llegar al andén y comenzó a ojear las redes sociales. Se dio la vuelta para apartarse un poco de la vía y solo vio al chico que iba hacia ella cuando ambos chocaron, haciendo que la carpeta de Vera cayera al suelo y los folios que guardaba se esparramaran por todas partes.

Se agachó a la vez que el chico y las frentes de los dos chocaron, provocándole a Vera un dolor agudo. Se llevó la mano a la cabeza mientras miraba al chico y no puedo evitar reírse por lo absurdo de la situación. Al ver que ella se reía, él hizo lo mismo.

Sus ojos color miel la miraban sonrientes pero el rubor de sus mejillas denotaba que estaba avergonzado.

—Perdona, iba distraído —dijo él, apartando sus ojos de ella y agachándose para recoger los folios.

—No importa, yo tampoco estaba prestando atención.

Cuando él terminó de coger todos los folios se los entregó a Vera y ambos se levantaron. Al mirarle desde más distancia estudió todos sus rasgos, y un reconocimiento se asentó en su pecho, como si ya conociera a ese chico de antes.

Al instante una sensación de *deja vu* la recorrió por completo, a la vez que la imagen de una estación de tren aparecía en su mente y, al mirarlo a los ojos, se sorprendió al ver la misma mirada de reconocimiento en él.

—Me llamo Kleiff —dijo. Pero Vera ya lo sabía, de hecho le parecía absurdo que él se lo estuviera diciendo. Como si acabara de decir que el cielo era azul y el sol brillante. Sin embargo, sus labios se movieron para contestarle.

—Vera.

¿Había modulado él su nombre con sus labios a la vez que ella lo decía? No podía ser... aquella situación era de lo más extraña.

El chico también parecía incómodo y se revolvió su pelo castaño claro, en un movimiento que parecía involuntario y que también le produjo a Vera esa sensación de reconocimiento.

Kleiff miró fijamente los ojos oscuros de Vera y su cabello castaño recogido en un moño con un bolígrafo, del mismo color que el suyo.

La imagen de un acantilado y un cielo verde y negro apareció en su mente. No entendía nada, ¿por qué sabia su nombre antes de que ella lo pronunciara? ¿Y por qué ella le miraba con la misma sensación de conocerlo?

Con un carraspeo se obligó a volver a la realidad y el ruido del tren entrando al andén pareció surtir el mismo efecto en ella. Pensaba decirle encantado de conocerte, pero le parecía una frase absurda. Por lo que le pidió el número de teléfono. Sorprendentemente, ella dijo que sí. Se retiró el bolígrafo del pelo, soltando su melena castaña sobre el hombro, y se lo apuntó en la mano.

—Oye Vera, esta noche vamos a quedar en un local. Si quieres... Puedes pasarte.

—Mmmm, lo pensaré. Gracias.

—¿Te escribo luego y te digo la hora?

Vera asintió y se subió al vagón.

Estuvo todo el viaje pensando en ese chico y lo que había sentido. ¿Por qué le había dado el número de teléfono? Quería arrepentirse por su actitud tan temeraria pero no podía.

Algo en su interior le decía que podía fiarse de él, que tenía que hacerlo.

Cuando llegó a casa, Kev estaba en la cocina.

—Eyyy , ¿qué tal?

—¡Bien! Me ha pasado algo súper raro en el metro.

Vera le contó el extraño encuentro vivido en la estación con Kleiff, las sensaciones que le había transmitido y su propuesta de aquella noche.

—Ni se te ocurra ir —sentenció Kev.

—¿Por qué? Me ha dado buena espina, como si ya le conociera.

—Eso es lo que hacen los violadores y asesinos, te ponen su mejor cara y luego, ¡zas! Se marcan un Ted Bundy.

—Ay, Kev... Que dramático.

—Si quieres ir, iré contigo.

Vera se le quedó mirando. Sabía que tenía razón, que no era prudente, pero aun así dudaba de si sus palabras estaban influenciadas por los celos que sentía o estaba realmente preocupado por ella. Sin embargo, fuera por la razón que fuera, estaba en lo cierto. Puede que Kleiff fuese un tío estupendo, pero no le conocía de nada, y siempre se sentía más segura estando con Kev.

—Vale, ven conmigo.

—Bien, pero vamos a comer primero, he hecho raviolis.

Comieron juntos charlando de tonterías y de lo que habían dado cada uno en sus respectivas clases, Kev en criminología y Vera en medicina.

Habían salido juntos un par de años durante su adolescencia, sin embargo, vivían en una ciudad pequeña, muy tradicional y que los había tratado bastante mal por aquella relación. Especialmente a ella. Cuchicheos y cotilleos la seguían allá donde iba, controlando y comentando sus movimientos. Por eso, decidió que en cuanto tuviera la oportunidad se marcharía lo más lejos posible de allí.

Eligió la universidad de medicina más grande de la ciudad más grande, en la que pudiera pasar completamente desapercibida.

Su madre no apoyaba del todo su decisión, aunque la comprendía, pues ella misma se había visto en la misma situación al tener que criarla sola.

Justo cuando se encontraba buscando casa en la que iba a ser su nueva ciudad, Kev le pidió que lo dejara marcharse con ella.

Vera se lo pensó muchísimo antes de aceptar. Tenía sentimientos encontrados hacia él y, siendo honestos, no quería que fuera un lastre para ella. Quería conocer gente, hacer amistades nuevas que no supieran nada de ella ni de su pasado, y temía que marchándose con Kev no podría conseguirlo.

Sin embargo, cuando eligió el que sería su piso, se vio a sí misma sola en él y el miedo se apoderó de ella, por lo que aceptó la propuesta de Kev pero dejándole claro que no iba a volver a pasar absolutamente nada entre ellos.

Kev aceptó esa condición pero Vera todavía notaba sus sentimientos hacia ella, especialmente cuando conocía gente nueva, como iba a ser el caso de esa tarde.

Después de comer se sentaron un rato a ver una serie de zombis a la que estaban enganchados y, llegada la tarde, Vera se metió en su cuarto para prepararse. Puso su lista de reproducción a todo volumen y se metió en la ducha.

Escuchando unos acordes de guitarra que le encantaban y sintiendo las gotas de agua sobre la piel, una visión de Kleiff apareció en su mente. Ella reía, mojándose bajo la lluvia y tiraba del brazo de Kleiff, que no parecía demasiado convencido de mojarse con ella. Pero había alguien más. Un chico rubio y altísimo, con ojos azules, sonreía junto a ella, completamente empapado, mientras trataba de convencer a Kleiff de unirse a ellos.

Vera se mareó y tuvo que apoyarse en la pared al sentir que se resbalaba. ¿Quién era ese otro chico? No lo sabía pero solo pensar en él le producía un cosquilleo en el estómago.

Terminó de ducharse y se dirigió al armario. No estaba segura de qué ponerse, ya que quería impresionar a Kleiff pero causar una buena impresión, y se decantó por un vestido con el que se sentía cómoda pero atractiva a la vez. Se miró en el espejo con aprobación y terminó de prepararse, maquillándose un poco y peinándose, dejando suelta su melena larga hasta la cintura.

Al salir del cuarto Kev la está esperando junto a la puerta.

—Guau, qué guapa estás.

—Vámonos, anda —respondió Vera, tratando de marcar las distancias con él, como hacía siempre que le decía un piropo.

Salieron juntos del piso y se encaminaron a la discoteca en la que había quedado con Kleiff. Por suerte, no estaba lejos de su casa y le tranquilizó pensar que podía marcharse en cualquier momento si el plan no le convencía, sin depender de autobuses o metro.

Cuando llegaron a la puerta, la entrada estaba llena de jóvenes bien vestidos que esperaban en una fila para poder pasar. Buscó a Kleiff entre ellos y, al no encontrarlo, decidió escribirle.

A los pocos minutos las puertas se abrieron y Kleiff apareció, con una camiseta gris y unos pantalones ajustados que le quedaban estupendamente bien. La saludó con la mano y les hizo un gesto para que se acercaran mientras le decía algo al guardia de seguridad que custodiaba la entrada, que asintió y se hizo a un lado para dejarlos pasar.

—¿Es el dueño o qué? Nos van a decir de todo por colarnos... —susurró Kev, mirando a la gente de la fila que comenzaba a despotricar por dejarlos pasar sin tener que esperar.

Se acercaron y pasaron junto al portero para saludar a Kleiff.

—Este es Kev, no se fiaba y ha venido conmigo —dijo Vera con sinceridad y Kleiff le saludó.

—Me parece bien, no fue muy prudente por mi parte invitarte así como así, lo siento, es que... es raro...

—Lo sé, te entiendo...

Kleiff sonrió a Vera antes de girarse hacia Kev.

—Encantado, Kev, soy Kleiff.

Ambos se dieron la mano y, hechas las presentaciones, Kleiff los guió por el interior del local, dirigiéndose a las escaleras que conducían a los reservados.

La música era atronadora en la pista pero en aquella zona se escuchaba a un volumen más o menos agradable, que permitía mantener una conversación.

Al llegaron a los reservados, Kleiff señaló una mesa ocupada por un chico rubio que los saludaba con la mano. Cuando Vera identificó a aquel chico como el de su *deja vu* de la ducha, sintió un escalofrío y le pareció que el también lo había sentido por la forma en la que frunció el ceño al acercarse.

—Él es Calem —explicó Kleiff—, los demás están pidiendo en la barra o bailando en la pista, los conocerás después.

Al llegar hasta Calem, ambos se quedan mirando. Tuvo claro que conocía de algo aquellos ojos azules, tan claros que parecían lentillas y esa sonrisa pícara. Le había visto mientras se duchaba en aquella especie de visión y, por su mente aparccieron más imágcnes, esta vez de ella y Calem en un gimnasio, tocándose en zonas demasiado íntimas.

Sintió un calor insoportable y el rubor acudir a sus mejillas, que se intensificó cuando Calem se levantó de su asiento y se acercó a ella.

—Acabo de tener una sensación de *deja vu*, como si ya te conociera... —dijo sonriéndola.

—Yo también…

Vera se acercó a Calem pero Kev la agarró del brazo.

—Voy a la barra, ¿estarás bien?

La chica miró a aquel gigante rubio que seguía de pie esperando a que se acercara, y su sonrisa torcida le dio seguridad.

Asintió y Kev la soltó, acercándose a la barra. Vera se dirigió a la mesa y pasó junto a Calem, sentándose en el sofá circular.

—Así que en el metro...

—¿Perdón? —preguntó Vera al no escuchar del todo por la música.

—Que has conocido a K en el metro.

—¿A Kleiff? Si, en la M, la estación de la Universidad.

Calem asintió mientras daba un trago a su copa y Vera se sintió incómoda. No podía dejar de mirarlo, no solo porque le resultara atractivo sino porque de verdad sentía que le conocía de algo.

—Esto te va a parecer muy raro pero, ¿seguro que no nos conocemos?

—Vaya forma más rara tienes de ligar...

Su arrogancia hizo reír a Vera y sintió un cosquilleo en el estómago.

—¿Tan desesperado estás que crees que ligan contigo solo por hacerte una pregunta?

Calem se echó a reír aunque se notó su ego herido.

En la barra, Kev estaba esperando a que el camarero sirviera sus copas cuando una chica alta y rubia se apoyó junto a él. Le hizo un gesto al otro camarero, que enseguida comenzó a preparar su copa.

—Guau, a mi me ha costado mucho más que me atendieran.

Ella soltó una carcajada y se giró hacia él. Su sonrisa era agradable aunque escondía cierta tristeza.

—Ya me conocen, vengo mucho.

—¿Qué pasa Rala? ¿Qué tal? —dijo la voz de Kleiff junto a ellos—. Te presento a Kev, él y Vera han venido por primera vez.

—Encantada, Kev —se giró para mirar a la mesa donde se encontraban Vera y Calem, y volvió a sonreír—. Ya ha conocido a Calem... Si querías algo con ella olvídate.

Kleiff puso mala cara y miró también hacia la mesa. Calem y Vera reían mientras él bromeaba.

—Bueno chicos... Nos vemos por aquí... Adiós Kev.

Rala cogió la copa, rozando deliberadamente la mano que Kev tenía apoyada en la barra, y se dio la vuelta para marcharse.

En ese momento el camarero le dio a Kev sus vasos, pero él seguía mirando el lugar que había ocupado Rala. Se giró hacia Kleiff, que continuaba observando la mesa.

—Oye, ¿se la llevas a Vera? Voy a...

Kleiff se dio cuenta de a dónde miraba Kev y asintió sonriendo, cogiendo la copa que le tendía sin dejarlo terminar de hablar. El chico sonrió y corrió en dirección a Rala, mientras Kleiff se dirigía a la mesa y colocaba el vaso frente a Vera.

—Gracias —ella sonrió pero miró extrañada a su alrededor—. ¿Dónde está Kev?

Kleiff señaló con la cabeza hacia las escaleras y Vera se movió para ver a Kev charlando con una chica rubia. Se alegraba por él, llevaba tiempo sin estar con nadie y se notaba que echaba en falta tener a alguien a su lado, o pasar un buen rato al menos. Sin embargo, no pudo evitar reírse por la situación, menos mal que había ido con ella para acompañarla porque no se fiaba de lo que pudieran hacerle.

Kleiff se sentó frente a Vera a la vez que una chica rubia, seguida de otros dos chicos llegaban por el pasillo.

—¿Qué hacéis en esta mesa? —dijo con voz chillona.

—Un borracho se cayó... —empezó Calem.

Vera tuvo otra visión. Estaban todos sentados en esa misma mesa pero era Enna la que decía esas palabras. ¿Enna?

La chica se quedó mirando a Vera extrañada, como si le hubiera pasado lo mismo que a ella. Sintió un vuelco en el estómago y la necesidad de abrazarla, como si la hubiera echado muchísimo de menos.

Se levantó como un resorte y ambas se fundieron en un abrazo. Momentos juntas riendo y llorando, pasaron por su mente para sentir a continuación el dolor intenso de su pérdida. Sintió ganas de llorar y comenzó a preocuparse. No entendía nada.

—Esto es raro de cojones... —dijo Calem, poniendo en palabras lo que todos estaban pensando.

—¿Os conocéis? —preguntó Kleiff.

Las chicas se separaron. Enna tenía lágrimas en los ojos y se las limpió confundida.

—No, creo... ¿Vera?

—¿Enna?

Se miraron de nuevo. Se conocían. No sabía cómo era posible pero así era.

Miró a los otros dos chicos tras ella y, de nuevo, sintió esa tristeza dolorosa. También sabía cómo se llamaban.

Enol y Owen la miraban confundidos pero también se acercaron a abrazarla. En cuanto los tocó se vio a sí misma en una cocina jugando con ellos a las cartas, perdiendo y ganando, divirtiéndose.

Al separarse se sintió abrumada por todo aquello y Calem se acercó para acompañarla de nuevo a su asiento.

Se hizo el silencio en la mesa, hasta que Calem comenzó a bromear sobre vidas pasadas y universos paralelos. Vera escuchaba sus voces, sabiendo que no era la primera vez que las oía. Sabiendo que el cosquilleo que sentía al mirar a Calem y a Kleiff era solo el preámbulo de lo que iba a pasar entre ellos.

Al ver a una chica alta y esbelta, con el pelo corto, acercarse a la mesa a saludar, Vera supo que se llamaba Minerva y, cuando colocó una mano sobre el hombro de Kleiff para apretarlo suavemente antes de despedirse, tuvo la certeza de que conocía a esas personas y que había vivido momentos importantes con ellas.

No sabía si en una vida pasada, futura o en un universo paralelo, pero tenía que averiguarlo.

¿FIN?

EPÍLOGO

—¿Te imaginas que nos hubiéramos criado juntos?
—Ufff... Imagínate, criados como hermanos y al llegar
a la adolescencia... Vinculados.

La claridad comenzó a llenar de luz el cuarto a través de las cortinas. En otras casas el día estaba comenzando, las madres estarían levantándose para preparar el desayuno a sus hijos y los trabajadores estarían vistiéndose para ir a trabajar.

Sin embargo, Vera no había podido dormir en toda la noche. El día anterior, en clase, habían estudiado la Tercera Guerra Mundial y cómo consiguieron evitarla gracias al mensaje de la Chica del Futuro. Al ver el vídeo sintió algo extraño en su interior, una especie de escalofrío y cosquilleo, y esa noche había tenido sueños sumamente extraños.

El despertador sonó fuerte y la chica alargó el brazo para apagarlo. Suspiró sonoramente y cerró los ojos tratando de calmar el punzante dolor de cabeza que sentía a causa de la falta de sueño.

Sin pensarlo más, se levantó de la cama y entró al baño, miró su reflejo en el espejo y trató de arreglar el desastre que tenía por pelo, pero, al ver que no era posible, se metió en la ducha para lavarlo rápidamente.

Salió de la ducha y alargó la mano para coger la toalla, justo en el momento en que se abrió la puerta del baño y apareció Kleiff.

—Vera, ¿has visto mi...?

—CIERRA LA PUERTA —gritó Vera volviendo a cerrar la mampara.

—¡Perdón! —respondió mientras se tapaba los ojos y cerraba de nuevo la puerta.

Compartir baño con su hermano era lo peor y más aun con Kleiff, que apenas tenía sentido de la privacidad.

Se puso el uniforme del instituto, salió del baño y se dirigió a la cocina para prepararse el desayuno.

Tenía diecisiete años y su hermano dieciocho y estaba a menos de un mes de terminar el instituto, a ella, sin embargo, todavía le quedaba un año.

Su padre estaba sentado leyendo el periódico en la tablet, mientras su madre hablaba por teléfono con su jefe, caminando por la casa de un lado a otro.

—Buenos días —saludó.

—Buenos días hija, hoy os llevo yo a clase, tu madre tiene que irse ya al Laboratorio.

Su madre era ingeniera y su padre médico, ginecólogo para ser exactos.

Carli volvió a entrar en la cocina, ya sin el teléfono y con el bolso colgado del hombro.

—Me voy pitando, ¿dónde está Kleiff?

—Aquí... —dijo su hermano entrando en la cocina con el uniforme a medio colocar.

—Recuerda que tienes que llevar luego a Vera a la charla de las universidades.

—Puff... ¿no puede ir en metro? Es viernes, ya he quedado.

—Pues vais todos, a ti y a Calem tampoco os vendría mal volver a ir este año, a ver si se os ocurre algo que hacer con vuestra vida al acabar el instituto —dijo su padre.

Vera vio cómo se ensombrecía el rostro de Kleiff y trató de echarle una mano.

—Voy a ir con Kev y Enna en metro, no pasa nada, si tenemos que ir con sus amigos no cabremos en el coche.

—Me tengo que ir, apañaos como queráis pero no quiero que vuelva a casa sola, Kleiff, ya sabes cómo están últimamente las cosas.

—Vale, vale —respondió el chico a regañadientes.

Carli les dio un beso en la frente a cada uno de sus hijos y uno en los labios a su marido. Se despidió y se fue.

Los tres terminaron de desayunar sin hablar apenas, cogieron sus cosas, salieron al exterior y se metieron en el coche.

El camino al instituto fue tenso y silencioso. El tema del futuro era algo que preocupaba mucho a Mikael. Que Vera quisiera estudiar medicina lo tranquilizaba, no porque fuera lo mismo que él había estudiado, sino porque sabía lo que quería hacer son su vida y su futuro. Sin embargo, que Kleiff fuera a terminar el instituto sin ninguna vocación le preocupaba, y últimamente era un motivo de discusión constante entre ellos.

Al llegar al instituto, Mikael se despidió de sus hijos y Vera y Kleiff se bajaron del coche.

—Te voy a acompañar, ¿vale? Mamá tiene razón y no quiero que estéis solas Enna y tú —dijo Kleiff mientras caminaban hacia la puerta de entrada.

—Vamos con Kev —respondió Vera.

Kleiff se echó a reír pero no respondió. No le caía bien Kev, le parecía poca cosa para ella y, desde que habían empezado a salir hacía un par de meses, siempre que podía se lo hacía saber, cómo acababa de hacer en ese momento.

Llegaron junto al grupo de amigos que compartían. Owen estaba junto a Enna, sentados en un banco, mientras Calem contaba algo que los hacía reír.

Calem le gustaba, era muy gracioso e increíblemente atractivo pero...

—¿Qué pasa, guapo? —dijo un segundo antes de besar los labios de Kleiff.

Estaba saliendo con su hermano.

—¿Qué tal Vera? ¿Dónde te has dejado el bolso? —dijo al separarse de Kleiff, refiriéndose a Kev.

Kleiff soltó una carcajada y Enna les dio un golpe en el hombro a cada uno.

—Dejadla en paz, pesados.

Enna era su mejor amiga, aunque había tenido algo con Kleiff y con Calem, en ese momento estaba soltera por decisión propia y había decidido que no necesitaba ningún hombre en su vida para ser feliz. A Vera le parecía bien que su felicidad no dependiera de alguien pero le preocupaba que se cerrara de esa forma a conocer gente nueva, solo tenían diecisiete años, les quedaba toda una vida por delante, pero a Enna le gustaba ser dramática e intensa.

Owen, por su parte, estaba saliendo con Enol, que era mayor que ellos y ya había empezado la universidad.

Hablaron durante unos minutos de cosas sin importancia hasta que sonó el timbre y entraron al instituto.

Calem, Kleiff y Owen se marcharon a su clase mientras que Enna y Vera se encaminaron a la suya.

Ya en el aula, se sentaron en sus mesas de siempre y Vera sonrió al ver a Kev acercarse.

—Hola, guapa.

—Hola, guapo.

Se saludaron antes de que Kev la agarrara de la cintura y juntara sus labios en un beso rápido. Vera sintió un escalofrío recorrerle el cuerpo y, en su mente, los vio a ellos juntos, besándose, llegando a algo más.

Estaban en un lugar que no conocía, vistiendo ropa que no reconocía como suya. Kev se movía sobre ella y, de pronto, una puerta se abrió, apareciendo chicos y chicas que los miraban y señalaban.

No se reían, parecían escandalizados.

Kev se levantaba, cogía su ropa y salía corriendo, dejándola allí, sobre el suelo, tratando de taparse con su vestido bajo la mirada de aquellos adolescentes que la juzgaban.

Al ponerse de pie comenzaron los insultos. No comprendía sus palabras pero sus rostros mostraban la repulsión que sentían hacia ella. Se vio correr. Correr lo más rápido que pudo hasta un campo de flores rojas.

—Vera, ¿estás bien? —dijo la voz de Enna y Vera volvió a su aula.

—Sí, sí... He tenido una especie de *deja vu* extraño... —se excusó sentándose en su silla.

Kev la miraba con preocupación pero tuvo que sentarse cuando llegó el profesor.

La mañana pasó rápidamente y Vera no fue capaz de concentrarse, repitiendo en su mente las imágenes que había visto.

Durante la comida se lo contó a Enna que, muy en su línea, le aconsejó anotarlo y escribir un libro sobre eso, sin llegar a tomarse en serio sus palabras. Sin embargo, Vera no conseguía quitarse aquellas imágenes de la cabeza.

Al salir de clase se reunieron con su hermano, Calem y Owen.

Le costaba mantener el contacto con Kev, seguía afectada por lo que había sentido cuando la había dejado abandonada en aquella sala durante su visión. No tenía sentido pero no podía evitarlo y su actitud no pasó desapercibida a su hermano. Mientras esperaban a que llegara el tren, aprovechó que Enna hablaba con Kev para acercarse a ella.

—¿Te ha hecho algo? —dijo señalando a Kev con la cabeza.

—No, no... No sé —titubeó Vera antes de explicarle a Kleiff lo que había visto aquella mañana.

—Yo también he tenido sueños extraños estos días... —sus ojos se posaron sobre de ella de forma extraña y diferente, recorriendo su cuerpo como si la viera por primera vez.

Vera quiso sentir incomodidad por aquella mirada pero, en su lugar, un escalofrío agradable le recorrió el cuerpo de la cabeza a los pies. Mirándole de la misma forma, despertó unos sentimientos dormidos, una atracción que se había obligado a contener sin darse cuenta.

El tren al entrar a la estación rompió la burbuja, y Kev se acercó a Vera para tirar de su mano.

Se separaron rápidamente, disimulando, pero ambos sintieron que el ritmo de sus corazones se había sincronizado.

Estuvo ausente todo el viaje hasta que llegaron a la universidad. Incapaz de pensar en otra cosa y dándole vueltas a todo lo que estaba sucediendo ese día. Observando a Kleiff mientras hablaba con Calem y le contaba lo que había pasado. Sintió sus ojos azules sobre ella durante todo el recorrido pero no fue capaz de mirarlo, avergonzada de que lo supiera.

Cuando llegaron a la Universidad la encontraron rebosante de gente de todas las edades. Adolescentes nerviosos buscando un propósito, jóvenes estudiantes dando consejos a las nuevas generaciones de alumnos, profesores, padres... Todos arremolinándose sobre los puestos de información de las diferentes carreras y estudios superiores.

Vera paseaba junto a Enna, que recogía folletos de información de todos los puestos.

—¿Pero no ibas a estudiar arquitectura? —preguntó Vera distraída.

—Sí, pero me gustan los folletos... Oye, ¿qué te pasa? ¿Sigues dándole vueltas a lo de Kev? —preguntó Enna, llevándose a Vera a un lado del pasillo.

Kev caminaba entre los puestos buscando a Vera. Llevaba todo el día comportándose de forma extraña, evitándolo, y quería hablar con ella para preguntarle. La vio junto a Enna, hablando a un lado del pasillo y se encaminó a su encuentro cuando una cabellera rubia se cruzó en su camino, chocando con su hombro.

Un montón de folletos cayeron por todos lados y la chica se agachó a recogerlos.

Kev hizo lo mismo mientras se disculpaba.

—No te preocupes, no iba mirando —dijo la chica con nerviosismo.

Levantó la vista y, cuando sus ojos verdes se cruzaron con los de Kev, imágenes borrosas cruzaron su mente. Imágenes de ellos dos juntos.

La chica se sonrojó, como si hubiera visto lo mismo, y Kev la ayudó a terminar de recoger los folletos.

—Gracias —afirmó con timidez—. Me llamo Rala.

—Yo soy Kev.

De alguna forma que desconocía, ya lo sabía.

Al otro lado de la sala, Kleiff paseaba distraído por los puestos mientras Calem parloteaba cuando uno llamó su atención. El cartel de presentación decía "Formación Militar" y Kleiff tiró de la mano de Calem, acercándose hasta allí.

Una chica alta y fuerte, con el pelo oscuro y corto estaba sentada al otro lado de la mesa mientras dos gemelas repartían los folletos.

—Vamos chicos, ¿unos folletitos?

—Se os ve a la legua que un poco de disciplina militar os vendría de lujo.

Bromearon las chicas y Calem se echó a reír mientras cogía los papeles que les tendían. Kleiff trataba de no mirar directamente a la otra chica pero, cada vez que levantaba la vista para repartir un folleto, no podía evitar pensar que la conocía de algo.

—Hola, disculpa, mi novio no deja de mirarte y sospecho que es porque le gustas, ¿cómo te llamas?

Kleiff miró a Calem aterrorizado y no pudo evitar sonrojarse al mirar de nuevo a la chica, que los observaba con curiosidad.

—Se llama Minerva —respondió una de las gemelas.

—Tengo boca para responder, Diana —afirmó la chica de la silla mientras se levantaba—. Ya sabes mi nombre, ¿el tuyo?

—Kleiff —dijo él— pero no le hagas caso, no te estaba mirando por eso...

—¿Ah no? —preguntó ella con curiosidad.

—Me ha parecido que te conocía de algo.

Ella frunció el ceño y la imagen de un cielo oscuro con nubes verdosas apareció en su mente. Los dos corrían por un cerro, uno al lado del otro, reían y se perseguían mientras bromeaban, para luego sentarse al borde de un acantilado, observando un mar negro embravecido.

—En otro tiempo, quizá... —dijo ella.

—A ver tía, es normal que te sientas atraída por Kleiff, es muy guapo y considerado, se preocupa por ti.

—Enna, es mi hermano.

—Hermanastro.

—Da igual, cuando nací ya estaba ahí. Es raro.

—¿Todo bien, chicas?

La voz de un hombre las sobresaltó y se giraron para ver un chico que rondaba la treintena, con ojos verdes y pelo oscuro.

Le conocía, Vera estaba segura de ello y, de reojo, vio claramente como el rostro de Enna cambiaba, reconociéndolo a su vez, para luego sonrojarse.

—Perdonad si os he asustado, me llamo Nolan, soy el Decano de la Universidad.

Las chicas se presentaron torpemente, sintiendo innecesario decir sus nombres.

Nolan comenzó a hablar con Enna y Vera observaba, mareada, todo a su alrededor. Consiguió enfocar a Kleiff y Calem un par de puestos a su izquierda, besándose y sonriendo.

Le dio un vuelco el estómago y se vio a si misma entre ellos, en lo que parecía ser una tienda de campaña, recibiendo sus besos y caricias, tocando sus cuerpos.

Tuvo que apoyarse en el puesto en el que estaba pues las imágenes no dejaban de aparecer en su cabeza, ¿o eran recuerdos?

Una calidez extraña comenzó a extenderse desde el centro de su pecho y llamó a Kleiff con la mirada, asustada.

Kleiff se giró al instante, al igual que Calem, que estaba pálido, como si estuvieran viendo las mismas imágenes que ella.

Retazos de vivencias de los tres juntos, discutiendo, besándose, jugando, riendo.

Enna la estaba hablando pero aquella sensación no cesaba, solo podía mirar a Calem y Kleiff con ese sentimiento de estar a punto de recordar algo que había sido olvidado. Algo importante.

AGRADECIMIENTOS

Caléndula ha tardado en ver la luz nueve meses, por lo que puedo decir con toda certeza que ha sido como un embarazo que ha terminado en un parto con fórceps y, casi, casi, cesárea.

He pasado momentos muy malos mientras escribía y corregía a esta mi segunda hija. Me he sentido tremendamente insegura y presionada, algo que no me pasó con mi primogénita Libélula, supongo que porque sabía que si la cagaba en algo siempre me quedaba la segunda parte para arreglarlo, pero con esta no podía pensar así:

Libélula fue el principio y Caléndula será el final y como no quede bien todo al garete se irá...

Ejem... vuelvo a lo que estaba.

La escritura de esta novela ha sido un camino sinuoso, con subidas y bajadas, y de todos esos momentos ha sido testigo Joss Muur.

Solo él sabe la cantidad de whatsapps que le he enviado quejándome, diciendo que los odiaba a todos y que los iba a matar para no tener que escribir más, para luego mandarle el borrador de una escena y comentarle lo emocionada que estaba con este u otro detalle.

Me ha sabido orientar y guiar y sé que sin su ayuda el camino se me hubiera hecho mucho más largo y cuesta arriba. Gracias por tu apoyo constante y por el prólogo tan maravilloso que has hecho para mí. Estoy deseando que todo el mundo conozca tu arte y pueda ver lo que yo veo en ti, un escritor cuidadoso y detallista, ordenado y correcto, pero a la vez soñador y reivindicativo. Amigo, gracias infinitas.

Muchas gracias a mis padres. A madre, mi gran relaciones públicas y comercial, que le ha vendido mi libro a sus jefas, sus amigas y hasta a su peluquera. Mamá, eres la mejor. Papá, cómo no ibas a estar en los agradecimientos, aunque no te hayas leído los libros (que ya te vale, por otro lado) siempre te estaré agradecida por todo, sobre todo por bañarme cuando era pequeñita.

Gracias a mi grupo de amigos, los primeros en hacerse con Libélula, el merchandising y absolutamente todo lo que pongo a la venta. Andrés, Cristina, Ana, Lidia, aquí tenéis el final, espero que os haya gustado.

Gracias a mi chico, por aguantar los llantos y los agobios. Por estar ahí, animándome y mimándome. Te parecerá mentira que esta historia haya terminado... Créeme, a mí también.

Mil gracias a mi amiga Cristina, por estar ahí en los momentos malos y en los buenos, por distraerme cuando me hacía falta despejarme y por esas tardes comentando Libélula. Gracias por leerlo con tanto amor, por enamorarte de los personajes y por odiarlos, y sobre todo por decirme que Calem es clavadito a mí. Me encanta que alguien se haya dado cuenta de eso.

Y, por último, mil gracias a todos vosotros, a los que habéis llegado hasta estas líneas, a los que me habéis escrito preguntándome por Caléndula y cuanto quedaba para que pudierais leerla. A mi familia (mi tía Helena y mi tía Mari). Gracias a todos.

SOBRE LA AUTORA

Becky Rojo es una historiadora madrileña, apasionada de la lectura, las anécdotas históricas, el rock, los gatos y ver una buena serie con mantita y pizza.

Lleva compaginando sus trabajos humanos con la escritura como afición desde hace más de una década, hasta el año 2021 cuando se tiró a la piscina y autopublicó su primera novela *Libélul.*, cuya segunda parte de la bilogía, *Caléndula,* ha visto la luz en 2022.

El género distópico, romántico y eróticos son sus preferidos, aunque le gusta leer todo tipo de géneros.

Entre sus proyectos futuros se encuentra la primera parte de una nueva bilogía, *Despiertos*, que está en proceso de elaboración.

Puedes seguirla en instagram @becky_rojo_autora

Printed in Great Britain
by Amazon